格伦·库克(Glen Cook) 著

马骁 译

江苏凤凰文艺出版社
JIANGSU PHOENIX LITERATURE AND ART PUBLISHING, LTD

目录

第一章 使节

独眼说得好，当初满世界异相恶兆，只怪咱理解不了——独眼虽然瞎了只眼，打起马后炮来倒是又准又狠。

青天白日里雷劈亡魂山。一道闪电击中了邪兽墓上的青铜封印，削去半边禁制符文。石雨天降。塑像流血。几座神庙的祭司报告说发现了没有心肝的祭品。有头畜生被开膛破肚后仍逃了出去，始终没能擒回。在城邦卫戍部队驻扎的钢叉兵营里，图克斯神像上下颠倒。连续九天九夜，十只黑秃鹫在营堡上空盘旋；有一只甚至赶走了原先住在纸塔上的老鹰。

占星师们不肯解读星相，生怕因此送掉自家性命。有个疯子预言家在街市间游逛，号称末日迫在眉睫。离开营堡的不光是老鹰，当初生长在外墙上的常青藤也枯萎凋零，被丛生藤蔓取代；除非赶上艳阳天，否则城墙看上去就是黑黢黢一片。

但怪事年年有。翻回头牵强附会起来，管他什么事都能被傻子们说成预兆。

本该早做准备。我们好歹也有四位能力不俗的法师，时刻警惕着险恶未来。不过，他们还没厉害到能用小羊羔的五脏六腑占卜的地步。

话说回来，最优秀的卜算师总是搜集汇总各种异相资料，通过历史预言未来。

绿玉城蹒跚而行，随时准备一跤跌下悬崖，摔进混乱局面。珍宝诸城中的这颗璀璨明珠日渐衰老颓丧、疯疯癫癫，充满社会堕落道德沦丧的臭气。就算夜里有什么怪东西在街巷间逡巡爬动，也只有傻瓜才会感到惊奇。

我把所有窗户通通打开，指望港口方向能起点小风，有臭鱼烂虾味也不在乎，但那点气流连张蜘蛛网都吹不动。我搓了把脸，冲头一位病人扮个苦相，“又长阴虱了，卷毛？”

他没精打采地咧嘴一笑，面色异常苍白。“闹了点胃病，碎嘴。”他脑瓜顶像颗磨光发亮的鸵鸟蛋，却被人调侃得了这个诨名。我查查执勤表和轮岗安排，上面没有他希望装病的理由。“闹得厉害，碎嘴。真的。”

“哦。”我摆出专家做派，绝对有模有样。尽管暑热逼人，但他浑身冷汗涔涔。“最近跑到军营食堂外面吃饭去了，卷毛？”一只苍蝇落在他头上，活像个耀武扬威的征服者，但他没有发现。

“对。三四次吧。”

“嗯，”我调了杯臭烘烘的乳状混合剂，“把这玩意儿喝了。一口干。”

刚喝了一口，他就把脸皱得像颗老核桃，“你瞧，碎嘴，我……”

我闻见那味儿也直反胃，“喝了，伙计。我弄出这东西之前，已经死了两个人。波基吃了我这药，捡回一条命。”这些消息早就传遍佣兵团。

他喝了药。

“你是说我中毒了？天杀的蓝党给我下了药？”

“别紧张。你会好起来的。没错，看起来是这么回事。”我不得不把斜眼和疯子阿布开了膛，这才发现事实真相。那是一种慢性毒药。“到那边的帆布床上去，吹吹凉风——但愿这该死的风能醒过来。躺好别动。让药劲儿上来。”我把他安顿好后又说，“跟我讲讲你在外面吃了啥。”

我拿过笔和一张钉在木板上的表格。我对波基做过同样的调查，在疯子阿布死前也提了这个问题，还让斜眼的队长仔细回忆他最近的一举一动。我相信毒药来自营堡驻军经常光顾的酒馆。

根据卷毛的描述，我发现一个完全匹配的答案，“啊哈！咱们找到那杂种了。”

“是谁？”他说着就要坐起身。

“你歇着。我去见团长。”我拍拍他的肩膀，到隔壁房间看了一眼。今天上午的病号就卷毛一个。

我故意绕远，沿着俯瞰绿玉城港口的特里詹城墙往前走。行到半路，我停下脚步举目北眺，望过防波堤、灯塔和要塞岛，看着浩渺无垠的苦痛海。近海商船在连接珍宝诸城的水道网络中穿梭，斑驳帆影点缀着脏兮兮的灰棕色水面。高处的空气厚重凝沉雾气蒙蒙，连地平线都难以看清，但靠近水面的空气正在流动。岛屿周围总有一股小风吹拂，但它始终不肯靠近海岸，简直像在躲避麻风病。海鸥在高空盘旋，看上去近在眼前。它们显得脾气暴戾、迟钝懒散，就跟这个季节的大多数人一样。

今年夏天，我们仍然为卑鄙腌臜的绿玉城市政官效劳，保护他免受众多政敌和纪律散漫的本地部队骚扰，却得不到半点感谢。我们忙得屁股冒烟，到头来还要被人下毒。报酬还算凑合，但不值得搭上这条小命。我们的前辈要是知道佣兵团落魄到这种地步，恐怕会觉得无地自容。

绿玉城破败衰落，却又古老迷人。它的历史就像个注满黑水的无底洞。闲来无事，我以探寻那幽影重重的内幕为乐，试图将事实从虚构故事和神话传说中剥离出来。这活儿并不简单，过去那些史学家们，哪个不是一门心思讨当时的权贵喜欢。

对我来说，最有趣的年代要算上古王国纪元，那段历史最是残缺不全。正是在尼姆王统治时期，邪兽凭空出现，带来了长达十年的恐怖，最后受制被俘，封印在亡魂山上的黑暗墓穴中。这段骇人往事余音未绝，至今仍在各类传说中出现，常被母亲们拿来吓唬不听话的孩子。但现在早就没人记得邪兽到底是什么东西了。

我彻底断了消暑去热的念头，继续朝前走去。站在凉亭中的哨兵们，脖子上都搭着毛巾遮挡热气。

一股小风让我打了个激灵。我转头看向海港，只见一艘大船正绕过岛屿。这头巨兽硕大笨拙，让周遭的独桅帆船和小帆船相形见绌。鼓满风的黑色船帆中央凸起个银色骷髅头，双眼红光四射，火苗在断齿后面跃动不休。图案周围还有一圈闪闪发亮的银带。

“那是什么鬼东西？”一个哨兵问道。

“我不知道，小白。”那艘船的尺寸比华而不实的风帆船更引人注目。至于它上面那些花样，黑色佣兵团的四位二流法师也玩得出来。但我还从没见过五层船桨的军舰呢。

还是先把要办的事办了再说。

我敲敲团长的房门。他没有应声。我不请自入，发现他正躺在大木椅上打呼噜。“嗨！”我大喊道，“着火了！叹息区暴乱了！乱舞攻到黎明门了！”乱舞是古代的一个将军，当年差点把绿玉城夷为平地，人们现在听到他的名字还会瑟瑟发抖。

团长镇定自若，眼皮都没动一下，脸上也没点笑模样，“你太放肆了，碎嘴。你什么时候才能学会按规矩办事？”按规矩办事的意思是说先去打扰副团长，除非蓝党正在攻打营堡，否则不要吵醒他。

我跟他讲了卷毛和那张图表的事。

团长把脚从桌上放了下来，“看来慈悲又有活儿干了。”语气冷峻森然。黑色佣兵团可容不得旁人对自家兄弟下手。

慈悲是团里最狠辣的队长。他估计十几个人应该够了，但还是让沉默和我一道跟来。我可以治疗伤员。要是蓝党想来硬的，沉默这个法师就能派上用场。法师让我们稍等一会，等他去树林里遛个弯。

“你到底干吗去了？”等他带着破破烂烂的包袱回来后，我随口问了一句。

沉默笑而不答。他绰号沉默，就是因为随时保持沉默。

那地方叫防波堤酒馆，是个消磨时间的好去处。我曾在那儿度过不少漫漫长夜。慈悲安排三个人堵后门，两扇窗子各有两人，又派另外两个伙计上了屋顶——绿玉城的所有建筑都有屋顶活门，到了夏天，人们习惯在房上睡觉。

他带着剩下的人马从防波堤正门闯了进去。

慈悲是个牛皮哄哄的小个子，最喜欢装相摆谱。瞧他进门那架势，应该在前头安排个鼓号队才合适。

酒馆里的人全傻眼了，直勾勾地盯着我们的盾牌和出鞘利剑，还有透过护面甲露出的一丁点儿冷峻表情。“维罗斯！”慈悲吼道，“给我滚出来！”

开店的是一家子。话音未落，他家老爷子就跑了出来，侧着身扭扭捏捏往我们这边蹭，好似一只准备挨踢的蠢狗。酒客们嘀嘀咕咕起来。“闭嘴！”慈悲声如惊雷。别看他身子骨小，吼起来能吓死人。

“各位老爷有何吩咐？”老头问道。

“去把你那窝儿孙都叫出来，蓝党佬儿。”屋里的椅子一阵吱嘎乱响。有个兄弟把手里的兵刃往桌上使劲一拍。

“都坐好了，”慈悲说道，“吃你们的午饭，好好待着。过一个钟头就放你们走。”

老头开始筛糠，“咱不明白您的意思。老爷，咱们犯了什么事儿？”

慈悲露出一脸坏笑，“他还挺会扮清白。谋杀罪，维罗斯。两起毒杀。还有两次毒杀未遂。照法官们的规定，应该判处奴隶刑。”干这种事，慈悲乐在其中。

我向来不太喜欢慈悲。他永远都是个爱拔苍蝇翅膀的小男孩。

奴隶刑罚是指被当众钉上十字架，然后留给食腐鸟。在绿玉城，只有罪犯才会不经火化直接下葬，有的甚至根本不埋。

厨房里传出一阵喧嚣。有人想从后门逃跑，被我们的人堵住了。

酒馆大堂炸了锅。一群挥舞匕首的乱民朝我们扑来。

暴民把我们逼向门口。那些清白无辜的人显然是怕被罪犯连累。绿玉城的司法系统素以快捷、残忍和严厉著称，很少给被告洗清罪名的机会。

一柄匕首刺过盾阵，一名同伴随即倒下。我打仗不太灵，但还是抢前一步，顶上他的位置。慈悲说了句我没闹明白的嘲讽。

“刚才本该是你上天堂，这下可算是泡汤了。”

我反唇相讥：“你永远别想在编年史里留名儿。”

“扯淡。什么屁事你都要唠叨几句。”

十几个平民相继倒下。血水在地板凹处汇成一摊。屋外聚集了不少旁观者。很快就会有投机分子冲我们的后背下手。

一柄匕首划到了慈悲。他终于耐不住性子了，“沉默！”

沉默已经动手了，但他是沉默，也就是说不会有什么动静，电光火石的效果更是少见。

防波堤的酒客们拍打着脸颊，双臂在空中乱挥，不再搭理我们。他们蹦蹦跳跳，抓挠着后背和屁股，发出各种惨叫。有几个人瘫在地上。

“你是怎么干的？”我问。

沉默微微一笑，露出满嘴尖牙。他用黑黢黢的爪子在我眼前一挥，我这才从另一个角度看清了防波堤里发生的事。

他从城外拖来的包裹，看来装的是蜂巢。要是你时运不济，就会在绿玉城南方树林中撞见这东西。巢里的住客是一种长得好似大黄蜂的怪物，被当地农民称作白脸蜂。自然界中很少有比它们性子更烈的家伙。白脸蜂很快就镇住了防波堤的酒客，却没有骚扰我们的人。

“干得好，沉默。”慈悲在几个倒霉蛋身上泄了火后，对法师赞道。他随即将幸存者赶到街上。

我替那位倒下的兄弟检查伤势，其余人等则将对方伤员一一结果。按慈悲的说法，是给市政官省下安排审判和刽子手的开销。沉默笑眯眯地袖手旁观。他也不是善主儿，但很少直接出手。

俘虏的数量超过了我们的预期。“瞧这一大帮子，”慈悲眼睛直放光，“谢了，沉默。”囚犯的队伍足有一条街长。

命运是个变幻莫测的婊子，她在最要紧的时刻把我们引到了防波堤酒馆。我们的法师四下查探，发现了宝贝：酒窖下面的密室里藏了不少人，其中有几个蓝党中赫赫有名的人物。

慈悲一路上大声唠叨，说线人会得到一笔天大的赏金。其实并不存在什么告密者。他这样喋喋不休只是为了防止我们好脾气的法师变成靶子。敌人如今要四处奔忙，寻找虚无缥缈的间谍了。

“把他们弄出去，”慈悲看着那群垂头丧气的俘虏，冷笑着下达命令，“你觉得他们会不老实吗？”他们都很老实。慈悲无与伦比的信心唬住了所有动歪脑筋的人。

我们穿行在迷宫般的街道上，俘虏们没精打采地拖着脚往前蹭。我傻乎乎地凝视周遭。这座城市简直跟世界同样古老，我的兄弟们对过往年代无动于衷，但我却不禁被绿玉城的悠久历史震撼，有时甚至会被吓到。

慈悲忽然命令队伍停下。我们已经来到市政官大道，这条路从海关蜿蜒而上，直通营堡正门。一支队伍迎面而来。虽然是我们先走到十字路口，但慈悲却把路让了出来。

这支队伍由一百名全副武装的战士组成，看上去比绿玉城中的任何人都强横威武——当然，比起我们还有一定差距。为首那人黑衣黑袍，胯下一匹黑马。我从没见过如此高大的马匹，但那骑手个头很小，瘦得好像个娘们。他一身旧皮衣，头顶黑盔，把脸面遮得严严实实；双手藏在黑手套里。身上似乎没带武器。

“我靠。”慈悲小声嘀咕道。

那骑士让我很不安，身上一阵阵发冷。内心深处有种本能让我想拔腿就跑。但更折磨人的是好奇心。他是谁？他是乘海港里那艘怪船来的吗？他来绿玉城干什么？

骑士漫不经心地扭头扫视我们，就像在看一群绵羊；随即猛然把头往回一转，直勾勾地盯着沉默。

沉默迎上他的目光，神色毫无惧意。但不知为什么，他还是显得渺小了几分。

这支纪律严明的队伍迈着整齐的步伐走了过去。慈悲这才催促我们的俘虏继续前进，紧跟着海外来客回到营垒。

我们逮捕了大部分保守派蓝党领袖。大搜捕的流言传开后，暴力分子决定活动活动筋骨。他们引来了滔天巨浪。

永远闷热难耐的天气对人们的理性产生了影响，绿玉城的暴民点火就着，骚乱几乎无须挑动。事态急转直下，死亡人数成千上万。这是最坏的形势。

大半问题在于当地部队。一连串任期短暂、软弱无能的市政官导致了军纪散漫。部队已经难以控制。通常情况下，他们还是会镇压暴民，而且将镇压骚乱视作打家劫舍的特许令。

但是，最坏的情况发生了。钢叉兵营的几个大队要求得到特别捐款，才肯受命恢复治安。可市政官拒绝出钱。

这些大队相继哗变。

慈悲的连队在垃圾门附近匆忙建起一座工事，抵挡这三个大队。我们的人死伤殆尽，却没有半个逃兵。慈悲丢了一只眼、一根手指，肩膀和屁股负伤；援军赶到时，他的盾牌上足有一百来个窟窿。等他被送到我这儿来时，一只脚已经踩进棺材。

叛军最终四散奔逃，不敢面对黑色佣兵团的援军。

在我印象中，这是最可怕的暴动。我们为镇压乱民损失了近百名兄弟，任何一个都是难以承受的损失。叹息区的街巷被尸体覆盖。老鼠变得硕大痴肥。秃鹫和乌鸦从郊野云集而来，几乎遮天蔽日。

团长命令所有人进驻营堡。“随他们去吧，”团长说，“咱们已经尽到了职责。”他的脾气变得阴郁烦躁，“契约可没要求咱们杀身成仁。”

有人讲了句俏皮话，说我们是被自己人捅了刀子。

“没准市政官就是这么打算的。”

绿玉城磨灭了我们的士气，但最灰心丧气的还要数团长。他为佣兵团的损失倍感自责，甚至想撂挑子不干了。

暴民沦落成一股满腹怨念、沉闷散漫的势力，勉强起到保持骚乱的作用，不许任何人灭火或是维护治安。除此以外，暴民只是在城中游荡。叛乱部队接收了其他部队的逃兵，规模越发庞大，正按部就班地进行谋杀和掠夺。

第三天夜里，我脑子进了水，居然自告奋勇担任哨兵，在特里詹城墙上站岗，面对漫天冰冷挑剔的星辰。城中静得出奇。我若不是累得精疲力竭，恐怕会更加焦虑。但我现在能做的，只是不让自己睡着。

咚咚从我身边走过，“你在外面干吗呢，碎嘴？”

“替人站岗。”

“看你那脸色，就跟土埋半截了似的。快去歇会儿。”

“你也好不到哪儿去，矮冬瓜。”

他耸耸肩，“慈悲怎么样？”

“还没脱离危险。”说实话我对他不抱希望，“你知道那边的情况吗？”我抬手指去。一声凄厉惨叫在远方回荡。它给人一种奇怪的感觉，与这些天来不绝于耳的惨叫不同。那些声音充满痛苦、愤怒和恐惧，而这一声则散发着更加阴暗的气氛。

咚咚说起话来跟他兄弟独眼一样吞吞吐吐。只要是你不了解的情况，他们就觉得是个值得保守的秘密。这帮法师！“据说叛军在亡魂山上发死人财时，打破了邪兽墓上的封印。”

“啊？那些东西跑出来了？”

“市政官是这么说的。团长可没当真。”

我也不以为然，但咚咚面色凝重，“它们似乎很强。当年在城里找了不少麻烦。”

“应该把它们拉进队伍。”法师的语气透出一丝哀伤。他和独眼已经在佣兵团服役多时，见证了近年来的衰败。

“它们为什么会出现在绿玉城？”

法师耸耸肩，“歇会儿去吧，碎嘴。别把自己累死。到头来不会有什么差别。”他说着缓步走远，瞧那副魂不守舍的模样，也不知在胡思乱想些什么。

我扬了扬眉。他已经走下城墙。我转回身望向火光星辰，倾听令人提心吊胆的宁静。我的眼皮开始打架，视线模糊不清。咚咚说得对，我需要睡眠。

又是一声凄厉诡异的叫喊从黑暗中传来。这次显得更近。

“起来，碎嘴，”副团长讲话从不客气，“团长让你到军官食堂去。”

我呻吟。我咒骂。我威胁说要犯下重度伤害罪。他咧嘴一笑，捏住我胳膊肘的麻筋，把我整个人掼在地上。“我醒了，”我嘟囔着开始摸索自己的靴子，“他有什么事？”

可副团长没了踪影。

“慈悲能撑过来吗，碎嘴？”团长问道。

“不太可能，但比这更大的奇迹我也见过。”

所有军官和队长都在。“你们想知道出了什么事。”团长说，“前两天来的那伙人，是渡海而来的使者。他提出一项盟约，用北方的军事资源交换绿玉城的海军支持。在我听来合情合理。但市政官是个死脑筋。他至今还对猫眼石城的军事行动耿耿于怀。我建议他要灵活变通。就算这些北佬是恶人，那么同盟提案可以说是两害相权取其轻，成为盟友总比当附庸国强。问题在于，如果使节继续施压，咱们该站在哪边？”

蜜糖说：“如果他让咱们跟这些北佬干仗，是不是应该拒绝？”

“也许吧。跟大巫师作对只有死路一条。”

“砰”的一声，食堂大门轰然敞开，一个男人走了进来。他瘦小枯干，皮肤黝黑，还长着一个硕大无比的鹰钩鼻。团长跳起身，一磕脚后跟打了个立正，“市政官大人！”

来客抡起双拳，往桌面上狠狠一捶，“你居然命令佣兵团撤回营堡。我付钱可不是让你们像落水狗似地藏起来！”

“你付钱也不是让我们当烈士，”团长用他那种跟傻瓜蛋讲道理的口气说，“我们是保镖，不是保安团。维持治安是城邦卫戍部队的工作。”

市政官跟所有人一样精疲力竭、担惊受怕、心烦意乱，几乎要精神崩溃了。

“理智点吧，”团长建议道，“绿玉城的局面已经无可挽回了。混乱统治了街市。任何恢复秩序的企图都是徒劳。治病等于害人。”

这话说得好。我已经开始痛恨绿玉城了。

市政官一下子泄了气，“还有邪兽的事，在城里肆虐。还有北方来的秃鹫，他们的船正在岛屿外面等着呢。”

正犯迷糊的咚咚忽然惊醒过来，“在岛屿外面，你是说？”

“等着我去求他。”

“有意思。”小个子法师重又打起瞌睡来。

团长和市政官围绕我们的契约条款吵个没完。我找来合约副本。市政官试图用“对，但是”之类的说辞扩展条约内容。显然，如果使节开始施压，市政官就准备跟他干一架。

老艾打起鼾来。团长把我们轰走，继续跟雇主争执不休。

七小时，应该勉强算是睡饱了一觉吧。我被咚咚叫醒时，没有把他掐死，只不过抱怨连天乱发脾气，直到他威胁说要把我变成一头在黎明门乱叫的驴子。等我穿好衣服，跟法师找到另外十几个人，这才发觉自己根本不知道他们打算干什么。

“我们准备去看一眼坟墓。”咚咚说。

“啥？”有时候刚起床时，我的脑子不太灵光。

“我们准备去亡魂山，亲眼瞅瞅那座邪兽墓。”

“你们先给我等会儿……”

“孬种？我早觉得你像，碎嘴。”

“你在说什么鬼话。”

“别担心。有三位顶尖法师陪你，什么都不干专门看护你这条小命。独眼本来也想去，但团长让他在家留守。”

“我干吗要去调查这件事？”

“好弄清吸血鬼的流言是不是真的，有可能是那艘怪船玩的花招。”

“真要是那样，这花招倒不坏，跟真的一样。也许咱们应该再仔细想想。”邪兽带来的恐慌完成了任何部队都无法完成的任务：它平息了暴乱。

咚咚点点头，用手指轻敲赖以得名的小鼓。我梳理着思路。要说承认自个儿的缺点，咚咚还不如他兄弟强。

这座城市安静得像座古战场。像战场一样充满臭气、苍蝇、食腐鸟和死尸。只有靴子踩踏地面的声音在四周回荡，一只可怜兮兮的狗守在倒下的主人身边，发出凄凉哀号。

“秩序的代价。”我嘟囔道。我想把狗撵走，但它就是不动。

“混乱的成本，”咚咚敲着小鼓反驳道，“这可不是一码事，碎嘴。”

亡魂山比营堡所在的高地还高。从安置富豪陵寝的上层围场，我可以看到那艘北方来的大船。

“就趴在那儿等着，”咚咚说，“跟市政官说的一样。”

“他们为什么不干脆进驻？谁挡得住他们？”咚咚耸了耸肩。谁也说不出个所以然。我们来到那座在流言和传说中占有重要地位的著名的陵寝。它显得极为苍老，绝对挨过雷劈，还有被工具挖凿留下的痕迹。一扇厚重橡木门被炸裂，方圆十几码内到处都是木屑碎片。

地精、咚咚和沉默把头凑在一起。有人开了句玩笑，说他们好像共用一颗脑袋。地精和沉默守在门洞两侧几步远的地方，咚咚则正对大门。咚咚像头准备冲锋的公牛一样来回转磨，最终找好位置，矮身蹲伏，双臂胡乱挥舞，好似在模仿武术大师。

“你们这帮蠢货怎么不把门打开？”他低声喝道，“白痴。我带来的全是白痴。”小鼓发出咚咚声响，“只会傻站着挖鼻屎。”

两个伙计走上前去，抓住符文木门用力拖拉。大门扭曲严重，无法完全打开。咚咚敲打手鼓，恶狠狠地厉声吼叫，猛地跳入墓穴。地精也紧随其后蹿了进去。沉默悄无声息地快步上前。

咚咚在里面尖声细嗓地叫了一声，随即开始打喷嚏。他跌跌撞撞跑出陵墓，眼泪直往下流，用手掌根使劲揉鼻子，乌黑肤色泛着铁青，说起话来像患了重感冒，“不是花招。”

“什么意思？”我问道。

他用大拇指比了比陵墓。地精和沉默还在里面，他们也开始打喷嚏。

我凑到门口，往里面瞥了一眼，看得并不真切，只见空中尘灰密布，在阳光下飘舞。我走进去，让眼睛逐渐适应。

到处都是成堆成垛的骨头，似乎被某个变态拾掇得整整齐齐。它们样子很怪，虽说与人类骨骼类似，但以我作为医师的眼光判断，身体各部分都很诡异。这里最初恐怕足有五十具尸体。他们当年真把这些怪物封印了起来。肯定是邪兽。

墓穴中还有几具新鲜尸首，我在开始打喷嚏前，数出七个刚死的士兵。看他们的服色，隶属于一支叛乱部队。

我把一具尸体拖到外面，松开手扔在地上，踉跄着跑开几步，开始大声作呕。等到缓过劲来，我才转回身开始检查那件战利品。

其他人围在我身边，一个个脸色发绿。“幻影可干不出这种事。”地精说。咚咚点点头。他比其他人更加心惊胆战。我甚至觉得眼前这一幕不该产生这么大影响。

沉默接着干活，用微风变出个活泼少女。她跑进陵墓大门，旋即又钻了出来，裙子上沾满尘土和死亡气息。

“你还好吧？”我问咚咚。

他看了我的急救包一眼，挥手把我赶开，“我没问题，只是想起点往事。”

我容他歇了一分钟，又继续追问道：“往事？”

“独眼和我还小的时候，被父母卖给恩·葛莫，成了他的学徒。那时，有个来自群山的信使死了，我看过他的尸首。”他说着单膝跪在死去的士兵身边，“伤口跟他完全一样。”

我心里发毛。人类绝不会像这样杀人，但从伤口判断，攻击精准有效，是心狠手辣的智慧生物留下的痕迹——这更加令人心悸。

我咽了口唾沫，跪下开始检查。沉默和地精快步走进坟墓。地精用双手捧着一个滴溜儿乱转的琥珀色光球。“没流血。”我说出观察结果。

“它把血吸干了。”咚咚说道。沉默又拖出一具尸体。“如果有时间还会吃掉内脏。”第二个人从喉咙到小腹开了个大口子，心肝不翼而飞。

沉默走回坟冢。地精冒了出来，他坐在一块碎碑上摇了摇头。

“如何？”咚咚问道。

“绝对是真家伙。不是咱们那些怪朋友搞的障眼法。”他抬手一指，那艘北方黑船还在密密麻麻的渔船和商船之间游弋巡逻，“坟里封印了五十四个。它们彼此为食，最后就剩下那一个。”

咚咚猛地蹿起来，好像被扇了一巴掌。“怎么回事？”我问道。

“也就是说，那家伙是这群怪物里最狠辣、最狡猾、最残忍、最疯狂的。”

“吸血鬼，”我嘟囔道，“活到今天的吸血鬼。”

咚咚说：“严格说来不算吸血鬼。它们是豹人。白天用两条腿走路，夜里用四条腿奔跑的怪物。”

我听说过狼人、熊人，老家那座城邦周围的农民时常讲起类似传说，但豹人可是前所未闻。我把这话讲给咚咚。

“豹人来自遥远南方那些茂密丛林，”他把目光投向海面，“必须把它们活埋才能治住。”沉默又扯出一具尸体。

吃心饮血的豹人，古老黑暗的智慧，再加上千年的恨意和饥渴；噩梦所需的配料算是备齐了。“你能制服它吗？”

“恩·葛莫都办不到。而我永远不可能跟他相提并论。臭老头试图摧毁一头年轻雄性豹人时丢了一条胳膊一只脚。咱们城里这头是雌兽，都老成精了。怨毒、残忍、聪明。我们四个也许能抵挡一阵；想打败她，没门。”

“但既然你和独眼知道这件事……”

“不，”他浑身颤抖，小鼓被捏得吱吱作响，“我们办不到。”

混乱平息。绿玉城的街巷鸦雀无声，好似一座死城。就连叛军都藏了起来，只有在饥饿难耐时，才会去城市谷仓找食儿。

市政官想给团长加码，但团长不予理会。沉默、地精和独眼开始追踪邪兽。那东西依照纯粹的动物本能行动，满足千百年来的饥渴。各党各派纷纷跑到市政官跟前要求保护。

副团长又把我们召集到军官食堂。团长没有浪费时间。“伙计们，目前形势严峻。”他踱着步说，“绿玉城想换个市政官，所有党派都要求黑色佣兵团闪到一边去，别保护现任市政官了。”看样子，这个道德困局的赌注越来越高了。

“咱们不是英雄。”团长继续说，“咱们凶悍。咱们顽强。咱们努力遵守契约。但咱们不能为注定失败的任务白白送命。”

我表示反对，以传统的立场质疑他的言下之意。

“眼下的关键问题是佣兵团的存续，碎嘴。”

“咱们拿了金币，团长。关键问题是荣誉。四百多年来，黑色佣兵团从没违反过协约条款。看看《规约之书》是怎么说的。这本书是在千夫长之乱时期，由史官寇罗尔所著，当时佣兵团在为白骨执政官效力。”

“你自己看去吧，碎嘴。”

我心中不快，“我要以自由战士的身份，坚持自己的权利。”

“他有权发言。”副团长给我撑腰。他是个比我还固执的传统主义者。

“好吧，就让他说。咱们又不是一定要听。”

我复述了佣兵团历史上最黑暗的年代……最终发觉我是在跟自己争论，其实心底下早动着背叛的念头。

“碎嘴？你讲完了吗？”

我咽了口唾沫，“找个合理的漏洞，我就听你们的。”

咚咚敲出两下嘲弄的鼓声。独眼咯咯笑道：“这活儿就交给地精办了，碎嘴。在干上皮条客这份体面营生之前，他是个律师。”

地精上了套，“我是律师？你才是律师，你妈也是……”

“够了！”团长使劲捶了下桌面，“咱们都搞懂碎嘴了。赶快解决，找条退路出来。”

其他人似乎都松了口气，甚至包括副团长。我作为史官的意见，比自己想象中还有分量。

“最明显的退路是协约持有方的死亡。”我实事求是地说。这句话飘在空中，就像一股陈腐馊味，又好似邪兽墓的恶臭。“考虑到咱们眼下的狼狈相，就算有个刺客溜进纸塔，又有谁能责怪咱们？”

“碎嘴，你有颗令人作呕的天才头脑。”咚咚说着又敲了下鼓。

“我们臭味相投。咱们可以维持表面上的荣誉。咱们不是完人，失败也是家常便饭。”

“我喜欢这主意，”团长说道，“那就散了吧，省得市政官跑来问东问西。你留下，咚咚。我有个活儿要给你办。”

那是个适合尖叫的夜晚。闷热黏湿的夜磨穿了人们挡在理智道德和心魔之间的最后一层单薄防线。恐惧、炎热和拥挤在魔鬼的锁链上施加了太多压力，尖叫声从房舍中频频传出。一阵冷风从海湾呼啸而来，厚重的暴雨云紧随其后，闪电在它们的绒絮间欢腾跃动。海风吹走了绿玉城的臭气，滂沱大雨冲刷街市。到了次日黎明，城市在晨光下好像换了一副模样，显得宁静清凉，一尘不染。

我们朝码头区走去。路上点缀着不少水洼，雨水还在沟槽中潺潺流动。等到中午，空气又会变得沉闷迟钝，而且比以往还要潮湿。咚咚在他雇来的船上等着我们。

我说：“这桩买卖你贪了多少？这条驳船估计没等离岛就要沉底。”

“镚子儿没有，碎嘴。”他的口气中透着失望。谁都知道咚咚和他兄弟喜欢小偷小摸，搞点黑市生意。

“镚子儿没有？看来这算盘打得比表面上还精。肯定是从走私犯手里骗来的。”

“我会记住你这句话。你最好给我想清楚！”不管怎么说，我踏上船板时特别加了小心。咚咚皱起眉头。照他的意思，我们应该假装他和独眼的贪欲并不存在。

我们要出海谈笔生意。咚咚得了团长全权委托。副团长和我陪同前往，负责在他开始满嘴放炮时踢他的屁股。还有沉默和另外六名兄弟给我们壮声势。

一艘海关船打来信号让我们离岛屿远点。还没等它起航，我们早就跑了。我站在船帆下，眯起眼睛凝视前方。那艘黑船慢慢迫近，越变越大。“这鬼东西简直是座浮岛。”

“太大了，”副团长发着牢骚，“这种尺寸的船赶上大风浪准得散架。”

“为什么？你是怎么知道的？”虽然脑子有点发木，但我还是忍不住对兄弟们刨根问底。

“我小时候在船上打过杂，懂点船的道道。”他的语气打消了我继续追问的念头。很多人都想保守往昔的秘密。这支由混蛋组成的团队，全靠过去并肩作战的历史和现在的处境拴在一根绳上，有这种想法一点也不奇怪。

“如果你用魔法加固，就不算太大。”咚咚反驳道。他不安地晃着身子，敲打出随性的紧张节奏。他和独眼都讨厌水。

原来如此。一位神秘莫测的北方巫师。一艘黑如地狱的大船。我的神经开始紧张。

船员扔下一架登船梯。副团长三两下爬了上去。这艘船似乎给他留下了深刻印象。

我不是海员，但也能看出黑船上井井有条，人员纪律严明训练有素。

一位下级军官挑出咚咚、沉默和我，让我们跟他走。军官带我们下了楼梯，走过船尾通道，始终不发一语。

北方使者盘腿坐在厚厚的软垫中央，船尾灯在他身后投下光芒。这间船舱配得上东方君王，我看得目瞪口呆，咚咚掩饰不住满心贪念。使者见状不禁哈哈大笑。

我被笑声吓了一跳。这声调高挑的咯咯轻笑，更适合某些酒馆里的十五岁小姑娘，而非权倾天下睥睨诸王的男人。“抱歉，”他优雅地抬起手来，遮在黑头盔下方应该是嘴巴的位置，“请坐吧。”

我的双眼不由自主地瞪圆。从他嘴里冒出来的每句话，都有着截然不同的声音。莫非这头盔里藏了一个委员会？

咚咚倒吸一口冷气。沉默依旧沉默，只是转身落座。我也学他的样子坐好，同时努力不让自己惊慌好奇的目光变得过于无礼。

咚咚那天算不上优秀的外交家。他想都没想就脱口说道：“市政官的日子不长了。我们想跟您定下……”沉默用脚尖捅了捅他的大腿。我嘀嘀咕咕地说：“这就是咱们勇敢的盗贼之王？咱们虎胆龙威的好汉？”

使节咯咯笑道：“你就是随军医师碎嘴？别怪他。想来他认得我。”

冰冷刺骨的惧意用黑色羽翼将我包裹，冷汗洇湿了我的鬓角。这跟暑热没有半点关系。一股清凉海风在船尾光中拂过，为了这种凉风，绿玉城的居民可以杀人放火。

“你们不必惧怕。我这次来是为了一项同盟提案，绿玉城和我的人民都能从中受益。我仍然坚信协约可以达成，虽说不是跟现在的当权者。你我面对的问题需要同样的解决方案，但你们被契约逼上了绝路。”

“他什么都知道。没什么好说的了。”咚咚发了句牢骚，敲打着手鼓，但他的宝贝没起什么作用，他一时无语。

使节说道：“就算有你们保护，市政官也并非刀枪不入。”咚咚的舌头好似被猫叼走了，说不出半句话来。使节看了我一眼，我只是耸耸肩。“如果你们在防卫营堡免受暴民入侵时，市政官不幸一命呜呼，你觉得如何？”

“完美，”我说，“但这个方案没有涉及我们此后的安全问题。”

“你们赶跑了暴民，随即发现惨案。你们从此没有契约在身，于是离开了绿玉城。”

“那么，我们到哪儿去？而且，我们如何摆脱敌人？城邦卫戍部队会紧咬不放。”

“那就把这话讲给你们的团长听。等到人们发现市政官过世后，如果我接到调停继任问题的书面请求，就会让我的人马接替你们进驻营堡。你们可以离开绿玉城，到惨痛岬安营。”

惨痛岬是一处白垩海岬的突出部，布满不可计数的小洞窟。它直直伸向海面，从绿玉城向东大概得走上一天。一座灯塔矗立在海岬上，同时充作瞭望塔使用。惨痛岬的名字源自从洞窟中呼啸而过的凄厉悲风。

“那他妈是个见鬼的死亡陷阱。那些杂种会把我们堵在里面，傻笑着眼看我们以彼此为食。”

“派船去把你们接走不费吹灰之力。”

丁零零。警报声在我脑中响起。这个婊子养的在跟我们耍花招。“你为什么要帮这个忙？”

“贵佣兵团会失去雇主。我很愿意接续这项契约。北方永远需要优秀的士兵。”

丁零零。警铃响个不停。他想雇用我们？要干什么？

但有种感觉告诉我现在不是提问的时候。我转移了阵地，“那头邪兽怎么办？”换个话题，给他来个出其不意。

“那个从地穴逃出来的东西？”使节的声音好似我梦寐以求的那种女人，可以把“来啊宝贝儿”说得又嗲又腻，“我可能有用得到它的地方。”

“你能制服邪兽？”

“只要等它完成自己的使命。”

我想起了抹去禁制魔法的闪电，那块碑文可是抵御住了千年侵蚀。我没有把猜疑写在脸上，这一点我敢肯定，但使节轻声笑道：“也许是，医师。也许不是。一个有趣的谜题，对吧？回去找你们的团长。速速下定决心。一定要快。你们的敌人已经准备行动了。”他说完挥挥手让我们退下。

“把信送去！”团长冲蜜糖吼道，“然后赶快给我滚回来。”

蜜糖拿上信匣走了出去。

“谁还有意见？你们这群混蛋本有机会把我轰走，可你们浪费了。”

众人火气正旺。团长向使节提出自己的条件，倘若市政官辞世，便接受他的雇请；蜜糖正要把回复送给特使。咚咚嘀咕道：“你不知道自己干了什么。你不知道是在跟谁签约。”

“那就给我开开窍。没话说？碎嘴，外面情况如何？”我刚才接到命令，在城中侦察了一番。

“的确是瘟疫流行。但我从没见过这种疫病。带菌者肯定是邪兽。”

团长瞥了我一眼。

“医学术语。带菌者就是病源。瘟疫是从它的牺牲品周围爆发的。”

队长吼道：“咚咚，你了解这种怪物？”

“没听说过能散播疾病的。而且我们那天进入坟墓的人都好好的。”

我插话道：“重要的不是病源，而是瘟疫。如果人们还不开始焚烧尸体，情况会继续恶化。”

“瘟疫还没渗入营堡，”团长分析道，“而且它有积极的一面。正规军已经没有逃兵现象了。”

“我在叹息区见到很浓的对抗情绪。他们很快就会再次爆发。”

“有多快？”

“两天？最多三天。”

团长咬着嘴唇。紧要关头正变得更加紧张。“咱们需要……”

卫戍部队的一名护民官从门口挤了进来，“暴民在攻打正门。他们带了破城槌。”

“跟我走。”

片刻工夫暴民就被驱散。仅用了几支箭和两罐热水。他们四散奔逃，还不忘用诅咒和辱骂攻击我们。

夜幕降临。我留在城墙上，注视着无数火把在远方街巷游荡。骚乱正在进化，发展出了神经系统。等它进化出脑子，我们就要被卷进一场革命了。

火把的队列逐渐消失，看来今晚还暴动不了。但如果暑热和湿气变得难以忍受，也许明天就会炸开锅。

过了一会儿，我忽然听到右侧传来剐蹭声。噼噼啪啪，吱吱啦啦。很轻很浅，但的确存在，正不断逼近。恐惧充斥我的心房。我一动不动，好似趴在大门上的石像鬼。轻风变得冰冷刺骨。

有个东西爬上城垛。眼睛火红，四脚着地，暗如夜幕。是头黑豹。它行动起来如高山溪水般顺滑流畅，一步步走下楼梯进入庭院，消失在夜色之中。

倘若将我的意识比作猴子，那么它正想赶紧爬上棵大树，嘶声尖叫，乱扔大便和烂果子。我逃向最近的房门，选了条有人把守的路线赶往团长的房间，没敲门就直接闯了进去。

我发现他躺在床上，双手枕在头后，直勾勾地盯着天花板。房间里只有一点微弱烛光。“邪兽进了营堡。我看见它从墙头爬上来的。”我声音尖细，跟地精有一拼。

团长闷哼一声。

“你听见我说话了吗？”

“听见了，碎嘴。滚开，让我一个人待会儿。”

“是，长官。”原来如此。就是这件事在折磨他。我退向房门……惨叫声忽然暴起，又响又长，显得绝望无助，最终戛然而止。声音来自市政官的房间。我抽出佩剑，冲过房门，跟蜜糖撞了个满怀。蜜糖仰面摔倒。我站在他跟前，迷迷糊糊地寻思着他怎么回来得这么快。

“给我进来，碎嘴。”团长命令道，“想找死吗？”市政官的住所又传出几声尖叫。死神从不挑挑拣拣。

我揪着蜜糖跑回房间，立刻关门上闩，然后背靠房门，紧闭双眼，使劲喘着粗气。我不知道是不是自己的错觉，但的确听见有什么东西咆哮着从门外走过。

“现在怎么办？”蜜糖问道。他面无血色，双手不住发抖。

团长草草写了封信，递给他说：“现在你再跑一趟。”

有人捶打房门。“谁？”团长喝道。

声音透过厚实木门显得很闷。我说：“是独眼。”

“打开。”

我把门打开。独眼、咚咚、地精、沉默，还有另外十几个人拥了进来，房间立刻变得闷热拥挤。咚咚说：“豹人在营堡里，团长。”他居然忘了敲鼓伴奏，那东西没精打采地垂在他屁股后面。

市政官的住所又传来一声惨叫。看来刚才是我的想象力在捣鬼。

“咱们现在怎么办？”独眼问道。这个满脸皱纹的黑鬼跟他弟弟一样瘦小枯干，总有种古灵精怪的幽默感。他比咚咚年长一岁，但谁也说不清他们到底多大——如果编年史可信的话，至少超过一百岁了。独眼在担惊受怕。咚咚处于歇斯底里的边缘。地精和沉默也惴惴不安。“它会把咱们一个个干掉。”

“不能把它干掉吗？”

“它们几乎刀枪不入，团长。”

“不能把它们干掉吗？”团长的口气里多了几分冷峻严厉。他也被吓到了。

“能，”独眼似乎比咚咚稍显镇定，“没有完全刀枪不入的东西。就算黑船里那家伙也一样。但邪兽强壮敏捷，凶狠狡猾。刀剑派不上用场。魔法好些，但也不会有太大效果。”我还从没听他承认过自己也有办不成的事。

“话已经说得够多了，”团长粗声大气地吼道，“现在开始行动。”我们的指挥官平素难以捉摸，但现在却能一眼看穿。绝境中产生的狂怒和沮丧都要冲邪兽发泄。

咚咚和独眼强烈反对。

“自打你们发现那东西跑了以后，不是一直在琢磨这件事吗？”团长说道，“事到如今你们觉得该怎么办，就赶快去办。”

又是一声尖叫。“纸塔肯定成了屠宰场，”我嘟囔道，“那怪物会扑杀塔里所有人。”

有那么一会儿，我甚至觉得沉默都会开口表示反对了。团长系好剑带，“火柴，集合人手。封闭通向纸塔的所有入口。老艾，挑些精干的戟兵和弩手。箭上蘸毒。”

二十分钟转眼即逝。我已经数不清有多少声惨叫，早把一切忘在脑后，只觉得身子抖得厉害，心里想着那几个问题——邪兽为什么会入侵营堡？它为什么不停杀人？这早已超过了满足饥渴的程度。

使节曾暗示说要利用它办点事。什么事？这件事？跟能控制邪兽的人合作，我们又在扮演什么角色？

四名法师联手在前方放出一道噼啪作响的法术。空气中闪动蓝色电光。戟兵跟了上去，弩手紧随其后。我们另外十几个人也跟着队伍走进市政官的住所。

令人失望。纸塔前厅跟平常没什么两样。“它在楼上。”独眼对众人说道。

团长转身面对我们背后的入口。“火柴，带上你的人进去。”他打算一个房间一个房间搜索，封闭所有出口，只留一条退路。独眼和咚咚不赞成这种做法。他们说那怪物如果被逼上绝路，会变得更加危险。充满恶意的寂静笼罩在我们周围。已经有好几分钟没动静了。

我们在进入塔楼正室的楼梯口发现了第一个受害者。“咱们的人。”我嘟囔了一句。市政官要求随时配属一个小队的佣兵保护自己。“楼上是卧室？”我还从没进过纸塔。

团长点点头，“一层厨房，一层储藏室，佣人的房间占两层，之后是家眷，然后是市政官本人。图书馆和办公室在顶楼。就是要让敌人难以接近他。”

我检查过尸体，“跟坟墓里那些不太一样。咚咚。它没有吸血，也没吃内脏。怎么回事？”

他答不出来。独眼也是。

团长眯起眼睛，凝视黑洞洞的楼上，“看来挺棘手。戟兵队，给我一点点往上走。枪尖压低。弩手跟上，留出四五步间隔。一有动静就放箭。所有人，拔剑。独眼，把你的魔法往前挪。”

噼啪。一步一步，悄无声息。恐惧的臭气。当！有个人无意间触发了弩箭。团长啐了口痰，像暴怒火山似地低吼两声。

连个鬼影子都没有。

佣人卧室。鲜血溅在墙上。尸体和肉屑到处都是，家具摆设也七零八碎。佣兵团里都是些硬汉，但心肠最硬的人也不免动容。就连我这在战场什么惨相都见识过的随军医师都不例外。

副团长说：“团长，我去召集余下的人手。不能让那怪物跑了。”他的口吻不容反驳。团长只是点点头。

这个修罗场起了作用。恐惧逐渐消退。我们大部分人都认定那东西必须被摧毁。

一声惨叫从楼上传来，仿佛扔向我们的讥笑嘲讽，挑逗我们继续前进。目光凛冽的伙计们往楼上走去。魔法在前头开路，空气噼啪作响。咚咚和独眼压制住心中恐惧。死亡狩猎火爆开场。

前些天一只秃鹫赶走了在纸塔顶上筑巢的老鹰，这绝对是个凶兆。我对佣兵团的雇主已经不抱希望。

我们爬上五层。事态明显得触目惊心，邪兽哪层都没放过。

咚咚猛扬起手，往前一指。邪兽就在附近。戟兵持枪单膝跪地。弩手瞄准前方黑幕。咚咚等了半分钟。他、独眼、沉默和地精似乎都屏气凝神，倾听着其他人只能想象的东西。“它在等待。小心点。别给它可乘之机。”

我问了个蠢问题，就算得到答案也无济于事，“咱们是不是应该用银武器？箭头和剑刃？”

咚咚一脸迷惑。

“在我老家，乡下人都说只有用银武器才能杀死狼人。”

“放屁。别的东西怎么杀，这玩意儿也怎么杀。只是你必须保证动作更快，下手更狠。因为你只有一次机会。”

他解释得越多，邪兽似乎就越不可怕。这跟狩猎食人狮差不多。原先干吗那么大惊小怪的？

我想起了佣人们的房间。

“所有人站住别动，”咚咚说，“也别作声。我们试试把它引出来。”他和法师小队又把脑袋凑在一起。片刻之后，他示意队伍继续前进。

我们慢慢走上一处平台，队形凑得很紧，活像个钢针倒竖的刺猬。法师们催动魔力。一阵咆哮从前方阴影中乍起，爪子刮挠声随即出现。有什么东西在动。弩弦连连拨响。又是一声怒吼，几乎像在嘲笑。法师们再度碰头。副团长在楼下号令人马堵住邪兽逃跑的必经之路。

我们缓缓步入黑暗，神经高度紧张。尸体和鲜血让我们脚下直打滑。守在楼下的人匆匆关闭各处门窗。我们一步步走进办公套间。又有两次动静引发了弩箭连射。

邪兽忽然在不到二十尺外啸叫。咚咚发出一声近乎呻吟的叹息。“逮住了。”也就是说他们已经用魔法碰到了它。

二十尺外。近在眼前。但我什么都看不见……黑影一闪，箭矢飞掠。有人惨叫一声……“见鬼！”队长咒骂道，“这里还有活人。”

有个东西从枪林上空飞过，黑如夜色之粹，快似猝死之疾。我只来得及想到“好快！”，它已经落在人群中。士兵连声惊叫，四散奔逃，彼此碍手碍脚。怪物咆哮嘶吼，尖牙利爪快得肉眼难辨。我觉得好像砍中了黑影，随即被甩出去十几尺远。

我爬起身，背靠一根立柱；相信自己活不了多久，相信那东西会把我们都宰了。我们自以为能控制它，真是自负到家了。才过去几秒钟，就死了六七个人，伤者数目更多。我们甚至没能拖慢邪兽的速度，更遑论杀伤。无论魔法还是武器都制不住它。

我们的法师站成一个小圈，试图再次施展法术。团长聚拢第二撮人手。其余士兵则散乱各处。怪物四下飞蹿，把他们逐个除掉。

灰色火光在房间中炸开，将它整个照亮，把杀场烙印在我的眼球上。邪兽嘶叫一声，这次显然吃痛不轻。法师们得了一分。

它冲我狂奔而来，又飞掠而过。我在恐慌中砍出一剑，但没得手。它猛一转身，就势扑向四名法师。他们又放出一道耀眼魔法，迎上怪物。邪兽咆哮。有人惨叫。那畜生像条将死的大蛇，在地板上滑出老远。士兵们纷纷用长矛和利剑猛刺。它很快爬了起来，从我们为自己留下的出口逃离房间。“它过去了！”队长冲楼下的副手喝道。

我浑身瘫软，脑子里一片空白，只觉得松了口气。它逃了……还没等我的屁股落地，就被独眼揪了起来，“快来，碎嘴。它打伤了咚咚。快来帮忙。”

我磕磕绊绊跑了过去，忽然发觉腿上有道浅伤。“必须彻底清洁消毒，”我嘀咕道，“那些爪子肯定脏得要命。”

咚咚变成了一摊扭曲的人类残骸。他的喉咙被撕裂，肚子被剖开，双臂和胸口的伤势深可见骨。他居然还活着，但我实在束手无策。任何医师都无能为力。就连专于治疗术的大巫师，也没法拯救这小个子黑人。但独眼坚持要我试试，我试了，直到队长把我揪起来去照顾那些还没死透的人。我离开时，独眼还在冲他怒吼。

“给这边弄点亮！”我命令道。与此同时，队长开始把没受伤的人聚集到门口，告诉他们要守住那里。光线变亮，显出屋内一片惨烈景象。小队死伤无数。还有十几个不是跟我们一起来的兄弟横七竖八倒在地上，他们是当值的卫兵。更有不少市政官的秘书和顾问毙命于此。“有人看见市政官了吗？”团长问道，“他刚才肯定在这儿。”他、火柴和老艾开始搜索。我抽不出时间关心他们的行动，忙着像个疯子似地缝缝补补，尽我可能提供帮助。邪兽留下的深深爪伤，不仅需要娴熟的缝合技术，更要专心处理。

地精和沉默设法稳住独眼的情绪，让他能够帮上点忙。也许他俩在他身上做了点手脚。独眼干起活来迷迷糊糊，好像随时可能不省人事。我找到机会，抽空又去看了咚咚一眼。他还活着，双手紧紧攥住小鼓。该死！如此坚韧不拔应该得到奖励。但是如何犒赏？我的技术实在无济于事。

“嗨！”火柴喊道，“团长！”我扭头看去，他正用长剑敲打着一口箱子。

那是个石质保险箱，绿玉城豪富人家最钟爱的款式。我猜那东西足有五百磅重。外壁精雕细琢、构思奇巧，但这些花纹几乎全被毁坏。被爪子挠的？老艾敲掉锁头，打开盖子瞄了瞄。我瞥见一个人躺在满箱金银财宝上，双手抱着脑袋，浑身颤抖不已。老艾和团长阴沉沉地对视了一眼。

副团长正好走进来，分散了我的注意力。他一直守在楼下，但始终没有动静。他觉得放心不下，这才跑了上来。邪兽没有往下跑。

“搜索塔楼，”团长对他说，“也许它上去了。”我们之上还有几层。

等我转回头去，那口箱子已经合上，看不见我们的雇主了。火柴正坐在箱子上，用匕首剔指甲。我看了团长和老艾一眼。他们举手投足之间有那么一点点古怪。

他们不会帮邪兽完成了它的使命吧？不可能。团长不可能如此背叛佣兵团的信条，对吗？

我没有多问。

我们在塔楼没发现任何东西，只有一道血迹直通塔顶。邪兽肯定是在那里积聚力量。它身负重伤，但还是从塔楼外立面爬了下去。

有人提议应该继续追踪。团长答说：“咱们马上离开绿玉城。雇佣关系已经解除。咱们必须赶在被人围攻之前离开。”他派火柴和老艾去盯着本地卫戍部队。剩下的人带上伤员撤离纸塔。

我在屋里独自待了几分钟，看着那口大石箱。好奇心油然而生，但我还是忍住了。我不想知道。

等尘埃落定，蜜糖跑了回来。他跟我们说使节已经让部队登上码头。

伙计们正在打包装车，有些人低声谈论着纸塔惨案，其他人则因为要离开绿玉城发着牢骚。你停止漂泊，立刻扎根落户。你积累财物，又找了个女人。但该来的总要来，你早晚必须把一切抛开。离愁别绪在我们的兵营中弥漫。

北方人到来时，我正在营门附近，于是帮忙转动绞盘，升起闸门。我一点不觉得骄傲。没有我的默许，市政官也许永远不会遭到背叛。

使节接管了营堡。佣兵团开始撤离。此时大约凌晨三点，街上空无一人。

我们往黎明门前进，行到三分之二处团长下令止步。几位队长把还有战斗力的人都集合起来，剩下的伙计守在车队周围。

团长带领我们沿古国大道北行。绿玉城历任君主喜欢在此纪念自己和他们的辉煌胜利，这里有许多稀奇古怪的纪念碑，就连他们喜爱的马匹、角斗士和男女爱人都位列其间。

队伍还没走到垃圾门，我就有种不祥预感。等我们进入演武场，不安变成猜疑，进而化作严酷事实。垃圾门附近除了钢叉兵营，什么都没有。

团长并未下达明确指示，但我们进入钢叉兵营的营盘后，所有人都明白此行目的。

城邦卫戍部队纪律松懈如常。营盘大门敞开，唯一的哨兵正呼呼酣睡。我们大模大样地闯了进去。团长开始分派任务。

此处尚有五六千兵马。他们的军官多少整顿了纪律，并诱使士兵把武器放回了装备库。从古至今，绿玉城的将领只在战争前夜才会把武器发到士兵手中。

三个连队直接进入兵营，屠杀睡梦中的士卒。其余连队在营盘后门建起拦截阵地。

等到天光破晓，团长才决定收手。我们迅速撤退，追上行李车队。所有人都觉得心满意足。

用不着说，佣兵团没有受到追袭。同样无人围攻我们设在惨痛岬的营地。这正是此次行动的目的，当然也是为了释放压抑数年的怒气。

老艾和我站在海岬尽头，看着远方海面上的午后艳阳在一团暴雨云周围玩耍。那朵云彩刚到这边转了一圈，用冰冷的大雨把营地浇个透心凉，然后重又跑回海面上去。天色很美，虽然算不上色彩缤纷。

老艾最近不爱吭声。“老艾，愁什么呢？”暴风雨钻到太阳前头，给海面笼上一层铅灰色。我想，不知凉风是否吹到了绿玉城。

“你八成能猜出来，碎嘴。”

“我八成能猜出来。”纸塔。钢叉兵营。我们对契约的无耻背叛。“你觉得那边该是个什么样子，大海北方？”

“你觉得黑巫师真会来接咱们？”

“他会来的，老艾。他只是正忙着让那些傀儡按自己的调子跳舞。”想要驯服一座疯狂的城邦，谁不得这么干？

“嗯，”然后是，“看那边。”

一群鲸鱼从海岬不远处的礁石群中游过。我试图装作不为所动，但没能成功。这些海兽在铁灰色水面翩然起舞，壮丽非凡。

我们背冲灯塔双双坐下，眼前仿佛铺展开一幅从未被人类玷污的图景。我有时觉得倘若没有人类，这个世界会更加完美。“那边有艘船。”老艾说道。

我起初看不真切，直到它的船帆被午后阳光涂上色彩，变成滚着金边的橙色三角，在海面上载沉载浮摇摇晃晃。“近海贸易船。大概二十吨级。”

“那么大？”

“对近海贸易船来说不小。远洋船有时能承载八十吨。”

时间大摇大摆地走过，像个寡情薄义的娘娘腔。我们注视着海船和鲸鱼。我又做起了那个做过上百次的白日梦，根据商人们道听途说来的二手故事，幻想着新大陆的模样。我们很可能要渡海前往猫眼石城。据说它就像绿玉城的孪生子，只不过更加年轻……

“那蠢货快撞上礁石了。”

我蓦然惊醒。近海贸易船距离老艾所说的危机只在毫厘之间。她略微转向，在一百码外避开一场灾难，继续着原先的航路。

“好歹算是给咱们的日子添了点刺激。”我评论道。

“等哪天你说话不夹枪带棒，我就蜷起来咽气算啦。”

“这样做能保证我精神正常，老朋友。”

“那可说不好，碎嘴。说不好。”

我继续凝视着明天的面容——总比沉溺旧事强——但明天不肯摘下它的面具。

“它往这边来了。”老艾说。

“什么？哦。”海船在波涛间颠簸而行，勉强朝我们营地下方的海岸开了过来。

“要跟团长说一声吗？”

“我估计他知道。灯塔上有岗哨。”

“哦。”

“留心提防着点，免得出什么意外。”

暴风雨正朝西方飘去，遮住了那段地平线，在海面上铺下一片阴影。冰冷晦暗的海洋。我突然开始担心这段旅程。

近海贸易船上是咚咚和独眼的走私犯朋友，他们带来了新闻。独眼情绪本已低落到极点，听罢口信，神色愈发阴沉。他甚至不再跟地精斗嘴了，那可是他的第二职业！咚咚的死对他打击至深，情绪始终没能释放出来。他不肯告诉我们那些人说了什么。

团长的情况稍好，但臭脾气让人头疼。我想他对新大陆既渴望又惧怕。契约意味着佣兵团可以东山再起，把孽债抛在身后，但他对我们将要接手的任务有所顾虑。团长怀疑市政官对北方王国的猜测是正确的。

走私犯到访后的第二天，清凉北风徐徐吹起。即将入夜时，浓雾覆盖了海岬周围。夜幕降临后不久，一艘小船从雾中出现，在海边靠岸。使节终于来了。

我们收拾好东西，跟从城里三三两两溜过来的随营人员告别。我们的牲畜和装备将是他们忠诚和友谊的报偿。我跟一个女人度过了温柔而忧伤的短暂时光，我没想到自己对她竟如此重要。我们没有落泪，也未对彼此许下谎言。我离开了她，只留下回忆和仅有的几个小钱；她离开了我，只留下哽咽欲泣的感觉和难以捉摸的失落。

“得了，碎嘴。”我爬下山往海边走去，嘴里嘟嘟囔囔，“你又不是没经历过。还没等你到猫眼石城，就已经把她忘了。”

来了六艘小船，坐满人后，桨手奋力划水，不出几秒小船便消失在浓雾之中。空船不断出现。一半运人，一半运输装备和物资。

一名会讲绿玉城话的海员跟我说，黑船上有足够的空房间。使节把他的部队留在了绿玉城，担任傀儡市政官的保镖。那家伙也是个红党，跟我们从前效力的那位主顾还沾点亲。

“希望他们不会跟我们似的，遇到那么多麻烦。”我说完这话便陷入沉思。

使节是在用手下人换取黑色佣兵团。我怀疑我们要被利用，没准会一头撞进某种难以想象的严峻形势。

等待登船的当口，我有几次隐隐听到远方传来咆哮。起初我还以为是风过洞窟的呼啸，但现在连一丝风都没有。等那声音再度响起时，所有疑虑转眼消失，我只觉得寒毛倒竖。

军需官、团长、副团长、沉默、地精、独眼和我准备上最后一条船。

“我不去。”水手长朝我们招手时，独眼忽然宣布。

“上船。”团长对他柔声说道。

用这种语气说话的团长是最危险的。

“我要脱团，到南方去。消失了这么多年，估计他们早把我忘了。”

团长抬手指了指副团长、沉默、地精和我，又用拇指朝小船一比。独眼吼道：“我要把你们都变成鸵鸟……”沉默的手封住了他的嘴巴。我们抬着他往小船跑。法师使劲扭动，活像条下了油锅的蛇。

“你要跟自家人待在一起。”团长轻声细语地说。

“等我数到三。”地精兴高采烈地叫了一声，随即开始点数。小黑人飞向船舱，身子在空中直扭。他随即从船舷上冒出头来，不住嘶声咒骂，喷了我们一脸唾沫。看到他终于有了点精气神，所有人都开怀大笑。地精带头冲上去把他按在船舱坐板上。

海员们把船推进海浪。木桨拍打水面的那一瞬间，独眼突然不再吭气。只见他脸色铁青，好像准备上刑场似的。

大船隐隐出现，影影绰绰的形体不断变大，比周遭夜色略深几分。在我相信自己的眼睛之前，已经听到水手的沉闷话语透过迷雾传来，还有索具和木材吱嘎作响。我们的小船朝舷梯漂了过去。嚎叫声再度出现。

独眼想跳船。我们把他按住。团长一脚踩住他的屁股，“你原本有机会跟我们把话讲清。你不肯说，那就忍着吧。”

独眼跟在副团长后面爬上梯子，仿佛丧失了所有希望，整个人都垮了。他眼看着兄弟死于非命，如今又被迫接近杀害兄弟的凶手，却根本没有复仇的机会。

我们来到主甲板，看到兄弟们横七竖八地靠在一堆堆装备旁。几位队长穿过满地杂物，聚拢过来。

使节出现了。我盯着他看。这还是我头一次见他站起来。此人身材矮小。我甚至有点怀疑他到底是不是男的，至少声音经常不是。

使节全神贯注地审视众人，似乎正在观察我们的灵魂。他的一名军官请团长尽可能让伙计们在拥挤的甲板上列队站好。船员们都站在中央平台，下方是一道天井，从船首直通船底，从主甲板直达下方桨手层。桨手们刚刚醒来，下面嘀嘀咕咕叮叮咣咣的一阵乱响。

使节审视着我们。他在每个士兵面前驻足片刻，将船帆徽记的复制品别在众人胸前。这活儿费了不少工夫。还没等他办妥，黑船已然起航。

使节走得越近，独眼就抖得越厉害。巫师给他别徽章时，小个子几乎昏了过去。我觉得事有蹊跷。他怎么怕成这副德行?

等他走到面前，我也有些紧张，但并不害怕。那几根戴着手套的纤细指头把徽章别在我上衣胸口，我低头看了一眼。银质骷髅和圆环镶在黑玉上，做工精致脱俗。虽说尺寸不大，但也是值钱的珠宝。若不是独眼抖似筛糠，我会认定他正在琢磨该如何拿这东西多换几个钱。

我觉得这徽章有点眼熟。跟船帆的图案无关，那玩意儿只是俗气的炫耀，我根本没往心里去。我是不是在别的地方听说过或是读到过类似的印记?

使节忽然说道："欢迎你加入夫人的队伍，医师。"他的声音永远出人意料，让人分神。这次是银铃般的少女娇音，再聪明的人听了也会昏头。

夫人？我在哪儿见过这个词被如此强调，就像一位女神的头衔？源自往昔的黑暗传说……

一声充满愤怒、痛苦和绝望的嚎叫在船上回荡。我受惊匪浅，旋即跑出队列来到天井边缘。

邪兽被关在桅杆底下的大铁笼里。它来回爬动，试着摇撼每根栏杆。在阴影中，它的体形似乎发生了微妙变化。前一刻它好似三十岁上下的健美女性，但后一刻就又变作人立起来的黑豹样貌，抓挠着钢铁囚笼。我想起使节说过可能会把这怪物派上用场。

我转头望向那个使节，记忆涌上心头。恶魔的铁锤把根根冰锥砸进我灵魂深处。我终于明白独眼为何不想渡海。北方的古老邪魔……

"我还以为你们在三百年前就死绝了。"

使节朗声大笑，"看来你不太了解历史。我们从未被毁灭，只是被锁链加身，活活埋葬。"他的笑声近乎歇斯底里，"捆缚、埋葬，最终又被个名叫波曼兹的蠢蛋释放。"

我一屁股跌坐在独眼身边。小个子把脸埋在双手里，不敢抬头。

这位使节在古老传说中被唤作搜魂，就算百十头邪兽绑在一块也不如他穷凶极恶。使节狂笑不已。他的手下个个谄颜媚色。真是个大笑话，征召黑色佣兵团为邪恶势力效劳。夺取了一座大城邦，收买了一群小恶棍。真是个滑天下之大稽的笑话。

团长走到我身边，"跟我说说，碎嘴。"

我跟团长讲了帝国、帝王和他夫人。他们统治下的邪恶王国，连地狱都望尘莫及。我跟他讲了十劫将（搜魂便是其中之一），那十名大巫师堪比半神，他们为帝王所征服，被迫替他效力。我跟团长讲了女将军白玫瑰，正是她击溃帝国，但力量不足以毁灭帝王、夫人和十劫将，只得将他们埋葬在大海北方某个由魔法封印的坟冢里。

“看来他们现在重返人世，”我说，“统治着北方王国。咚咚和独眼肯定早有怀疑……佣兵团是被征募去为他们效力。”

“是劫持，”团长低声说道，“跟邪兽的处境差不了多少。”

那怪物嘶吼一声，扑向铁笼栏杆。搜魂的笑声在雾蒙蒙的甲板上飘荡。“被劫将劫持，”我附和道，“这个类比真让人浑身不自在。”老故事逐渐在脑海中浮现，我哆嗦得越来越厉害。

团长叹了口气，眼望雾气，目视新大陆的方向。

独眼咬牙切齿地盯着笼子里的东西。我试图把他拉走，但法师甩开了我的双手。“等会儿，碎嘴。我得把这事儿搞清楚。”

“什么事？”

“它不是杀咚咚的那头。它身上没有咱们留下的伤痕。”

我缓缓转过身，打量使节。他瞧着我们，再度哈哈大笑。

独眼到底没能搞清。我也始终没跟他讲明。我们的麻烦已经够多了。

第二章
渡鸦

“这趟海路足以证明我的观点，”独眼捧着个白锡杯子唠唠叨叨，“黑色佣兵团不属于海洋。小妞！拿酒来！”他挥了挥啤酒杯，不然那女孩根本不知道他是什么意思。独眼说什么也不肯学北方话。

“你喝醉了。”我告诫道。

“眼神够毒的。先生们可否做个记录？碎嘴，咱们可敬的医学和史学大师，明察秋毫地发现我喝醉了。”他这番话说得荒腔走板酒嗝不断，还一本正经地扫视众人，那副庄严肃穆的表情也只有酒鬼摆得出来。

女士拿来一杯啤酒，又递给沉默一瓶——他也打算多灌几口自己钟情的毒药。沉默喝的是一种绿玉城酸葡萄酒，很配他的性格。银钱转了手。

我们一共七个人，尽量保持低调。这地方全是水手，我们又都是外乡外路。要是酒馆里闹起点事儿来，挨揍的一准是我们。除了独眼以外，我们都乐意息事宁人，等有钱拿的时候再出手。

典当商把丑脸从临街的门洞探了进来。他那双小王八眼眯成一条缝，很快就瞅见了我们。

典当商得到这个诨名，是因为他在佣兵团里放高利贷。他不喜欢这个绰号，但也说过无论什么称呼都强过当农民的爹娘给他起的乳名——小甜菜。

“嗨！那不是小甜菜吗？”独眼吼道，“到这儿来，甜心。独眼大爷请客。他已经醉得屁都不懂了。”一点儿没错。清醒的时候，独眼抠得像只千锤百炼的铁公鸡。

典当商扮个苦相，偷偷摸摸朝周围看了两眼，他举手投足间总透着鬼祟，“团长要见你们。”

我们对视一眼。独眼也安静下来。我们最近很少见到团长。他总是跟帝国军的大爷们搅在一起。

老艾和副团长站起身。我也离开座椅，朝典当商走去。

酒馆老板忽然大喝一声。有个女侍冲到门口，挡住我们的去路。一个木愣愣的壮硕汉子从里屋跑了出来，两只斗大拳头各捏着一根疙疙瘩瘩的粗木棒。瞧他那神色，似乎还有点不明所以。

独眼怒骂一声。我们的同伴都站起身来，做好打架的准备。

水手们闻见出乱子的味儿，纷纷选择立场。当然，大部分要跟我们对着干。

“这是什么意思？”我高声叫道。

“拜托，先生，”堵住门口的女侍说，“你的朋友们还没付最后一轮酒钱。”她说着冲酒馆老板使了个用心不良的眼色。

“没付才怪。”这儿的规矩明明是一手交钱一手交货。我看着副团长，他点点头。我又瞟了老板一眼，感到贪欲扑面而来。这家伙准以为我们烂醉如泥，糊涂到肯付双份钱。

老艾说：“独眼，这贼窝是你挑的。你去跟他们讲道理。”

话音未落，只听独眼怪叫一声，活像头遇上屠夫的肥猪……

一个黑猩猩大小的丑怪东西，手舞足蹈地从我们桌子底下钻了出来。它冲向门口的女士，在她腿上留下齿痕，随即爬上那座抡棒子的肉山。大汉还没明白是怎么回事，身上就多了十几处汩汩冒血的伤口。

房间中央一张桌上的果盘在黑雾里消失，转眼再度出现，无数毒蛇扭着身子直往外爬。

老板突然张大嘴巴，一团金龟子从里面喷涌而出。

我们趁乱离开了酒馆。这一路上，独眼又叫又笑，快活得不得了。

团长盯着众人。我们互相依靠着站在他桌前，独眼还不时爆出一阵傻笑。就连副团长都无法保持严肃。“他们喝醉了。”团长对他说。

“我们醉了，”独眼说，“我们确定一定以及肯定是醉了。”

副团长捅了捅他的腰眼。

“坐下，伙计们。既然到了这儿，都给我精神点。”

从社会地位角度来看，这座华贵入时的花园比我们刚才造访的小店高出不止十万八千里。就连这儿的妓女都有贵族头衔。树木和园林景观把花园巧妙地分隔成诸多半隐秘空间。这里有亭台小榭、石道池塘，空气中弥漫着扑鼻花香。

“对我们来说有点奢侈。”我评说道。

“什么情况？”副团长问道。其余人等晃晃悠悠地各自坐好。

团长挑了一张大石桌，周围足可以坐二十人，“咱们是客人，就应该有客人的样子。”他捏弄着胸前的徽章，这东西标志着他受到搜魂保护。我们每人都有一枚，但很少戴出来。团长这是在暗示我们改正这个毛病。

“咱们是劫将的客人？”我压抑着直往上泛的酒劲儿。这件事应该写进编年史。

“不。徽章是戴给别人看的。”他抬手往周围一比。这里所有人都戴着徽章，表明自己是某位劫将的盟友。我认出了几个：狼嚎、夜游神、风暴使、瘸子。

“招待咱们的主人想加入佣兵团。”

“他想加入黑色佣兵团？”独眼问道，“这家伙脑子进水了吧？”我们已经很多年没有募到新血了。

团长笑着耸耸肩，“曾几何时，有位巫医就这么干了。”

独眼嘟嘟囔囔地说：“他没有一天不后悔的。”

“那他怎么还在这儿？”我问。

独眼没搭茬。从没有人离开佣兵团，除非是躺着出去。团队就是我们的家。

“这个人怎么样？”副团长问道。

团长闭上双眼，“不同寻常。是个可造之才，我喜欢。不过你们还是自己判断吧。他来了。”团长说着，指了指一个在花园中左顾右盼的人。

他身着破破烂烂的灰色衣裤，补丁摞着补丁；中等个儿，肤色黝黑，身材瘦削，隐隐透着俊秀。我猜他大概三十岁。他并不起眼……

这么说不准确。等你多看两眼就会发觉他有种很醒目的感觉。一股英气，面无表情的派头，还有举手投足的气度。富丽堂皇的花园没有把他震住。

周围的人纷纷抛来白眼，皱起鼻子。他们看不到人，只看到一身破衣烂衫。我能感到他们心生厌恶。让我们进来已经够糟，现在连捡垃圾的都来了。

一名衣着考究的侍者觉得他肯定是进错了门，想领他赶紧出去。

那人朝我们走来，同侍者擦身而过，完全当他不存在。他走起路来有点僵硬，并不顺畅，说明不久前受过伤，还没完全养好。

“团长？”

“下午好。请坐吧。”

一位胖大将军从一群高级军官和窈窕少女中抽身出来。他朝我们走了两步，又站住不动，显然是忍不住想要表明心中的鄙夷。

我认得这个人。贾雷纳大人。在军中爬得很高，地位仅次于十劫将。他脸涨得通红，一副气鼓鼓的模样。我不知道团长是否看在眼里，反正他没有表现出来。

“先生们，这位是……渡鸦。他想加入我们。渡鸦不是他的真名。这无所谓。你们谁不撒谎。自我介绍一下，有什么话就问吧。”

这位渡鸦颇有几分古怪。我们显然是他的宾客。看他的风度气质不像街上的乞丐，但那副鬼模样却跟叫花子相差仿佛。

贾雷纳大人呼哧带喘地走了过来。瞧他那猪头猪脑的样子，我真想把他们用在部队上的手段挑一半让他尝尝。

贾雷纳皱着眉头，冲团长怒目而视。“先生，”贾雷纳喘着气说，“凭你们的身份背景，我等不能把你们拒之门外，但是……花园仅供上流人士游赏。两百年来莫不如此。我们不欢迎……”

团长挤出一丝嘲讽的笑容，柔声答道：“我只是客人，尊敬的将军。如果您不喜欢我，还是跟招待我的主人抱怨吧。”他说着指指渡鸦。

“先生……”贾雷纳半转过身刚要发话，忽然惊得目瞪口呆，

“是你！”

渡鸦盯着贾雷纳，身上纹丝不动，眼皮都不眨一下。胖子的红脸膛儿变得煞白，他几乎用哀求的目光瞥了同伴们一眼，旋即又看看渡鸦，看看团长；那张嘴巴始终没能吐出半个字眼。

团长把手伸向渡鸦。他接过搜魂的徽章，别在自己胸前。

贾雷纳脸色更白，一步步退了回去。

“似乎是你的熟人。”队长说道。

“他以为我死了。”

贾雷纳回到同伴身边，急匆匆地嘀咕两句，冲我们指指点点。脸色惨白的人们望向这边，彼此争论片刻，随即一同逃出花园。

渡鸦没做任何解释，只是说：“咱们可以谈正事儿了吗？”

“可否方便帮我开开窍，刚才到底出了什么事？”团长换上了危险的柔声细语。

“不。”

“最好重新考虑一下。你可能危及整个团队。”

“不可能。只是件私事。我会把它留在身后。”

团长思忖片刻，他素来不喜欢无缘无故对别人的过去寻根问底，但这次并非无缘无故，“怎么把它留在身后？你显然跟贾雷纳有些瓜葛。”

“跟贾雷纳无关，是他的一些朋友。都是过去的事了。我会在加入你们之前把它解决掉。有五个人要死，然后这些旧账便一笔勾销。”

听来很有意思。啊，充满神秘和阴谋的气息、欺骗和复仇的味道。一段好故事的戏肉。“我叫碎嘴。你有什么特别的原因不肯跟大家分享这个故事吗？”

渡鸦转头看着我，显然正极力控制自己，“这是私事，是旧账，而且很不体面。我不想跟外人提起。”

独眼说：“这样的话，我不能投票收你入伙。”

两男一女沿石板路走了过去，在贾雷纳那伙人刚才所站的地方驻足片刻，环顾四周。迟到的？我眼见他们吃了一惊，开始小声商量。

老艾支持独眼，副团长也是。

“碎嘴？”团长问道。

我投了赞成票。我闻到谜团的味道，不想轻易把它放走。

团长对渡鸦说：“我多少知道一点，所以支持独眼的决定。只是为佣兵团着想。我很想收你入团，但是……在我们离开之前把它摆平。”

迟到的三人冲我们走来，一个个摆出眼高于顶的派头，但还是决定问清楚同伴们跑到哪儿去了。

“你们什么时候上路？”渡鸦问道，“我还有多少时间？”

“明天。日出时。”

“什么？”我问。

“等会儿，”独眼说，“这样就定下来了？”

就连从不废话的副团长也说：“咱们不是还有几周时间吗？”他刚刚找到一位女性朋友，自打我认识他以来，这可是头一遭。

团长耸耸肩，“他们需要咱们北上。瘸子在迪尔的要塞被一个叫耙子的叛军攻占了。”

那三个人走到我们跟前。其中一个男的问道：“刚才在山茶花室的那些人到哪儿去了？”话里透着烦躁，带有鼻音，散发出傲慢和轻蔑的臭气。我只觉火往上冒。自从加入黑色佣兵团，我从没听到过这种腔调。绿玉城的人从不会这么说话。

我心中暗道，猫眼石城不了解黑色佣兵团。还不了解，真的。

渡鸦听到这个声音，就好像后脑勺挨了一闷棍。他浑身僵直，眼中寒光乍起。一丝笑容忽然出现在眼角。这可是我平生所见最恶毒的微笑了。

团长轻声说道："我总算明白贾雷纳为什么突然闹胃病了。"

我们一动不动地坐在原地，被那即将登场的惨剧震慑。渡鸦缓缓转过身去，站了起来。那些人看到了他的脸。

傲慢腔登时哑口无言。另一个男的开始发抖。而那女人张大嘴巴，却一点声音也没挤出来。

我不知道渡鸦的刀是从哪儿掏出来的。这一幕快得肉眼难辨。傲慢腔喉头鲜血直冒。他的朋友胸口多了把刀。渡鸦左手正捏着女人的脖子。

"不要。求你了，"她有气无力地低声哀求，但似乎不指望得到宽恕。

渡鸦手上加力，逼她跪在地上。女人面容发紫，脸庞肿胀，舌头都吐了出来。她抓住渡鸦的腕子，身子猛地一抖。渡鸦把她揪了起来，瞪着她的双眸，直到那两眼翻白。女人浑身一软，又打了个哆嗦，就此丧命。

渡鸦猛地抽回左臂，盯着僵直颤抖的手掌，脸色白得吓人，最终浑身颤抖起来。

"碎嘴！"队长喝道，"你不号称是医生吗？"

"对。"人们从震撼中苏醒。整座花园的人都看着我们。我检查了傲慢腔，死得透心凉。他的伙伴也没气了。我转去看那女人。

渡鸦跪下身，握住女人的左手。他眼中噙着泪花，摘下一枚金质婚戒，揣在兜里。虽说女人身上一派珠光宝气，但他只拿了那个戒指。

我隔着尸体跟他对视一眼。渡鸦眸子里又射出寒光，像是在看我敢不敢说出自己的猜想。

“我不想表现得歇斯底里，”独眼抱怨道，“但咱们干吗不赶快扯乎？”

“说得好。”老艾说着拔腿就走。

“快走！”团长冲我吼道。他抓住渡鸦的胳膊。我连忙跟上队伍。

渡鸦说：“我会在黎明前摆平自己的私事。”

团长扭头看了一眼，只说了句：“好。”

我觉得他能办到。

但我们离开猫眼石城时，渡鸦没有出现。

那天晚上，团长接到几条夹枪带棒的口信。他对此只说了一句话：“看来那三个人肯定手眼通天。”

“他们戴着瘸子的徽章。”我说，“话说回来，渡鸦到底是怎么回事？他是谁？”

“某个跟瘸子合不来的家伙，被人下了黑手，丢在外面等死。”

“他是不是没跟你说过那女人的事？”

团长耸耸肩。我将其视作肯定回答。

“我敢打赌，她准是渡鸦的妻子。也许她背叛了他。”这种事在猫眼石城司空见惯。阴谋、暗杀，再加上赤裸裸的争权夺势。各种堕落的乐趣应有尽有。夫人不会阻止任何事。也许那些游戏反倒令她开心。

我们向北进发，逐渐接近王国腹地。越往前走，当地乡民的情绪就愈发阴郁冷漠、死气沉沉。抛开天气不说，这里也不是能让人们安居乐业的土地。

终于有一天，我们来到帝国的核心地带，也就是夫人复活后修造在查姆的高塔。目光冷峻的骑兵一路监视我们。队伍没能进入高塔五里以内。即便如此，高塔的侧影也在地平线上隐隐出现。它是个黑色石料筑成的巨大方块，至少有五百尺高。

我一整天都在端详塔楼。我们的女主人该是什么样子？我有机会见到她吗？夫人勾起了我的兴趣。那天夜里，我信手写了篇文章，试图描画她的模样。那东西最终蜕变成了一段浪漫故事。

次日下午，我们遇到一个脸色惨白的骑手。他从北方飞驰而来，受命寻找我们佣兵团，身上的徽章说明他是瘸子的追随者。我们的游骑兵把他带到副团长面前。

“你们的人还真会享清福啊。你们必须马上赶赴福斯博格。别他妈磨蹭了。”

副团长平素从容淡定，由于阶级关系，早就习惯于受到众人尊敬。他惊得一时说不出话来。传令兵变得更加无礼。副团长这才开口问道：“你是什么官阶？”

“瘸子的下士传令兵。伙计，你们最好赶快上路。他可不听任何借口。”

副团长是佣兵团的军法官。这是他帮团长卸下的包袱之一。他是那种通情达理、公正严明的人。

“上士！”他冲老艾吼道，“到这儿来。”他生气了。通常只有团长才用官阶称呼老艾。

老艾当时正跟团长并肩而行。他打马跑到队列最前方。团长也跟了上来。“长官？”老艾问道。

副团长冲团长敬了个礼，“抽他一顿，让这乡巴佬懂点规矩。”

“是，长官。奥托，克里斯平，过来帮把手。”

“二十鞭应该够了。”

“就二十，长官。”

“你他妈知道自己在招惹谁吗？臭佣兵别想……”

团长说：“副团长，我觉得他是想多加十鞭。”

“是，长官。老艾？”

“三十鞭，长官。”他伸手一揪。传令兵从马鞍上跌落在地。奥托和克里斯平把他拉起来，揪到一排栅栏前，按在上面。克里斯平扯开他的衬衣后襟。

老艾用副团长的短马鞭开始抽打。他没有下死力。这里边没什么深仇大恨，只是给那些以为黑色佣兵团是二流货色的人一个警告。

等老艾抽够数，我拿着医疗包来到那人身边。“放松点，伙计。我是医生。我会替你清洗后背，包扎伤口。”我拍拍他的脸，“在北佬中间，你还算条硬汉子。”

等我处理完毕，老艾给了他一件新衬衫。我主动提供了几条医嘱，又对他说：“去跟团长回话时，最好当这事没发生过。”我指了指团长，“明白吗？”

老朋友渡鸦来到我们跟前。他骑在一匹汗津津灰扑扑的大花马上往下看。

传令兵采纳了我的建议。团长说：“告诉瘸子，我会尽可能加快行军速度。但我不会玩命赶路，省得到了地方连打仗的力气都没有。”

“是，长官。我会告诉他的，长官。”传令兵小心翼翼地骑上马，没有流露出任何情绪。

渡鸦道：“瘸子会为这事儿掏了你的心。”

“瘸子的不满与我无关。我还以为你会在队伍离开猫眼石城之前跟我们会合。”

“结账费了点时间。有个人根本不在城里。贾雷纳通知了另一个人。我花了三天时间才找到他。”

“那个跑出城的呢？”

“我决定还是来入伙。”

这不是个令人满意的答复，但团长没有追问，“如果你还有旧账没有了结，我不能让你加入佣兵团。”

“我决定放他一马。我已经讨还了最重要的债务。”他说的是那女人，我听得出来。

团长眉头紧锁，目不转睛地看着他，“那好吧。编入老艾的连队。”

“谢谢您，长官。”这句话说得怪腔怪调。他显然并不习惯称呼别人长官。

我们继续一路北行，经过榆树城，进入突出部，经过玫瑰城继续向北，最终进入福斯博格。当年的王国变成了血流成河的修罗场。

木桨城坐落在福斯博格最北端，大坟茔就在上方森林中，四百年前夫人和她的爱人帝王葬身此处。木桨城那些执迷不悟的法师，在进行召亡术研究时不慎将夫人和十劫将从永恒黯梦中唤醒。如今他们的后人被负罪感驱使，同夫人争战不休。

福斯博格南方仍保持着虚假的和平。农民们向我们问好时冷若冰霜，但都欣然接受了我们的钱财。

“那是因为看见夫人的军队付钱实在新鲜。”渡鸦道，“劫将从来想要什么就直接拿走。”

团长闷哼一声。要不是得到了相反的指示，我们也会这么干。搜魂命令我们拿出点绅士风度。他给了团长一大笔军费。团长自然满口应允。没必要平白无故制造敌人。

我们已经走了足足两个月，上千里路程被抛在身后，所有人都精疲力竭。团长决定在战区边缘休整一番。也许他已经有点后悔替夫人效力了。

不管怎么说，既然不打仗也能拿到同样的薪水，又何必自找麻烦。

团长带领我们进入一片森林，佣兵团安营扎寨。他跟渡鸦说了两句话，我都看在眼里。

诡异。他们之间似乎萌生了一条无形纽带。我对他们两人知之甚少，实在无法理解。渡鸦是个新谜题。团长，我始终没能摸透。

我认识团长这么多年，却几乎对他毫不了解。仅有些只鳞片爪的线索，其余的都是猜测臆想。

他出生在珍宝诸城的某座城邦，是个职业军人。有件事改变了他的一生；也许是女人。团长放弃了官位和头衔，开始四海漂泊，最终跟我们这群精神上的流放者混在一起。

我们都有各自的历史。但我猜兄弟们之所以对此讳莫如深，不是因为想逃离过去，而是因为只要眼珠一转，随便抛出两句微妙暗示，提起一辈子都别想摸到的天仙美女，就能给自己凭空添点浪漫传奇。从我挖出的那些故事来看，兄弟们大部分是为了逃避法律惩戒，而非爱情悲剧。

但团长和渡鸦显然是同一类人，这两位真是情投意合。

营盘扎下。岗哨布好。我们开始休息。尽管这是个战火纷飞的地区，但交战双方都没有马上发现我们。

沉默用他的法力加强了岗哨警戒。他发现有几个探子潜伏在我们的外围侦察线内，便立即通知了独眼。独眼将此事上报团长。

团长把正在玩牌的我、独眼、地精和另外几个人赶散，将地图铺在充作牌桌的木桩上，“他们在哪儿？”

“这儿有两个，那边两个。这里还有一个。”

“找个人去通知哨兵撤岗。咱们悄悄离开，地精。地精在哪儿？告诉地精去弄幻象。”团长决定暂时按兵不动——我认为这是个值得称道的方案。

几分钟后，他又问：“渡鸦跑哪儿去了？”

我说：“估计他去解决那些探子了。”

“什么？他是白痴吗？”团长脸色阴沉，“地精，你他妈的又想干吗？”

地精说起话来活像只被踩扁的耗子。他状态最好时都显得尖声细气，面对团长震怒的声音更好似雏鸡，“您刚才叫我。”

团长转着圈踱步，眉头紧锁，连连低吼。若是有地精或者独眼的本事，他的耳朵眼里肯定要往外冒烟。

我冲地精挤挤眼，他咧嘴笑得好似大蛤蟆。这场晃晃悠悠的小小战舞，是在警告我们别招惹他。团长翻弄地图，目光阴沉，又转身走到我面前，“我讨厌这件事。是不是你怂恿他去的？”

“别逗了。”我从不创造军团的历史，只是把它们记录下来。

说话间渡鸦冒了出来。他把一个人扔在团长脚下，又递上一串恶心骇人的战利品。

“这是什么鬼玩意儿？”

“拇指。这地方用它们统计战果。”

团长脸颊发绿，“这人又是干吗用的？”

“把他放在火边跟咱们一起烤烤火，然后扔在这里。那些人就不会再浪费时间琢磨咱们是如何发现了探子。”

独眼、地精和沉默给整个佣兵团施了个障眼法。我们悄无声息地撤出营地，滑得仿佛从蠢渔夫手里溜掉的鱼。一支敌军人马偷偷摸了上来，可连我们的屁都闻不见。黑色佣兵团继续北上。团长计划找到瘸子。

那天下午晚些时候，独眼突然哼起行军曲。地精扯开细嗓表示反对。独眼坏笑着提高了嗓门。

“他把词儿都改了！”地精叫道。

人们个个喜笑颜开，满怀期待。独眼和地精是多少年的冤家对头。先挑事儿的总是独眼。地精好似松脂，点火就着。看他们斗嘴是件乐事。

但这次地精没怎么搭理独眼。小个子黑人这下子伤了心，唱得声音更大了。我们指望看到大爆炸，得到的却只是沉闷无聊。独眼勾不出对方的火儿来，只好自己生闷气。

过不多时，地精忽然对我说："把眼皮支起来，碎嘴。咱们这是在一片陌生国度，什么怪事都有可能发生。"他言罢咯咯讪笑。

一只马蝇落在独眼坐骑的屁股上。那匹马嘶律律痛叫，人立起来。独眼往后一倒摔在地上。众人哄堂大笑。骨瘦如柴的小法师从尘灰中站起身，嘴里不住咒骂，用破破烂烂的旧帽子拍拍打打，又抡起左拳给了坐骑一下。但这拳打在马匹额头，独眼疼得吱哇乱叫，转着圈跳脚，猛向指关节吹气。

他得到一片嘘声。地精露出志得意满的笑容。

过不多时，独眼又打起了瞌睡——只要你曾在马背上累到死去活来，就能学会这种在马背上睡觉的窍门。一只鸟落在他肩头。独眼打着呼噜，伸手去赶……小鸟留下一大摊泛着恶臭的紫色粪便。独眼怒吼一声，扔出几件东西，又脱下上衣想把秽物掸掉。

我们再次放声大笑。地精表现得像处女一般清白无辜。独眼皱着眉头，吼了两句，但还是不明白是怎么回事。

等我们爬上一座山丘顶峰，独眼终于开了窍。只见一群猴子大小的矮人正猛亲一尊好似马屁股的雕像。每个矮人都是具体而微的小独眼。

法师扭回头恶狠狠地瞪着地精。地精摆出一副"别看我"的无辜表情。

"地精得分。"我做出裁判。

“你也给我当心点，碎嘴，”独眼吼道，“不然在这儿亲屁股的就要变成你。”

“等母猪会上树吧。”作为法师，独眼的本事比地精和沉默更大，但他说的话一多半都信不得。如果他能兑现一半的威胁，就连劫将也得小心提防。沉默持久力更强，而地精创造力丰富。

独眼估计要好几天晚上睡不着觉，苦思冥想在地精面前找回面子的方法。一对怪人。我不知道他们为什么还没把对方宰了。

想找瘸子真是说起来容易做起来难。我们循着他的踪迹进入一片森林，只发现被废弃的防御工事和一大堆叛军尸体。道路向下延伸进入一处峡谷，宽阔草场被叮咚溪流分成两半。

“活见鬼，”我问地精，“这是什么怪事？”草地间夹杂着许多宽大低矮的焦黑土丘。到处都是尸体。

“这是劫将被世人惧怕的原因之一。杀生咒。魔法的热力把地表吸了起来。”

我停下脚步，开始研究一处土丘。

黑土仿佛是用圆规量出来的，边缘像用笔画出来一样清晰。烧焦的骷髅横七竖八倒在土丘上。剑刃和矛头就像蜡做的仿制品，又在太阳底下放了太长时间。我发现独眼也在观察，“等你什么时候玩出这一手，就能把我吓住了。”

“要是玩出这一手，我能把自己也吓住。”

我检查了另一处土丘，跟头一个全无二致。

渡鸦催马上前，在我身边勒住缰绳，“瘸子干的，我以前见过。”

我嗅着空气中的煳味。也许他这会儿的情绪正好对路，有兴趣回答我的问题。“那是什么时候的事？”

他没理我。

渡鸦不肯钻出自己的盔甲。他平时连招呼都懒得打，更不曾讲起自己的身份背景。

他是个冷酷的家伙，眼见山谷中的恐怖场面，连眉头都没皱一下。

“瘸子吃了败仗，”团长做出判断，“队伍仓皇败走。”

“咱们还去找他吗？”副团长问道。

“咱们身在异乡异土，单独行动危险更大。”

我们抛下一片片荒芜原野，循着暴力的痕迹、毁灭的踪影往前走。村镇焚毁，生灵涂炭，就连井里都下了毒。瘸子所到之处，只留下死亡和废墟。

佣兵团接到的任务是帮忙控制福斯博格。跟瘸子会合并非强制性命令。我不想跟他打交道，甚至不想跟他待在同一个省份。

毁灭的景象变得越来越新鲜，渡鸦的情绪变化也越来越大：兴奋、沮丧、反思、决心，还有就是那种平素用来掩饰内心的自制力。

每当我思及同伴们的本性，总希望自己能拥有小小天赋，看透他们的内心世界，看透驱使他们行动的内心的种种光明或阴暗之处。但我会先朝自己的灵魂丛林瞟上一眼，然后感谢诸神没让我摊上这种本领。凡是勉强才跟自己达成和解、不再天人交战的人，都没资格刺探别人的灵魂。

我决定留心观察这位新入伙的兄弟。

不用草包肚从前头跑回来通报，我们也知道队伍就快到地方了。前方地平线上长出一株株高大歪斜的浓烟之树。福斯博格的这片疆域平坦开阔，绿意盎然，在青色天空映衬下，那些烟柱显得格外可憎。

四周平静无风。今天下午注定炎热灼人。

草包肚跑到副团长身边。正互相吹牛的老艾和我收起陈腐乏味的谎言，支棱起耳朵。草包肚指着一根烟柱说："还有几个瘸子的人在那座镇上，长官。"

"跟他们谈过了？"

"没有，长官。大头觉得您不希望我们轻举妄动。他还在村外等着呢。"

"他们有多少人？"

"二十，二十五。恶狠狠，醉醺醺。当官的比当兵的更糟。"

副团长回头看了一眼，"哦，老艾，今天是你的幸运日。带上十个人跟草包肚走。四周侦察一下。"

"妈的。"老艾嘟囔一句。他是个好兵，但闷热的春天让人懒得动弹。"好吧。奥托、沉默、挫子、小白、公羊、渡鸦……"

我轻咳一声。

"你脑残了，碎嘴。好吧。"他迅速屈指一算，又点出三个名字。我们在行军队列外面集合。老艾给我们大概讲了两句，确保所有人都带着脑袋，"走吧。"

我们快速前进。草包肚引着队伍进入一小片林地，可以由此俯瞰遭了殃的村庄。大头和另一个名叫俏皮的伙计正守在那里。老艾问："有什么进展？"

俏皮是个说冷笑话的行家。他答道："火势小了些。"

我们望向村庄，目之所及无不令我反胃。被杀的牲畜。被杀的猫狗。还有孩子们残缺不全的小小尸体。

"别又是孩子，"我下意识地说，"别又是婴儿。"

老艾怪怪地看了我一眼，不是因为他对此无动于衷，而是因为我平常也不算同情心泛滥，见过的死人更是不计其数。我没跟他解释。对我来说，成人和孩子有本质区别。"老艾，我得进去看看。"

"别犯傻，碎嘴。你又能帮上什么忙？"

"哪怕能救下一个孩子……"

渡鸦说："我跟他一起去。"一柄短刀出现在他手中。渡鸦这一招肯定是跟魔术师学的。每当紧张或是愤怒时，他就会玩这手。

"你觉得能唬住二十五个人？"

渡鸦耸耸肩，"碎嘴说得对，老艾。这件事不干不成。有些事是忍不下去的。"

老艾松了口，"咱们都去。但愿他们还没醉到分不清敌我的程度。"

渡鸦催马便走。

这个村子规模不小。在瘸子到来前，约莫能有两百户人家。如今半数房舍已经烧毁，或是正在燃烧。街巷间都是尸体，苍蝇群聚在他们无神的双眼周围。"没有一个青壮年。"我说。

我翻身下马，跪在一个四五岁的男孩身边。他的颅骨破裂，但还有口气。渡鸦走到我身边。

"我无能为力。"

"你可以结束他的痛苦。"渡鸦眼里含着泪水，还有愤怒，"这是不可原谅的行为。”他走向倒在阴影里的一具尸体。

那人可能有十七岁，身穿反叛军主力的军装上衣，显然是在战斗中死去的。渡鸦说：“他肯定是在休假。保护他们的只有这个孩子。”他从僵硬的手指中撬出一张弓，弯了弯，“好木头。有几千张这东西就能击败瘸子。”他说着把弓背在背后，又拿过男孩的箭矢。

我检查了另外两个孩子。他们都非药石能救。我在一个燃烧的窝棚里发现一位老祖母。她临死前还在保护怀里的婴儿。她没能如愿。

渡鸦难以掩饰心中的厌恶，“像瘸子这种畜生，每杀一个人就要制造两个敌人。”

我忽然听到一阵喑哑的哭泣，咒骂和笑声也从前方传来，“看看那边是怎么回事。”

我们在窝棚旁边发现四具士兵尸体——那孩子留下了战果。“好箭法，”渡鸦说道，“可怜的白痴。”

“白痴？”

“他应该懂得何时逃跑。这样一来，所有人都能轻松点。”渡鸦的认真态度吓了我一跳。他干吗在乎一个叛军男孩？“死英雄不会得到第二次机会。”

啊哈！他这是回想起了过去的某件往事。

咒骂和哭泣最终化作一幕惨剧，只要是稍有人性的家伙都会觉得反胃。

十几名士兵围成一圈，彼此讲着残忍的笑话，开心得不得了。我曾见过一只母狗被一群公狗围住，它们不是按照惯例相互撕咬争夺交配权，而是选择轮流上。若不是我把它们赶走，母狗可能活不下去。

渡鸦和我骑在马上，看得更加清楚。

受害人是个九岁的小女孩，满身都是伤口。她怕得要死，但没发出任何声音。片刻之后我才明白，她是个哑巴。

战争是由残忍男性经营的残忍生意。老天知道，黑色佣兵团不是美与善天使。但凡事总有限度。

他们强迫一位老人在旁边看着。他正是咒骂和哭泣的来源。

渡鸦一箭射中正要扑向女孩的士兵。

“见鬼！”老艾叫道，“渡鸦！……”

那些军人转身望向我们，纷纷抽出武器。渡鸦又是一箭，放倒了擒住老人的士兵。瘸子的人彻底失去了战斗欲望。老艾低声说道：“小白，去告诉老大，赶快滚到这儿来。”

一个瘸子的人似乎产生了类似的想法，他掉头就跑。渡鸦没有理会。

团长准得把他大卸八块装盘吃。

但渡鸦似乎满不在乎，“老大爷，这边来。带上那孩子，给她穿点衣服。”

我一方面忍不住想鼓掌喝彩，另一方面却不由得暗骂渡鸦真是白痴。

用不着老艾告诉我们要多加小心，所有人都痛苦地发觉我们有大麻烦了。快跑，我心想，小白，快点跑。

对方的信使抢先找到了指挥官。那人摇摇晃晃从街上走来。草包肚说得对，他比他的手下更糟。

老人和女孩揪住渡鸦的马镫。老头盯着我们的徽章，皱起了眉头。老艾催马上前，指了指渡鸦。我点点头。

醉醺醺的军官站在老艾跟前，用无神的双眼扫视我们。他似乎吃了一惊。艰苦的职业生涯把我们塑造成硬汉，同时赋予我们相称的外表。

“是你！”他突然尖声叫道，跟猫眼石城那个傲慢腔一模一样。他瞪着渡鸦，突然转身就跑。

渡鸦暴喝一声：“给我站住，雷恩！拿出点男人样儿，你这脓包！”他说着从箭斛中抽出一支箭。

老艾割断他的弓弦。

雷恩猛地站住。他毫无感恩之心，反倒高声喝骂，列举出我们若是落在他主子手里将受到的种种酷刑。

我看着渡鸦。

他瞪着老艾，目露寒光。但老艾不为所动。他也是条响当当的硬汉。

渡鸦又使出变刀的把戏。我用剑尖击中他的刀刃。他轻声咒骂，冲我们怒目而视，但随即冷静下来。老艾说：“你已经抛下了过去的生活，记得吗？”

渡鸦猛地点了点头，“我没想到会这么难。”他的双肩慢慢松弛下来，“快滚吧，雷恩。你这小卒子，不值得我动手。”

一阵马蹄声在我们身后响起。团长终于赶到了。

瘸子的小跟班喘着粗气，身子扭来扭去，活像只准备扑击的野猫。老艾抬剑直指雷恩，恶狠狠地瞪着他。那家伙看懂了这个暗示。

渡鸦低声说：“反正我早该明白，这小子不过是个跑腿的。”

我趁机提了个诱导型问题，结果只得到冷眼一瞥。

团长打马上来，“到底出了什么事？”

老艾开始简要汇报。渡鸦打断他的话头，“那醉鬼是朱亚蒂的走狗。我想宰了他，老艾和碎嘴把我拦住了。”

朱亚蒂？我在哪儿听说过这名字？跟瘸子有关。朱亚蒂上校。瘸子的头号爪牙，委婉的说法是政治联盟。我曾听渡鸦和团长谈话时提到过几次这个名字。朱亚蒂是渡鸦的第五个目标？如此说来，渡鸦的不幸遭遇肯定是瘸子搞的鬼。

我越发好奇，也越发惊惧。瘸子可不是你应当招惹的主儿。

瘸子的人喊道：“我要求逮捕此人，”团长瞥了他一眼，“他杀了我两名手下。”

那些尸体显而易见。渡鸦一言不发。老艾主动出头辩解道：“他们在强暴那孩子，这就是他们所谓的安抚手段。”

团长盯着对方。那人脸涨得通红。只要无法为自己申辩，就连心肠最黑的恶棍也会感到羞耻。团长喝道：“碎嘴？”

“我们发现了一具叛军尸体，但那个人跟这件事无关。这些丑事早就开始了。”

团长问那醉鬼：“这些人是不是夫人的子民？是否在她的保护之下？”若是在别的法庭上，这个观点也许存疑，但此时此刻它起了作用。那人无力辩解，只得承认道德上的罪行。

“你真让我恶心。”团长祭出危险的温和语气，“赶快滚吧，别让我再看见你。要不然，我就让我这位朋友对付你。”那人跌跌撞撞地跑远了。

团长对渡鸦说："你这有娘生没娘养的蠢蛋。你知道自己干了什么吗？"

渡鸦疲惫地说："可能比你还清楚，团长。但我一点也不后悔。"

"你还奇怪当初我们为什么不愿意让你入伙？"他换了个话题，"你准备拿这两个人怎么办，高贵的救世主？"

渡鸦显然没想过这个问题。生命中的巨变，让他完完全全活在当下：既被过去摒弃，也忘记了未来。"看来他们是我的责任了，对吧？"

团长最终放弃了追上瘸子的念头。如今来看，独立行动还能少惹点麻烦。

余波在四天后出现。

我们刚刚打过第一场重要战役，击溃了兵力比我们多一倍的叛军。战况并不激烈。他们都是菜鸟，我们的法师也帮了大忙。对方几乎全军覆没。

胜利属于我们。大家开始搜刮死人。老艾、我、团长和另外几个人站在一旁，感到志得意满。独眼和地精用他们的独特方式庆祝胜利，通过死人的嘴互相嘲讽。

地精突然浑身僵直，双眼翻白，嘴里发出尖锐高亢的哀叫声，随即身子一软，瘫倒在地。

独眼抢在我前头来到地精身边，拍打着他的面颊，平素的敌意荡然无存。

"给我腾点地儿！"我吼道。

我刚检查完他的脉搏，地精就醒了过来。"搜魂，"他有气无力地说，“传来口信。”

此时此刻，我为自己不具备地精的天赋而倍感欣慰。被劫将钻进脑子，听起来比被人强暴还难受。“团长，”我叫道，“搜魂。”

我留在地精身边。团长跑了过来。他平时从来不跑，除非是在打仗。“怎么回事？”

地精叹了口气，睁开眼睛，“他走了。”法师满身是汗，头发都被浸湿，脸色异常苍白，身子开始颤抖。

“走了？”团长问道，“到底怎么回事？”

我们扶着地精坐好。“瘸子没有直接来找咱们，而是去向夫人抱怨。他和搜魂一直不对付，所以觉得咱们跑到这儿来是为了给他使绊子。瘸子想来个绝地反攻。但搜魂自打夺取绿玉城，就成了夫人面前的红人。而瘸子因为最近的一连串失败，难免有些失宠。夫人告诉他别来招惹咱们。搜魂没把瘸子彻底摆平，但他认为自己赢了这个回合。”

地精说到这里把嘴闭上。独眼递给他一大杯啤酒。法师仰脖灌了下去，“他还说暂时别跟瘸子作对。那家伙没准正在想办法让咱们吃瘪，甚至会故意把叛军引来。搜魂说咱们应该夺回迪尔的要塞。这样做可以同时打击叛军和瘸子。”

老艾嘟囔道：“要是他想要点带劲的猛料，为什么不让咱们去围捕十八盟会？”盟会是叛军最高指挥部，由十八位法师组成——他们觉得团结起来，就能拥有挑战夫人和十劫将的力量。瘸子在福斯博格的宿敌耙子就是盟会成员。

团长露出若有所思的神情，向渡鸦问道：“你觉得这里边牵扯政治？”

“佣兵团是搜魂的工具，这件事尽人皆知。问题在于，他想拿咱们怎么办。”

“我在猫眼石城就有这种感觉了。”

政治。夫人的帝国号称铁板一块。十劫将花了莫大力气保持四海安定，又花了更多精力相互争吵，活像一群抢夺玩具或是母亲宠爱的小奶娃。

“就这些？”

“就这些。他说会跟咱们保持联系。”

所以我们即刻进军，完成了这项任务。佣兵团趁着夜深人静，夺下了与木桨城相距不远的迪尔要塞。据说耙子和瘸子都气得发疯。我估计搜魂心情不错。

独眼把一张牌弹进弃牌堆，嘴里嘟囔道：“有人耍诈。”

地精抄起那张牌，亮出四张J，弃掉一张Q，露出一脸笑容。你该知道他下一轮肯定撂牌，手里那张绝对大不过2。独眼捶打桌面，咒骂连连。他自打坐下还没赢过一手。

“小点声，伙计们。”老艾警告说。他没有理会地精的弃牌，自己抓了一张，把手里的牌凑到眼前，然后亮出三张4，弃掉一张2。他敲了敲剩下那两张，冲地精微微一笑，开口说：“你最好有张A，小胖子。”

泡菜拿过老艾的2，又亮出另外三张，弃掉一张3。他用猫头鹰似的眼神骚扰地精，看他敢不敢撂牌。意思是说，就算有张A你也没戏。

我希望渡鸦在这儿，他能让独眼紧张到不敢作弊，但渡鸦在执行萝卜巡查——这是我们对每周去木桨城购买补给品这项例行公务的谑称。泡菜接替了他的位置。

泡菜是佣兵团军需官，通常负责萝卜巡查，但他这次告了个假，说是肠胃不适。

“看来所有人都在耍诈。”我说话间盯着手里的一副烂牌。一对7，一对8，跟一张8同花色的9，但没有顺子。我用得上的牌几乎都在弃牌堆里。我抽了一张。狗娘养的。又一张9，而且凑出了顺子。我把那三张亮出，扔掉没用的7，心中默默祈祷——我所能做的只剩祈祷了。

独眼不要我的7，自己抽了一张。“见鬼！”他把6扔到我的顺子后面，然后又弃掉一张6。“决胜负的时候到了，小肥猪，”他对地精说，“你要挑战泡菜吗？”讲到这里，他突然换了个话题，“这些福斯博格人都疯了。我从没见过像他们那样的家伙。”

我们在要塞驻扎了一个月。它对佣兵团来说有点大，但我喜欢。“我想我能喜欢上他们，”我说，“只要他们能学会喜欢我。”我们已经打退了四次反击，“别占着茅坑不拉屎，地精。你知道老艾和我就等你的牌。”

泡菜盯着地精，用拇指抠弄手里的牌角。他说：“他们有一整套叛军神话。预言、伪预言、预示梦、诸神启示。甚至还有个预言说，附近某个孩子是白玫瑰投胎转世。”

“如果那孩子已经登场，那咱们怎么没被他胖揍一顿？”老艾问道。

“他们还没找到那男孩。或是女孩。据说有一大群人在找。”

地精蔫了。他抽了张牌，嘀咕两声，弃掉一张K。老艾抓牌，也弃了张K。泡菜看着地精，嘴角微微一挑，拿起张牌，看都没看一眼，直接扔了张5到独眼加进的那张6后面，然后把抓到的牌弹进弃牌堆。

“一张5？”地精尖声叫道，“你拿着一张5？我简直不敢相信，他拿了张5。”他说着把A拍在桌上，“他有张见鬼的5。”

“放松，放松，”老艾劝说道，“总跟独眼说要保持冷静的人可是你，记得吗？”

“他用张见鬼的5来唬我？”

泡菜脸上挂着浅浅笑容，收好自己的战利品。他这次唬得很绝，不免得意扬扬。换成我也会猜他拿了张A。

独眼把牌推给地精，“发牌。”

“哦，得了吧。他拿了张5，我还得发牌？”

“轮到你了。闭上嘴快洗牌。”

我问泡菜：“你是从哪儿听来那些投胎转世的鬼话？”

“弗力克。”弗力克是渡鸦救下的那位老人。泡菜突破了老头的心防，他们俩最近关系很近。

女孩则被唤作宝贝儿。她对渡鸦喜欢得不得了，成天黏着他到处跑，有时真让人发疯。幸好渡鸦到镇上去了。在他回来之前，我们不用老看见宝贝儿。

地精发牌。我看看自己的货色。这手牌烂到什么都凑不起来，简直快赶上老艾那传说中的杂色大顺，或是五张不靠。

地精看过自己的牌，眼睛瞪得老大。他把一手牌亮着往桌上一拍，“通吃！见鬼的通吃。五十！”他发给自己的五张全是带小人的，这种牌直接算赢，并且要赚双倍赌金。

“他也就给自己发牌的时候才能赢。”独眼抱怨道。

地精哈哈大笑，“你就算自己发牌也赢不了，软蛋。”

老艾开始洗牌。

下一手花了很长时间。泡菜用转世投胎的闲话帮我们打发无聊空闲。

宝贝儿溜达过来。那张长满雀斑的圆脸全无表情，眼神空洞黯淡。我试图把她想象成白玫瑰。一点儿戏都没有。她不合适。

泡菜发牌。老艾想靠十八点撂牌。独眼炸了他。法师抓完牌后手里有十七点。我把纸牌拢过来，开始洗。

“快点，碎嘴，”独眼嘲弄道，“别磨磨蹭蹭的。我手气正旺，准能连赢。把A和2发给我。”十五或十五以下直接算赢，四十九和五十也一样。

“哦，抱歉。我好像把叛军的迷信当真了。”

泡菜说道：“这是种说服力十足的胡扯，总跟虚无缥缈的美好希望纠缠不清。”我冲他皱起眉头，军需官的笑容几乎显得有点羞涩。“假如你知道天命在自己这边，就很难失败。叛军知道。反正渡鸦是这么说的。”我们这位高贵老者跟渡鸦走得很近。

“那咱们必须改变他们的想法。”

“没戏。抽了他们一百遍，他们还是要冲上来。而且就因为这样，他们还真能实现自己的预言。”

老艾闷哼一声，“那咱们必须多抽他们几次，必须让他们丢脸。”“咱们”指的是夫人这边的所有人。

我把一张8扔掉。数不清的弃牌堆简直成了我生命中的里程碑。“越来越没劲了。”我烦躁不安，心中有种说不出的冲动，只想干点什么。什么都行。

老艾耸耸肩，“玩牌打发时间。”

“这就是生活，对吧，”地精说，“无所事事地等待。咱们这些年干过多少这种事了？”

“我没记，”我嘟囔道，“反正比旁的事儿都多。”

“你们听！”老艾说，“我好像听到点动静。它说我的羊羔们感到无聊了。泡菜，把箭靶准备好……”他的提议立刻被满屋子的呻吟掩盖。

高强度训练是老艾治疗倦怠症的灵丹妙药。只要在他的魔鬼障碍训练场里跑上一趟，你不是挂了，就是好了。

泡菜收起呻吟，换了种方式表示反对，“我待会儿还有车货要卸，老艾，那些伙计随时可能回来。你想让这帮小丑活动活动，那就把他们交给我。”

老艾和我对视一眼。地精和独眼也有所警觉。还没回来？他们在中午之前就该到了。我还以为他们正呼呼大睡呢。萝卜巡逻队回来后总是精疲力竭。

“我还以为他们回来了。”老艾说。

地精把一手牌扔进弃牌堆。他的牌跳起舞蹈，被魔法悬在空中。这小子是要让我们知道他这是网开一面。“我最好去调查一下。”

独眼的牌在桌上蠕动，一拱一拱像条毛虫，“我会去看一眼的，小胖子。”

“是我先说的，蛤蟆油。”

“我资格老。”

“你们俩一块去。”老艾又转头对我说，“我这就召集一支巡逻队。你去告诉副团长。”他把牌扔掉，迈步朝马厩走去，嘴里蹦出几个名字。

伴着持续不断的隆隆步点儿，马蹄敲打起道上尘土。我们行军速度很快，但非常小心。独眼时刻保持警惕。

在马背上施法相当困难，但他仍然及时发现了蛛丝马迹。老艾打出几个手势。我们兵分两路，摸进路旁的茂盛草丛。一名叛军冒出头来，发现已经被我们抵住咽喉。他一点机会都没有。我们几分钟后便重新上路。

独眼对我说：“我希望叛军里没人开始觉得奇怪，为什么咱们总能知道他们的打算。”

“就让他们觉得间谍无所不在吧。”

“间谍怎么可能把消息这么快传到迪尔？咱们运气太好，难免让人起疑。团长应该趁咱们还有些价值，让搜魂把佣兵团撤出去。”

他说的有理。一旦我们的秘密泄露出去，叛军就会用他们的法师抵消独眼等人的能力。到那时候，我们的运气就要栽进谷底了。

木桨城的城墙徐徐进入眼帘。我开始觉得惴惴不安，心里有点后悔。副团长并不完全赞同这次冒险行动。团长会亲自要我好看，他的咒骂足以把我下巴上的胡茬烧掉。等我老到没牙了，估计都摆脱不了各种禁令。路旁的圣女们，永别了！

我应该更懂道理才是。好歹我也算半个军官。

一辈子负责打扫马厩、理头修面的职业前景并没有吓住老艾和他的手下。前进！他们估计只有这个念头。冲啊，为了佣兵团的荣誉。妈的！

他们不蠢，只是甘愿付出抗命的代价。

我们进入木桨城时，白痴独眼居然还唱起歌来。曲子是他自己编出来的荒腔走板，而且，他那副鬼嗓子绝对不适合演唱任何歌曲。

“闭嘴，独眼，”老艾吼道，“别惹人注意。”

他的命令毫无意义。我们的身份显而易见，恶劣脾气同样显而易见。这趟不是萝卜巡查，我们是来找麻烦的。

独眼以他特有的方式吵嚷起一首新歌。“别鬼叫了！”老艾厉声喝骂，“给我他妈的好好干活儿。”

我们拐了个弯，大家的马蹄下出现了一团黑雾，从中探出一个个湿漉漉的黑鼻子，嗅闻着夜晚的腐臭空气。它们皱了皱鼻子，或许是跟我一样习惯了乡下环境，受不了这里的气味。鼻子上面是一双双杏仁状的眼睛，如同一盏盏地狱明灯，放射出亮光。街道两侧的旁观者中响起一阵惊恐的低语。

它们窜了出来，十数条、数十条、上百条幻影，诞生于独眼称作脑海的蛇坑里。龇牙咧嘴、形似鼬鼠的小黑影们向前飞奔，冲向木桨城的人群，前面还有恐惧开路。没过几分钟，街上就只剩下我们和幢幢鬼影。

这是我头一次来木桨城。我前后左右一通打望，就像个坐着货车进城的乡下崽子。

我们转进萝卜巡查队通常投宿的那条街。“哦，往这儿瞧，”老艾说道，“这不是老科涅吗？”我听说过这个名字，但不认识此人。在巡逻队平常住的地方，科涅负责打理马厩。

科涅老头从饮水槽旁的椅子上站起身，慌忙跑了过来。

“我听说你们来了，”他说，“能做的我都做了，老艾。但没法给他们找到医生。”

“我们带来了自己的医师。”科涅年纪不小，得一路小跑才能跟上我们的步伐，但老艾没有放慢速度。

我抽了抽鼻子，空气中有股还没散去的烟味。

科涅头前带路，转过一处街角。鼬鼠似的东西在他脚下钻来钻去，好似浪花环绕海滩上的巨岩。我们跟着老人，发现了烟味的来源。

有人点着了科涅的马厩，等我们的人跑出来时突然袭击。混账东西。缕缕青烟还在往外冒。马厩前的街道上躺着不少伤员。伤势最轻的负责站岗，阻断行人车马。

指挥这支巡逻队的蜜糖一瘸一拐走了过来。“我该从谁开始？”我问。

他伸手一指，“那些是伤势最重的。最好从渡鸦开始，如果他还活着的话。”

我的心怦怦直跳。渡鸦？他可是条刀枪不入的汉子。

独眼驱散了他的宠物，现在没有叛军会伏击我们。我跟着蜜糖来到渡鸦身边。他已经失去意识，面白如纸。“他伤势最重？”

“我觉得只有他可能撑不过去。”

“你干得不错。按我教你的法子做了止血带，对吗？”我看了蜜糖一眼，“你也应该躺下。”我转回头，渡鸦身上足有三十道伤口，有些很深。我开始穿针。

老艾在周围迅速扫视一遍，随即走了过来。“很糟？”他问。

“还不好说。他身上全是窟窿，大量失血。最好让独眼弄点他那种肉汤。”独眼会做一种草药鸡汤，能为死人带来新的希望。他也是我唯一的助手。

老艾问：“到底什么情况，蜜糖？”

“他们放火烧了马厩，等我们跑出来时突然袭击。”

“这我看得出来。”

科涅嘀咕道：“挨千刀的杀人犯。”但我能感觉出来，比起巡逻队，他更为自己的马厩伤心。

老艾扮了个苦相，像吃到一口青柿子，“没人死？渡鸦伤势最重？这可说不通啊。”

“死了一个，”蜜糖纠正道，“那老头。渡鸦的朋友。从小村来的那个。”

“弗力克。”老艾吼道。弗力克本该留在迪尔要塞，团长不信任他，但老艾才不管那套清规戒律呢。“咱们要让某些人后悔挑起这事儿。”他这话不带一点情绪，好像说的只是山药批发价。

不知道泡菜听到这个消息会做何感想。他很喜欢弗力克。宝贝儿恐怕会垮了，弗力克是她祖父。

“他们是冲渡鸦来的，”科涅说，“所以他才会受这么多伤。”

蜜糖也说：“弗力克扑上来阻止他们。其他人受伤，是因为我们不肯袖手旁观。”

老艾问出了那个令我迷惑不解的问题：“叛军为什么对渡鸦不依不饶？”

草包肚正在附近打晃，等我帮他缝合左前臂的伤口。他说：“根本不是叛军，老艾。是咱们收留弗力克和宝贝儿时遇见的那个孬种。”

我不禁咒骂一声。

“专心干你的针线活，碎嘴。”老艾说，“你确定吗，草包肚？”

“当然确定。去问俏皮，他也看见那人了。剩下的只是些小流氓。我们一动手就把他们修理了。”他抬手一指。马厩没有烧着的半扇铺面旁边，六七具尸体像柴火棒似地堆在一起。我只认得弗力克。其余的身上都是破破烂烂的本地服装。

蜜糖说：“我也看见他了，老艾。而且他只是跑腿的，还有个家伙藏在黑影里。我们刚一控制局面，他就开溜了。”

科涅一直在附近转悠，警惕地观望四周，始终没有吭气。他忽然主动说：“我知道他们去哪儿了。布利科街那边的一个地方。”

我跟独眼对望一眼。他正从随身黑包里掏出各种材料，准备熬制独门鸡汤。“看来科涅还真了解咱们。”我说。

“太了解你们了，知道你们准不会放过干出这事儿的人。”

我看了老艾一眼。老艾盯着科涅。我们始终对他有所怀疑。科涅有点紧张。同所有经验丰富的队长一样，老艾具备恶狠狠的目光。“独眼，带他溜达溜达。听听他的故事。”

没过多大工夫，独眼便把科涅催眠了。他们俩在附近闲逛，像一对老伙计似地聊着天。

我扭回头问蜜糖：“那个藏在影子里的人，他瘸吗？”

“不是瘸子。身量太高。”

“即便如此，这次伏击多半也得到了那怪物的授意。对吧，老艾？”

老艾点点头，“等搜魂想明白了，肯定会火冒三丈。没有上面的许可，这帮人哪敢轻举妄动。”

渡鸦口中发出近乎叹息的声音。我低头看去。他的双眼睁开一条小缝，又发出那种声音。我把耳朵凑到他唇边。“朱亚蒂……”他嘀咕道。

朱亚蒂。臭名昭著的朱亚蒂上校。渡鸦宣布不再追究的敌人。瘸子的心腹。渡鸦的义举引发了恶毒的报复。

我把这话告诉老艾。他似乎毫不吃惊。也许团长已经把渡鸦的往事跟队长们讲过。

独眼走了回来。他说：“咱们的老朋友科涅是给对方干活儿的，叛军。”法师一脸坏笑，这表情他练了很久，旨在吓唬小孩和狗，“估摸着你可能想把这一点也考虑进去，老艾。”

“哦，没错。”老艾似乎来了精神。

我开始处理伤势仅次于渡鸦的伙计。又是不少针线活，也不知道缝合线够不够用。巡逻队的状况不容乐观。“还要等多久我们才能喝上那肉汤，独眼？”

“至少还差一只鸡。”

老艾没好气地说：“那就找人去偷一只。”

独眼说：“咱们要找的人都缩在布利科街小酒馆里。他们有些狠辣的朋友。”

“你打算怎么办，老艾？”我敢说他肯定早有打算。渡鸦说出了朱亚蒂的名字，我们便担起了一份责任。他以为自己快不行了，否则绝对不会报出仇人的姓名。我虽然对他的过去一无所知，但至少了解他这个人。

“咱们要为上校准备点惊喜。”

“你去找麻烦，麻烦就会找上你。别忘了他是谁的人。”

“让袭击佣兵团的人轻易逃脱，这可是蚀本买卖，碎嘴。哪怕对方是瘸子。”

“你这是把上层决策往自己身上揽啊。”但我其实并不反对。战场上的失败尚可接受，眼下却不一样。这是帝国政治。应该给他们一个警告，让所有人知道把黑色佣兵团牵扯进去没好果子吃。要给瘸子和搜魂一点颜色看看。我问老艾：“你打算怎么报答他们？”

“请他们尝尝哭爹喊娘屎尿横流的乐子。但我不觉得能起多大作用。见鬼，碎嘴，反正用不着你操心。你只要把伙计们修补好就行了。”他若有所思地盯着科涅，“我觉得，目击者剩下得越少越好。瘸子如果无法证明，就不能叫唤。独眼，再去跟你的叛军宠物聊聊。有个龌龊的鬼主意正在我脑袋瓜里打转。也许他是关键。”

独眼把他的汤盛了出来。最早喝汤的那几个人脸上已经有了血色。老艾放下削指甲的刀，凶巴巴地盯视马厩老板，“科涅，你听说过朱亚蒂上校吗？”

科涅身子一僵，明显迟疑片刻，“不算特别耳熟。”

“那可奇怪了。觉得你应当听过。都说他是瘸子的左右手。反正我估摸着，要是能把他捉住，盟会肯定愿意出大价钱。你觉得呢？”

“我一点都不了解盟会，老艾。”他把头扭开，直往天上瞅，“你是说躲在布利科街那小子就是这个朱亚蒂？”

老艾笑道：“我可没说过这话，科涅。碎嘴，我刚才说的话有这意思吗？”

“有才怪呢。朱亚蒂怎么可能跑到木桨城的下等妓院去？瘸子陷在东方战线拔不出腿。他需要所有的帮手。”

“听见了吧，科涅？不过你听着，也许我的确知道该去哪儿找上校。眼下这光景，他和黑色佣兵团算不上朋友。不过话说回来，我们跟盟会也不是哥们。但生意就是生意，谁都别往心里去。所以我在想，也许咱们可以互相帮衬帮衬。没准有哪个叛军大头目能顺路到布利科街去一趟，跟店主们聊聊，让他们多长个心眼，看看有没有那些人的踪迹。你明白我的意思吗？倘若事情发展顺利，朱亚蒂上校没准会一头撞进盟会怀里。”

科涅脸上的表情说明他上了套。

科涅只要不用替自己担心，就算得上个好间谍。他是老实巴交的科涅，友好的马厩老板。我们多给了他点小钱，没事聊两句，但也就是跟外人们说的闲话。他没有太大压力，也不用什么演技，只要当自己就行。

“你误会我了，老艾。说真的，我从不掺和政治。夫人还是白玫瑰，对我都是一个样。无论骑手是谁，马匹总要喂养打理。”

“估计你也不会管那种闲事，科涅。抱歉我对你起了点疑心。”老艾说着冲法师使了个眼色。

“那些人如今都在阿马达酒馆，老艾。你最好抢先赶到那儿去，别等旁人通风报信。我吗，最好开始清理这鬼地方。”

“我们不着急，科涅。你去吧，把该办的事办了。”

科涅看着我们。他朝马厩废墟走出两步，又回头看了一眼。老艾面色和善。独眼抬起坐骑左前蹄，检查马掌。科涅钻进废墟。“独眼。”老艾说道。

“直接从后门出去了。撒丫子就跑。”

老艾面露微笑，“你盯着他。碎嘴，做记录。我要知道他给谁传话，那些人又去见了谁。咱们给他的这个消息，应当像花柳病似地迅速扩散开来。”

“自打渡鸦说出朱亚蒂的名字，那杂种就是个死人了。”我对独眼说，“也许从他当初做下那种事开始。”

独眼闷哼，弃牌。蜜糖拿过来，亮牌，然后骂道：“我没法跟这些人玩牌，碎嘴。他们手脚不干净。”

老艾从街上疾驰而来，翻身下马，“他们已经扑向那座妓院了。独眼，有什么好货给我吗？”

这份名单令人失望。我把它交给老艾。他骂了一句，啐口唾沫，又骂一句，抬脚踢翻我们用作牌桌的木板，“干活都他妈给我用点心。”

独眼压住脾气，“他们没有犯错，老艾。他们屁股擦得很干净。科涅已经跟咱们混了太长时间，没人信任他。”

老艾转着圈踱步，一脑门子火气，“好吧，回到第一套方案上来。咱们盯着朱亚蒂。看看那些人逮住他后，会把他抓到哪儿去。等那小子快咽气时，咱们将他救出来，把附近的叛军吃干抹净，再把他们花名册上的人都做掉。”

我说：“看来你是打定主意要干票大买卖？”

“一点没错。渡鸦怎么样？”

“看样子能熬过去。感染控制住了，独眼说他已经开始康复。”

“好。独眼，我要叛军的名字。无数名字。”

“是，长官，没问题，长官。”独眼夸张地敬了个礼。等老艾转过头去，军礼变成了下流手势。

“把那些木板凑起来，草包肚，”我提议道，“独眼，你发牌。”

他没有答话，没有唠唠叨叨发牢骚，或是威胁要把我变成一只蝾螈。他只是站在原地，眼睛略微睁开条小缝，好像一具尸体。

“老艾！”

老艾跑了过来，凑到他面前仔细观瞧，又在独眼鼻子底下打了个响指。法师还是木然发愣。“你怎么看，碎嘴？”

“那座妓院出事儿了。”

独眼一连十分钟纹丝未动，接着他突然睁开无神的眼睛，浑身松弛下来，活像块湿抹布。老艾问道：“到底怎么回事？”

“让他歇口气，成不成？”我接过话头。

独眼终于打起精神，“叛军捉到了朱亚蒂，但还是让他联系上瘸子了。”

“啥？”

“那怪物正要来救他。”

老艾的脸色隐隐现出几分铁青，“来这儿？木桨城？”

“没错。”

“哦，浑蛋。”

没错。瘸子是劫将中最狠毒的角色。“赶快想，老艾。他会发现咱们动了手脚……科涅是指向咱们的线索。”

“独眼，你去把那老杂毛找来。小白、斯迪尔、波基，给你们找了个活儿。”他迅速分派任务。波基笑着抚摸自己的匕首。这帮嗜杀的混球。

我无法准确描写出独眼这条消息带来的紧张情绪。我们对瘸子的了解都来自乡野传奇，那些故事永远恐怖残忍。我们害怕。搜魂的庇佑也没法保护我们免受另一位劫将的伤害。

老艾捶了我一拳，“他又来了。”

一点没错。独眼身子僵直，但这次他不光站着发愣。法师跌倒在地，浑身抽搐，嘴角直冒白沫。

“按住他！”我命令道，“老艾，把你的短棒给我。”六七个人堆在独眼身上。他虽然身材矮小，却是好一阵翻腾。

“干吗用？”老艾问。

“我要把它塞进独眼嘴里，省得他咬掉自己的舌头。”独眼发出一阵怪叫。作为医师，我在战场上听过许多伤兵的惨叫，你做梦都想不到那些声音能从人类嘴里发出。但我这辈子还没遇见如此诡异的响动。

痉挛仅仅持续了几秒。最后一次猛烈抽搐过后，独眼瘫在地上不省人事。

“好了，碎嘴。这是什么情况？”

“我不知道。癫痫？”

“给独眼喝点他自己熬的汤，”有人提议，“准有用。”有人递上一个白锡杯子。我们把汤水强灌进他的喉咙。

法师猛地睁开眼睛，“你们想干吗？毒死我？呸！这是什么鬼东西？煮开的泔水？”

“你的汤。”我对他说。

老艾插话说：“什么情况？”

独眼啐口唾沫，从身旁抓过酒囊，吸了满满一口，漱了两下，又啐口唾沫，“搜魂的情况，就是这么回事。啧啧！我现在真同情地精。”

我的心跳连错了好几拍，一窝黄蜂在肚子里乱撞。先是瘸子，又是搜魂。

“那怪人想干什么？”老艾问道。他也紧张了，这家伙平时没那么急躁。

“他想知道到底出了什么事。他听说瘸子特别激动，就联系了地精。地精只知道咱们到木桨城来了。所以他爬进我的脑瓜。”

“没承想发现里面空空荡荡。现在你脑袋里那点货色，他全知道了，嗯？”

“对。”独眼显然相当不快。

老艾等了几秒钟，“然后？”

“然后什么？”独眼仰起酒囊，遮住一脸坏笑。

“见鬼，他说什么了？”

独眼咯咯笑道：“他赞成咱们的做法。但他觉得咱们那些精巧手段都太莽撞，像发情的公牛一样。所以，咱们要得到帮助了。”

“哪种帮助？”听这腔调，老艾显然知道局面失控，但还不清楚该往哪儿瞅。

“他派了个人来。”

老艾松了口气。我也是。只要那怪人自己躲远点就好。“什么时候？”我问道。

“也许比咱们料想得要快。”老艾嘟囔道，“把酒放下，独眼。你还得盯着朱亚蒂。”

独眼哼了一声，重又进入恍惚状态，也就是说他正在别处寻摸。这次花了很长时间。

“如何？”等独眼回过神来，老艾忙不迭地叫道。他不时左顾右盼，好似搜魂随时可能凭空出现。

“放轻松。叛军把他塞进了一个隐蔽的二层地下室。从这儿往南一里地。”

看老艾坐立不安的样子，活像个憋不住尿的小男孩。“你怎么回事？”我问。

“不好的预感。只是个非常非常不好的预感，碎嘴。”他滴溜乱转的眼神终于安定下来，双目睁得老大，“我猜对了。哦，见鬼，我猜对了。”

它足有一栋房高，半栋房宽；身穿红色衣袍，但年深日久早已发白，又遭虫吃鼠咬，显得破破烂烂。它摇摇晃晃从街上走来，步伐时快时慢。杂乱发黏的灰色毛发纠缠在脑袋周围。一把毛毛扎扎的胡须又厚又密，还沾了许多秽物，整张脸被挡得严严实实。布满褐色斑点的苍白大手中，捏着一根棒子。那物什形似被拉长的女性胴体，每个细节都完美无缺，可惜诱人美感全被脏手玷污了。

有人低声言道："据说在帝国时代，那东西是个活生生的女人。据说她背叛了化身。"

只要你仔细看化身一眼，就不会责怪那女人。

化身是搜魂在十劫将中的可靠盟友。他对瘸子的恨意比我们老板还要强烈。在化身那根棒子惹出的三角关系里，第三个顶点就是瘸子。

劫将在几尺外停下脚步，双眸中燃烧着疯狂的火焰，让人难以正视。我不记得它们是什么颜色。按照年代顺序排列，他是头一位被帝王和夫人引诱、征服乃至奴役的大巫师。

独眼哆哆嗦嗦上前两步，"我就是那个法师。"

"搜魂跟我说过。"化身的声音洪亮低沉，配得上他的硕大体型，"有什么进展？"

"我查到了朱亚蒂的踪迹。没别的。"

化身又扫了我们一眼。有几个伙计直往后蹭。他透过满脸胡须，咧嘴微微一笑。

老百姓聚在长街拐角，目瞪口呆地朝这边瞧。木桨城还没见识过夫人的麾下大将。今天是这座小城的幸运日，两位最疯狂的劫将大驾光临。

化身的目光落在我身上。就在那一瞬间，我能感到他的冰冷蔑视。我连他鼻孔里的一股酸味还不如。

他发现了自己要找的东西——渡鸦。化身走上前去。我们闪到两旁，好似动物园里的公狒狒给首领让道。他盯着渡鸦看了足有好几分钟，巨大的肩膀耸了两下，又把人棍的脚趾放在渡鸦胸前。

我倒吸一口冷气。渡鸦的脸色明显好转，他不再冒虚汗，由于疼痛消失连表情也松弛下来。伤口形成鲜红疤痕，又在几分钟内蜕变成白色旧伤。我们聚在周围，挤得越来越紧，打心眼里佩服。

波基从街上一路小跑过来，“嗨，老艾，我们办成了。怎么回事？”他转眼看见化身，像只掉进夹子的老鼠似地尖叫一声。

老艾重又打起精神，“小白和斯迪尔呢？”

“还在处理尸体。”

“尸体？”化身问道。老艾做了解释。劫将闷哼一声，“这个科涅会成为咱们计划的奠基石。你，”他用香肠粗细的指头对准独眼，“那些人在哪儿？”

不出所料，独眼在一家酒馆找到了他们。“你，”化身指指波基，“告诉他们把尸体弄回来。”

波基脸色发白。你都能看出抗辩之词正在他体内堆积，但波基点点头，深吸两口气，转身跑走——谁也没法跟劫将争辩。

我检查过渡鸦的脉搏，强劲有力。他看起来非常健康。我迟疑半晌，终于说：“您能替其他人弄一下吗？趁咱们等人的工夫？”

他瞥了我一眼。我只觉血液为之凝固。但他还是干了。

“怎么回事？你们在这儿干吗？”渡鸦冲我皱起眉头，随即幡然醒悟。他猛地坐起身，环顾四周，“朱亚蒂……”

“你已经昏迷两天了。他们像对付肥鹅似地把你开肠破肚。我们还以为你醒不过来呢。”

他摸摸自己的伤口，“出什么事了，碎嘴？我应该已经死了。”

“搜魂派了个朋友过来，化身。他把你修理好了。”他把所有人都治好了。面对救活了那么多兄弟的家伙，你很难再觉得他恐怖骇人。

渡鸦站起身来，有点头重脚轻地晃了两下，“该死的科涅，他给我们下了套。”一柄刀出现在他手中，“见鬼，我虚得像只小奶猫。”

我早就觉得奇怪，科涅怎么会如此了解那些袭击者。“那边的人不是科涅，渡鸦。科涅已经死了。那是化身在练习变成科涅。”其实他不需要练习，这副样子足以蒙过科涅的老娘。

渡鸦一屁股坐在我身边，“现在什么情况？”

我给他讲了最近的局势，“化身想利用科涅的身份混进去。他们现在也许信任他了。”

“那我要跟他一块去。”

“他也许不喜欢这点子。”

“我才不管他喜不喜欢。朱亚蒂这次别想逃了。这可是血海深仇。”他脸色忽然变得柔和忧伤，“宝贝儿怎么样？她听说弗力克的事了吗？”

“我想还没有吧。还没人回迪尔报信。老艾觉得，只要在此事结束之前不用被迫回去面对团长，他在这儿就能为所欲为。”

“很好。在这个问题上，我赞成他的观点。”

“城里的劫将不光是化身。”我提醒他说。化身说过他感应到了瘸子。渡鸦耸耸肩。瘸子对他毫无意义。

科涅的幻影朝这边走来。我俩站起身。我直打哆嗦，同时发现渡鸦脸色略微发白。很好。他也并非永远坚如磐石。

“你跟我一块去，”他对渡鸦说完，又看了我一眼，“还有你和那队长。”

“他们认识老艾。”我提出异议。但怪人只是微微一笑。

“你们装成叛军的样子。只有盟会里的法师能识破伪装，但他们都不在木桨城。这里的叛军喜欢单打独斗。我们就要占他们无法召唤支援的便宜。”叛军跟我们一样饱受政治纷争的困扰。

化身唤来独眼，“朱亚蒂上校的情况如何？”

“他还在硬撑着，没垮掉。”

“是个狠角色。”渡鸦不得不承认。

“你记下什么名字了吗？”老艾问我。

我手里已经有了一份漂亮的名单。老艾心满意足。

“咱们最好上路，”化身说，“要赶在瘸子动手之前。”

独眼把口令告诉我们。我心头惴惴，相信自己还没做好准备；但更相信自己不敢反对化身的决定，只得步伐沉重地跟在劫将身后。

连我自己都不知道变化是什么时候发生的。我只是扭头一看，发现身边都是陌生人，忍不住冲走在前面的化身叫了两声。

渡鸦哈哈大笑。我终于明白了是怎么回事。化身把他的魔力施加在了我们身上。我们现在是叛军将领。“我们是谁？”

化身指指渡鸦，“铁汉，盟会成员之一，耙子的妹夫。他们彼此恨之入骨，就跟搜魂和瘸子一样。”他又指着老艾说，“瑞夫少校，铁汉的参谋长。你，铁汉的侄子，莫崔·哈宁，有史以来最狠毒的刺客。”

这些人我们都没听说过，但化身保证，他们的出现不会引起猜疑。铁汉经常到福斯博格来，给耙子找点麻烦，添些堵。

好吧，我想。上等计划。但是瘸子呢？如果他出现，我们该怎么办？

我们很快到达关押朱亚蒂的酒馆。当科涅宣布铁汉驾临时，那些人不光感到好奇，更是局促不安。他们并未接受盟会领导，但也没有问东问西。真正的铁汉肯定脾气暴躁，点火就着。

“把犯人给他们看看。”化身说。

一名叛军瞅了化身一眼，然后说：“你等会儿，科涅。”

这里被叛军塞得满满当当，我几乎能听见老艾在思考进攻计划。

他们把我们带进地下室，经过一扇巧妙掩饰的房门，又往下走了一层，进入第二层密室。四壁都是土墙，天花板由梁柱和木料支撑。室内装潢就像按照恶魔的幻想打造的。

行刑室当然存在，只是大部分人无福得见，所以他们从来不会完全相信。我以前也没见过。

我扫视那些器具，又看了一眼被捆在古怪大座椅上的朱亚蒂。那些叛军自称是好人，为自由、民权和人类灵魂的尊严而战，但他们的手段跟瘸子一样恶毒。

化身冲渡鸦低语两句。渡鸦点点头。我琢磨着我们如何能够知道动手的暗号，化身没给彩排过。我们必须在这些人面前表现出铁汉及其爪牙的派头。

我们依次落座，观看审讯过程。当着大人物的面，行刑人审得更加带劲。我忍不住闭上眼睛。渡鸦和老艾还比较平静。

几分钟后，“铁汉”命令“瑞夫少校”去处理几件公务。我心头烦乱，也不记得他用的什么借口。总之是要把老艾派回街上，准备展开围捕。

化身在即兴表演。我们的任务是老老实实坐好，直到他给我们暗号。根据我的理解，等老艾领人把这儿围住，恐慌开始从楼上渗透，就是我们动手的时机。在此期间，我们只要观赏朱亚蒂上校的覆灭就好。

上校本来还算看得过去，但行刑人已经玩了好长时间。我估计任谁经过这番款待，都会变得失魂落魄畏畏缩缩。

我们坐在那儿，活像三尊神像。我心里催促老艾快跑。我是名医师，惯于从治疗肉体中获得乐趣，而不是毁坏。

就连渡鸦都不太开心。他肯定幻想过对朱亚蒂施以酷刑，但真到了这时候，他的正派本能又占了上风。渡鸦的风格是一刀捅进敌人胸膛，新仇旧账一笔勾销。

大地突然震动，好似一只巨足猛然踩下。泥土从四壁和头顶掉落。空中尘土飞扬。“地震！”有人叫嚷起来，叛军都手忙脚乱地冲向楼梯。化身稳坐不动，露出微笑。

大地再次震动。我抑制住从众心理，坐在椅子上没动。化身都不在乎，我操什么心?

他指了指朱亚蒂。渡鸦点点头，站起身走了过去。上校神志清醒，被震动吓得够呛。渡鸦替他松绑时，朱亚蒂显得感激不尽。

巨足再度踩下。泥土崩落。墙角一根承重柱应声倒塌。一股土灌进地下室。其他几根柱子也吱嘎作响，摇摇欲坠。我勉强控制住自己。

在震动过程中，渡鸦不再是铁汉，化身不再是科涅。朱亚蒂看到他们，立时醒悟过来。他面色一凛，进而变得煞白；似乎相比叛军，他更害怕渡鸦和化身。

“没错，”渡鸦说，“报应来了。”

地面猛震。头顶传来一阵砖石掉落的隆隆声响。灯盏歪倒熄灭。空中尘灰弥漫，几乎无法呼吸。叛军们从楼上跌跌撞撞跑了下来，还不时回头张望。

“瘸子来了。”化身说道。他站起身面对楼梯，似乎并不着急。劫将又变回科涅的模样，渡鸦也换上了铁汉的皮囊。

叛军们推推搡搡挤进地下室。由于人潮汹涌灯光昏暗，我看不到渡鸦的踪影。有人封死了通往楼上的暗门。叛军们安静得像一群老鼠。他们盯着楼梯，忐忑不安地揣测秘密通道是否足够隐蔽；你几乎可以听到这些人的心怦怦乱跳。

尽管有几码厚的泥土阻隔，我还是听到有什么东西正在地窖上面移动。一拖，一踩。一拖，一踩。正是跛脚之人走路的节奏。我也死死盯住密门。

大地发生了前所未有的强烈震动。密门向内爆开。后半截地下室陡然坍陷。人们刚刚惊叫出声，就被泥土吞没。人潮四下奔涌，寻找着并不存在的出口。只有化身和我不为所动，站在平静的孤岛上扫视四周。

所有油灯都灭了。唯一的光亮来自楼梯顶端的孔洞。一条人影绕到门口，光看那站姿就让人觉得狠辣恶毒。我直冒冷汗，身上又黏又湿，抖得厉害。这不光是因为我听说过很多有关瘸子的故事，也是因为他散发出的某种气氛，让我觉得就像个被关进壁橱的幽闭恐惧症患者。

我瞥了化身一眼。他是科涅，普普通通的叛军成员。他有什么特别的理由不想被瘸子认出来吗？

化身比画了几个手势。

一道夺目光芒在地窖里爆开。我什么都看不见，只听到梁柱吱嘎作响，纷纷垮掉。这次我没再迟疑，纵身挤进冲向楼梯的人流。

我估计地窖里最惊讶的人还要数瘸子。他没承想会遇到任何像样的抵抗。化身的小花招打了他一个措手不及。劫将还没来得及保护自己，就被人潮淹没。

化身和我是最后上楼的人。我从瘸子身上跳了过去。那棕衣棕裤的瘦小男人蜷缩在地上，看起来一点也不吓人。我寻找着通向地面的楼梯。化身突然抓住我的胳膊，将我牢牢扯住，“帮我一把。”他说着抬脚踩住瘸子的肋腹，把他往第二层密室的入口滚去。

地窖里哭爹喊娘，惨叫连连。我们这层的地板正在崩塌下陷。我现在倒不在乎是否能给瘸子找点麻烦，更主要是害怕如果拖拖拉拉会被困在里面，所以忙不迭帮化身把那劫将推进下层地窖。

化身露齿一笑，冲我竖起拇指。他又打了几个手势，崩塌速度加快。劫将拉住我的胳膊，直奔楼梯口跑去。我们拥到街上，正好赶上木桨城这几年来最盛大的骚乱。

狐狸进了鸡窝。人们四散奔逃，语无伦次地叫嚷。老艾带领人马把他们团团围住，往中间驱赶，砍瓜切菜般大肆屠杀。叛军都晕头转向，难以组织有效抵抗。

我估计要不是跟在化身旁边，我肯定难逃此劫。他使了些手段，把刀锋箭镞拨转方向。狡猾如我者，当然知道紧跟在他身后，直到安全抵达佣兵团阵线后方。

对夫人来说，这是一场辉煌胜利，远远超出老艾最贪婪的希望。

在尘埃落定之前，肃清行动有效清除了木桨城所有立场坚定的叛军。战斗正酣时，化身留了下来。他给予我们莫大帮助，也兴高采烈地砸烂了不少东西，就像个玩火的小娃娃。

战斗结束后，劫将消失得无影无踪，好似从来不曾存在。至于我们，则像一条条懒惰的蜥蜴，拖着疲惫身躯蹭到科涅的马厩门前。老艾点了名。

所有人都在，只缺一个。“渡鸦在哪儿？”老艾问道。

我对他说：“我想酒馆倒塌时，他被埋在里面了。他和朱亚蒂都是。”

独眼评说道：“也算合适。虽说有点讽刺，但也算合适。真不想看他归西。他是把玩通吃的好手。”

“瘸子也被埋在底下了？”老艾问。

我坏笑着说：“是我帮着埋的。”

“化身也走了。”

我脑袋里突然冒出一种不祥的猜测。我想知道到底是不是自己的臆想，便趁着大家准备返回迪尔要塞时，提出了这个问题：“你们看，只有咱们的人看到过化身。叛军和瘸子只看见了咱们。特别是你。还有我和渡鸦。他们早晚会发现科涅死了。我有种感觉，化身的奇谋妙计并不是为了得到朱亚蒂，或是扫清当地叛军领导层。我想咱们是被人利用来解决有关瘸子的问题了。狡猾。”

老艾很容易被人看作当了士兵的乡下孩子，块头不小，头脑不灵，其实他鬼得要命。老艾不仅理解了我的意思，还马上把它和劫将间的争权夺利联系起来，“咱们必须在瘸子打洞钻出来之前，赶快离开这鬼地方。我说的不光是离开木桨城。我是指福斯博格。搜魂把咱们放在棋盘上，当作他的马前卒。咱们很可能会被两块大石夹在中间。”他咬着下唇愣了几秒，随即拿出队长的派头，冲他觉得行动稍显拖拉的人大吼大叫。

老艾几乎有点恐慌，但还是条硬如精钢的汉子。我们撤退得井井有条，护卫着巡逻队到这儿来采办的物资离开城市。老艾对我说：“等咱们回到要塞，我准得发一通疯，跑出去啃倒棵大树什么的。”他若有所思地走了几里地后，又开口说：“我一直在琢磨该由谁把消息告诉宝贝儿。碎嘴，你自告奋勇了。这种事儿，就你有办法。”

所以我这一路都心事重重。去死吧，老艾！

木桨城的大暴乱并非故事结尾。余波扩散开去。连锁反应逐渐形成。命运又在世间作乱。

瘸子正在瓦砾堆里刨挖出路时，耙子发动了一次大攻势。叛军大将并不知道老对手不在阵地，但效果是一样的。瘸子的军队土崩瓦解。我们的胜利化作乌有。叛军在木桨城中呼啸而过，搜捕着夫人的间谍。

多亏搜魂的先见之明，前线溃败时，我们正向南方撤退，因此没被牵扯进去。我们进驻榆树城的兵营时，名下已然记上几次重大胜利。瘸子带着残兵败将逃回突出部，被打上无能的标签。他知道是谁给自己下的套，但对此无能为力。他跟夫人的关系岌岌可危，除了做她的忠犬以外，不敢轻举妄动。瘸子必须先打几场漂亮仗，才能考虑跟我们或者搜魂算账。

但我并不觉得安心。只要有足够时间，咸鱼也能翻身。

胜利让耙子热血沸腾，他征服福斯博格后并没有放慢脚步，直接南侵。佣兵团刚刚进驻榆树城一个星期，搜魂便命令我们出击迎敌。

此前的事端是否令团长心烦意乱？手下人僭越或曲解他的指示，不听号令便展开行动，这是否会让他不快？反正我们接到的额外任务多到足以压断公牛的脊梁，街边贵妇们在黑色佣兵团里揽不到生意。我不愿多想。团长是个魔鬼天才。

各连列队完毕。大车装好行李物资，准备开拔。团长和副团长正跟队长们开会。独眼和地精玩着自己的游戏，在营盘犄角旮旯用小小的暗影生物打仗。很多人都在观战，依照局面变化打赌。门卫忽然喊道：“有骑手靠近。”

谁也没留心。每天都有不少信使来来去去。

大门豁然敞开。宝贝儿突然拍起手来，朝门口跑去。

渡鸦催马穿过大门，看上去跟我们刚遇到他时一样破落憔悴。他拉起宝贝儿，一把揽在怀里，然后又让她坐在自己身前。渡鸦向团长汇报了情况。我听他说所有债务都已讨还，如今跟佣兵团以外的人再无任何利害关联。

团长盯着他看了好一会儿，然后点点头，让他回到自己的连队。

渡鸦利用了我们，与此同时也给自己找到一个新家。这个家庭欢迎他的到来。

队伍起程，奔向突出部的新驻地。

第三章 耙子

狂风绕着美斯崔克翻卷呼号。冰霜精灵咯咯怪笑，透过墙上的裂缝将寒冷气息吹进我的房间。油灯摇曳闪烁，勉强维持燃烧。我觉得十指僵硬，把手笼在火苗周围取暖。

那风是来自北方的凛冽寒风，夹带着粉状大雪。入夜来已经下了一尺深，仍没有减缓的迹象。日子变得更加难挨了。我对老艾和他的小队深表同情——他们正在外面搜猎叛军。

美斯崔克要塞，突出部防线上的珍珠。冬天的冰原，春天的湿地，夏天则变成烤箱。我们的麻烦远远不止白玫瑰预言和叛军主力。

突出部夹在两条山脉之间，是一片指向南方的狭长箭头形平原。美斯崔克坐落在箭尖。它像个大漏斗，把寒风和敌人灌进要塞。我们的任务就是牢牢守住夫人北境防线的这个定海神针。

为什么选上黑色佣兵团?

因为我们是最棒的。福斯博格陷落后不久，叛军瘟疫开始向突出部渗透。瘸子竭力抵抗，但无济于事。夫人派我们来给他擦屁股。如若不然，她就只好再放弃一个省份了。

门卫吹响号角。老艾的队伍回来了。

没有人跑上去欢迎他们。规矩要求我们保持轻松，假装自己的肚子没有被恐惧搅得翻江倒海。伙计们躲在屋里暗中窥视，猜想着出去狩猎的兄弟战果如何。可有人挂了？可有人受重伤？对你来说，他们比家人还要熟悉。你们已经并肩战斗多年。并非所有人都是你的朋友，但他们是家人。你仅有的家人。

门卫敲掉绞盘上的冰霜。闸门尖叫着连声抱怨，最终还是缓缓升起。作为兵团史官，我可以出门欢迎老艾，不必担心违反那条不成文的规定。我真是蠢到了家，居然主动跑进凄风苦寒里受冻。

一群形容憔悴的人影在漫天飞雪中若隐若现。马匹走得拖拖拉拉，骑手们的身体几乎趴在冷冰的马鬃上。坐骑和人都没精打采，试图逃脱北风的尖利魔爪。团团雾气从他们嘴里呼出，迅速飘散。这幅景象，雪人看了都要抖三抖。

今年冬天之前，佣兵团里只有渡鸦见过雪。这就是为夫人效力的下场。

骑手们越走越近。他们那样子活像难民，而非黑色佣兵团的弟兄。冰晶在老艾的胡须中闪闪发亮，破布把脸的剩余部分裹得严严实实。其他人也是同样打扮，我都分不出他们谁是谁。只有沉默毅然挺直身子，直视前方，蔑视无情狂风。

老艾走过门口时，冲我点了点头。

我说："我们都有点好奇了。"好奇的意思是担心。规矩需要我们表现得从容淡定。

"路上不好走。"

"情况如何？"

"黑色佣兵团，二十三分；叛军，零蛋。没你的活儿干，碎嘴，只是乔乔有点冻伤。"

"你们干掉耙子了？"

耙子利用可怕的预言、强大的魔法和高明的战术，一直把瘸子当猴耍。在夫人命令我们接管突出部之前，此地眼看就要沦陷。夫人的这一举措令帝国上下大为震惊：一位佣兵团团长居然得到了过去专属于劫将的力量和权势!

突出部的冬天如此可怕，但团长还是派出了这支巡逻队，因为这是一次除掉耙子的好机会。

老艾扯掉裹在脸上的破布，冲我咧嘴一笑。他没有答话，因为马上就要跟团长汇报，没必要现在多说一遍。

我端详着沉默。那张呆板的长脸上没有笑容。他脑袋略微一摇，算是给出了答案。好吧，又是一场徒劳无益的胜利。耙子跑了。也许他最终会把我们撵走，让我们跟随在瘸子屁股后面落荒而逃。我们这群吱吱乱叫的小耗子胆子越来越大，居然敢来挑战猫。

不过从本地叛军系统中砍掉二十三个人，也是不小的战果。说实话，今天的活儿干得不赖。已经胜过瘸子的最佳纪录。

有些人出来牵走巡逻队的马匹。另一些人在大厅里摆上温酒和热饭。我跟在老艾和沉默身边，他们很快就要讲述今天的故事。

美斯崔克要塞大厅的防风性能只比其余房间强一丁点儿。我给乔乔治了伤。其他人狼吞虎咽地吃着饭。酒宴已毕，老艾、沉默、独眼和指节围在一张小桌旁。纸牌不知从哪儿冒了出来。独眼瞪了我一眼，“还戳在那儿继续嘬手指头啊，碎嘴？打牌的记分牌拿来。”

独眼至少有一百多岁。上个世纪的编年史中经常提到这个瘦小枯干的黑人和他那火暴脾气。谁也不知道他是什么时候入伍的。在街市之战中，佣兵团的阵地被冲溃，大概有长达七十年的编年史不知去向。独眼不肯讲述那些迷失的岁月，说他从来不相信历史。

老艾发牌。每人拿到五张，还有一手留在空座椅前。“碎嘴！”独眼吼道，“你还不过来？”

“不玩。老艾马上要开始讲战斗经过了。”我用笔敲打着门牙。

独眼的模样蔚为壮观。青烟自他眼中冒出，一只尖叫的蝙蝠从嘴里飞了出来。

“他似乎很烦躁啊。”我说。其他人都露出会心的笑容。招惹独眼是我们最喜欢的消遣。

独眼讨厌外出执行任务，但更讨厌错过机会。老艾的笑容和沉默亲切的目光，让他坚信自己肯定错过一件大好事。

老艾整好手里的牌，凑到面前细看。沉默的眼睛直放光。毫无疑问，他们肯定准备了一个特别惊喜。

渡鸦在他们留给我的位子上坐下。谁也没吱声。渡鸦打算做的事，就连独眼都从不反对。

渡鸦比我们自打离开木桨城后经历的天气还冷，也许早就是个死魂灵。他光是一瞥，就能让别人发抖；周身散发着坟墓的恶臭。尽管如此，宝贝儿还是爱他。这小东西苍白、脆弱，好似不食人间烟火。渡鸦整理牌时，女孩始终伸手扶在他肩头，还为他露出微笑。

只要是独眼参与的游戏，渡鸦就是一件珍宝：独眼会耍诈，但渡鸦在场他就不敢。

“她站在高塔中眺望北方，纤细的柔荑交握胸前。一缕微风从窗口悄悄溜进，卷起她黑如午夜的发丝。钻石般的泪珠在线条柔美的面颊上闪烁微光。”

“啊哈！”

“哦哦！”

“作家！作家！”

“愿母猪在你的铺盖卷里拉屎，伙计。”听了我对夫人的幻想，那些浑球发出阵阵鬼哭狼嚎。这些小段是我自娱自乐的游戏。娘的，他们知道什么，没准我的猜想正中靶心呢。只有十劫将见过夫人。鬼知道她是美是丑？

“钻石般的泪珠闪烁微光，嗯？”独眼说，“我喜欢这一句。觉得她对你动情了吧，碎嘴？”

“你少来。我可从没拿你那些把戏开玩笑。”

副团长走进大厅，找个地方坐好，一脸阴沉地打量我们。最近他的人生意义好像变成了唱反调。

他的出现意味着团长就快到了。老艾双手交握，安静下来。

大厅里突然没了动静。人们变戏法似地纷纷出现。“把该死的门插上！”独眼嘟囔道，“他们这样没结没完地跑进来，我的屁股都要冻掉了。把这手玩完，老艾。”

团长走进来，坐在惯常的位子上，“咱们听听看吧，队长。”

团长算不上佣兵团里个性鲜活的人物。太安静，太认真。

老艾把牌放下，顺着边捋齐，同时也在整理思路。他很注重简明扼要的风格。

“队长？”

“沉默在农场南方发现一道尖兵线，团长。我们从北边绕了过去，天黑后发动攻击。他们想分散逃跑。沉默引开耙子，我们料理其余的人。一共三十个，搞定了二十三个。我们喊了很多别伤到间谍之类的话。不过，耙子还是跑了。”

狡诈鬼祟是我们的绝招。我们要让叛军相信他的队伍被内鬼出卖。这会损害耙子的指挥通信系统和决断能力，同时也让沉默、独眼和地精少点危险。

刻意散播的谣言，小小的陷害，贿赂和勒索。这些都是上佳武器。我们要等到对手落进老鼠夹，才会选择战斗。至少理想状态是这样。

“你们就直接返回要塞了？”

“是的，长官。烧毁了农舍和外围建筑后就撤了。耙子把踪迹抹得一干二净。”

团长端详着头顶烟熏火燎的房梁。只有独眼捋牌的声音打破一片死寂。团长垂下目光，“那么请说说看，你和沉默为什么笑得像一对中奖的傻瓜？”

独眼嘟囔道：“为他们空手而归感到骄傲呗。”

老艾的笑容更加灿烂了，“但我们带了礼物回来。”

沉默把手伸进脏兮兮的衬衣，掏出总是用根带子挂在脖子上的小皮袋。那是他的戏法袋，里面都是些臭气熏天的零碎，像什么腐烂的蝙蝠耳朵或是噩梦药水。这次他掏出个叠好的纸包，夸张地瞥了独眼和地精两眼，慢慢打开。就连团长都离开座椅，凑到桌前。

“列位请看！”老艾叫道。

“不就是几根破头发吗？”脑袋纷纷摇晃，喉咙阵阵闷哼。有人怀疑老艾得了失心疯。

但独眼和地精仍旧瞪着三只牛眼猛看。独眼词不达意地嘟嘟囔囔，地精细声细嗓地喊了两下，不过，地精总是这么叫唤。“真是他的吗？”他最终问道，“真的？”

看老艾和沉默那副趾高气扬的派头，好似两位震古烁今的征服者。“绝他妈的对，”老艾说，“直接从他脑壳上揪下来的。我们捏住了那老家伙的卵蛋，他还算有自知之明，撒丫子就跑，结果一头撞在门框上。我亲眼得见，沉默也是。这些头发就挂在上面。哇靠，那老梆子真能跑。”

地精闻言手舞足蹈；他平时说话就像生锈的门轴，如今又高了八度。“先生们，咱们逮住他了。他就跟吊在肉钩上一个样。大肉钩。”他冲独眼直叫唤，“你怎么看啊，你这可怜的老怪物？”

一群迷你萤火虫从独眼鼻孔钻了出来。都是像模像样的战士，迅速排好队形，拼出五个大字：地精是基佬。它们的小翅膀不住扑扇，把这句话哼唱出来，给那些不识字的伙计听。

这谣言纯属诬蔑。地精爱娘们爱得死去活来。独眼只是想挑衅而已。

地精打了个手势。一条巨大黑影突然出现，体貌好似搜魂，只是身量高到几乎蹭着房梁。它弯下腰，责难地用一根指头戳着独眼的脑袋，低语声不知从何处传来：“是你把那小伙子带坏的，老色鬼。”

独眼喷了口气，晃晃脑袋；晃晃脑袋，又喷了口气，目光模糊呆滞。地精咯咯坏笑，中途憋了片刻，又忍不住笑出声来。他身子一转，在火炉前跳起了庆祝胜利的快步舞。

我们这些理解能力不强的兄弟怨声载道。几根头发？真是好东西，再加上两块钱，就可以找个乡下妓女滚一晚上了。

“先生们！”团长想明白了。

影子戏法立刻消失。团长打量着三位法师。他思考，他踱步，他默默颔首。他最终说道：“独眼，这些够吗？”

独眼呵呵笑了两声，对于小个子来说声音显得异常低沉：“一根头发，长官，或是一片指甲屑，就足够了。长官，咱们拿住他了。”

地精继续跳着怪异的舞步。沉默难掩脸上笑容。这群语无伦次的神经病。

团长又思忖片刻，“这事儿咱们自己料理不了。”他绕着大厅打转，不苟言笑地踱着步子，“必须把这件事呈报给某位劫将。”

某位劫将。这还用说。我们的三名法师是佣兵团最宝贵的财富，他们必须受到保护，所以不能让他们出手。但……寒意不期而至，把我们冻成塑像。找上某位夫人的幽影门徒……某位黑大王？不……

“瘸子可不行，他巴不得把咱们弄死。”

“化身让我浑身发毛。”

“夜游神更糟。”

“你他妈怎么知道的？你又没见过他。”

独眼说：“咱们能处理，团长。”

“然后耙子的表亲就会死咬住你不放，跟扑向马粪的苍蝇一个样。”

“搜魂，”副团长提议，“他好歹算是咱们的老板。”

提议得到采纳。团长说：“独眼，联系他。等他到这儿来，就准备行动。”

独眼笑着连连点头，像在享受甜蜜的爱情。阴险狡诈的阴谋已经在他扭曲的头脑中成形。

说起来，这本该是沉默的任务。团长把它交给独眼，是因为难以理解沉默不肯说话的习惯。这似乎让他有点害怕。

沉默没有反对。

要塞里某些当地仆人是叛军间谍。因为有独眼和地精，所以我们知道谁有问题。我们故意放跑了一个家伙。他不知道头发的事，只是听说我们正在自由城邦玫瑰城设立一处间谍总部。

只要你的人马较少，你就能学会耍花招。

所有统治者都有敌人。夫人也不例外。所谓的白玫瑰之子遍布四处。如果按照冲动选择阵营，那谁都会跟叛军混。它为所有追寻荣誉的人而战：自由、独立、真相、权利……所有主观幻想，所有永远具备煽动性的词语。我们是大反派的走狗。我们打破幻梦，反对那些崇高理想。

从来没有谁自称恶人，自封的圣人倒是俯拾皆是。胜利者的史官会决定善恶如何判断。

我们放弃标签。我们为金钱和一种说不清道不明的骄傲而战。政治、伦理和道义，都跟我们无关。

独眼联系了搜魂。他正在赶来。地精说那老怪物高兴得直叫唤。他嗅到了一个抬高自己、贬损瘸子的机会。十劫将总是相互撕咬，还不如一群被宠坏的孩子。

寒冬让围城的攻势暂缓下来。兄弟们和当地人开始清理美斯崔克的庭院空场。有个当地人忽然失踪。在大厅里，独眼和地精隔着手里的纸牌，志得意满地对望一眼。叛军得到了我们要他们得到的情报。

“那墙有什么毛病？”我问。老艾安装一组滑轮，卸下了一块城垛砖石。“你要用这玩意儿干吗？”

“搞点雕塑，碎嘴。我有了个新嗜好。”

“爱说不说。好像我真在乎似的。”

“你想怎么想就怎么想吧。我正想问你，要不要跟我们一块去捉耙子。这样你就可以在编年史里把这件事写清楚了。”

“顺便提两句独眼的才华？”

“该提的功劳当然得提，碎嘴。”独眼说。

“那沉默应该得到整整一章，你说呢？”

他啐着唾沫，发着牢骚，骂着脏话，“你要不要玩两把？”他们只有三个人，其中之一是渡鸦。通吃这种牌戏四五个人玩更有趣。

我连赢了三把。

“你就没别的事可做了吗？切个把瘤子什么的？”

“是你问他玩不玩的。”一个多管闲事的伙计说。

“你喜欢苍蝇吗，奥托？”

“苍蝇？”

“你要是再不闭嘴，就把你变成大青蛙。”

奥托不为所动，“给你只蝌蚪，你都没法变出青蛙。”

我窃笑道：“这是你自找的，独眼。搜魂大概什么时候出现？”

“等他到这儿的时候。”

我点点头。劫将们办事没有一定之规。“今天还是咱们的开心日子，对不对？他输了多少，奥托？”

奥托只是一阵讪笑。

渡鸦赢了接下来的两盘。

独眼发誓以后再不多话。要想听他说那个计划的底细，门儿也没有。也许这样最好。没说出口的秘密就不会被叛军间谍偷听。

六根头发和一块城墙上的大石头做成的石板。什么鬼玩意儿？

这些天，沉默、地精和独眼轮流鼓捣那石头。我没事就去马厩转转。他们让我看；我想问点什么时，得到的只有抱怨连天。

团长有时也探头进来看两眼，耸耸肩，便回到他的房间。他正变着法儿策划一场春季攻势，到时候帝国所有军力将对叛军发动反攻。他的房间被地图和报告塞得满满当当，根本插不进脚。

一旦天气好转，我们就要让叛军吃点苦头。

这也许有些残忍，但我们大多数人都乐在其中，团长更是如此。跟耙子之类的人斗智斗勇是他最喜欢的游戏。死亡、燃烧的村庄、饿死的孩子，这些他都视而不见。叛军也一样。这是两只瞎了眼的军队，只能看见彼此。

搜魂在深夜到来。暴风雪大得出奇，连老艾他们经历的那场都相形见绌。狂风呼号嚣叫。大雪扑向要塞的东北角，堆得足有城墙那么高，最终漫溢出去。柴火和干草储备渐渐成了问题。本地人说从没见过如此恶劣的天气。

风雪最盛时，搜魂突然出现。他敲门的砰砰声吵醒了美斯崔克的所有人。号角齐鸣，锣鼓惊天。门卫迎着北风嘶声喊叫，他们打不开门。

搜魂借着风头从墙上飘飞过来，落地时几乎整个人陷进前院的松软雪层。对一名劫将来说，这可算不上体面。

我快步赶往大厅。独眼、沉默和地精已经到了，炉火烧得正旺。副团长进了门，然后是团长。老艾和渡鸦也跟来了。“闲杂人等都给我上床睡觉去。”副团长喝道。

搜魂终于出现，他脱掉厚重黑斗篷，蹲在火炉旁——有意为之的人性姿态?

搜魂的瘦小身形永远裹在黑皮衣里。他戴着蒙头盖脸的黑面具，手套和靴子也是黑的，仅有几个银色徽章打破单调的颜色。他周身上下唯一的亮点，是匕首柄头未经雕琢的红玉。刀柄上有个五指利爪紧紧抓住宝石。

柔和的曲度破坏了搜魂胸膛的平整线条。臀部和双腿有几分女性韵味。据说劫将中有三名女性，但究竟是谁只有夫人知道。我们把他们全当成男人。劫将的性别跟佣兵团彻底无关。

搜魂应该算是我们的朋友，我们的后台。即便如此，他的出现也给大厅带来了一种迥然不同的寒意，而且跟天气完全没有关系。就连独眼看见他也忍不住打哆嗦。

渡鸦呢？我不知道。渡鸦似乎没有剩下任何情感，除非是跟宝贝儿有关。总有一天，这张铁板会裂开一条缝。我希望能有幸见证那一幕。

搜魂转身背对炉火。“说起来，”尖细嗓音，“真是适合冒险的好天气。”男中音。一阵怪声随之响起。是笑声，劫将刚开了个玩笑。

但没人响应。

他也没指望我们笑。搜魂转头对独眼说："给我讲讲。"这次是男高音，舒缓柔和，有种发闷的感觉，仿佛隔着一堵薄墙。用老艾的话说，像是来自坟墓。

独眼的唬人气势和炫耀姿态荡然无存，"咱们从头讲起吗，团长？"

团长说："我们的一个线民听到点风声，叛军将领要召开一次集会。独眼、地精和沉默跟踪了那些叛军的行踪……"

"你让他们溜走了？"

"这些人带我们找到了许多朋友。"

"当然。瘸子不会这么做，他的缺点之一就是没有想象力。他会把那些人直接干掉，加上在场的所有活物。"又是一阵诡异笑声，"效果平平，对吧？"他接下来的话，用了一种我没听过的语言。

团长点点头，"老艾？"

老艾把故事又讲了一遍，跟此前一字不差，随后将话头交给独眼。法师草拟了一个抓捕耙子的方案。我听得一头雾水，但搜魂立时领悟了。他第三次笑出声来。

独眼带搜魂去看他的神秘石板。我们凑到炉火旁，沉默掏出一副牌，但没人响应。

我有时会想，那些正规军是如何保持精神正常的。他们时刻待在劫将身边，而搜魂跟其他人相比，简直是个小甜果。

独眼和搜魂伴着笑声走回大厅。"一个模子刻出来的。"老艾嘟囔了一句少见的评语。

搜魂走回火炉边，"干得好，先生们。干得非常漂亮。有创意。

这一招足以击溃突出部的叛军。等天气好转，咱们就到玫瑰城去。组成八人小队，团长，包括两名你的法师。”每句话之后都有片刻停顿。每句话都是截然不同的声音。诡异。

我听说那些声音属于被搜魂夺去魂魄的人。

我也不知从哪儿冒出的胆色，居然主动要求参加这次任务。我想看看他们如何用几根头发和一块石灰石抓住耙子，而瘸子使尽浑身解数，也没能动得了耙子的半根汗毛。

团长思忖片刻，“好吧，碎嘴。独眼和地精，你、老艾。再挑两个。”

“那才七个人，团长。”

“加上渡鸦就是八个。”

“哦，渡鸦。当然。”

当然。沉默寡言、武艺高强的渡鸦快变成团长的至交密友了。他俩的关系让人费解。渡鸦加入让我觉得很不自在，估计是因为这家伙最近把我吓得不轻。

渡鸦迎上团长的目光，扬了扬眉。团长若有若无地点点头。渡鸦右肩略一耸动。这是什么意思？我猜不出来。

有些非比寻常的计划即将展开。知晓内情的人都觉得相当带劲。虽然我猜不透到底是怎么回事，但也知道肯定是狡诈狠辣的招数。

暴风雪停歇。玫瑰大路很快通畅。搜魂躁动不安。耙子已经跑了两周，而我们需要一个礼拜才能赶到玫瑰城。也许没等小队到达，独眼定下的计策早就泡汤了。

我们天还没亮就起程上路。石板装在一辆大车上。法师们几乎什么都没干，只是在上面凿了一个西瓜大小的浅坑。我猜不出它的价值何在。独眼和地精围着它忙来忙去，活像成天黏着老婆的新郎。独眼用满脸坏笑回答我提出的所有问题。杂种。

天气始终不错。和煦暖风从南方吹来。我们遇到很长一段泥泞道路。我亲眼看到了世间少有的场景——搜魂居然站在泥地里，跟我们一起拉大车。他可是帝国的大将军。

玫瑰城是突出部的珍珠、一座肆意扩张的城市、自由之都、共和制邦国。夫人觉得没必要改变它自古以来的独立地位。这个世界需要某些地方，让人们可以抛开所有阶级和身份的限制。

所以就有了玫瑰城。不向任何人效忠。充满间谍、探子和生活在律法夹缝中的流民。正是在这等环境下，独眼声称他的计划必会生根发芽。

我们抵达时，玫瑰城的红墙高耸于众人面前，落日余晖下，颜色深得像干涸的血渍。

地精溜溜达达地走进我们房里。“我找了个地方。”他对独眼尖声说道。

“好啊。”

奇怪。两名法师好几个星期都没拌过嘴。要搁过去，他俩一个钟头不吵架就算奇迹了。

搜魂在阴暗角落中挪了挪身子。他始终待在那里，像丛黑乎乎瘦巴巴的灌木，自己跟自己轻声争论不休。“接着说。”

“那是个老广场，有十几条大街小巷进进出出。晚上光线昏暗。按理说，入夜后不该有任何行人。”

“似乎挺合适。”独眼说。

“当然。我租了个房间，可以俯瞰广场。”

“先瞅一眼去。”老艾说。我们都得了幽闭恐惧症，争先恐后跑了出去。只有搜魂留在屋里。也许他能理解我们需要出去透透气。

看样子地精的确挑对了地方。“然后怎么办？”我问。独眼露齿一笑，我咒骂道：“蛤蚌嘴！少跟我耍花招！”

“今晚吗？”地精问道。

独眼点点头，“只要老怪物说没问题。”

“我快被憋死了，”我宣告道，“到底是怎么回事？你们这帮小丑所做的只是玩玩牌，看渡鸦磨磨刀。”第二项活动每次都要持续好几个钟头，钢刃蹭过磨刀石的声音让我脊梁骨直发冷。那是个预兆。若非料到局势可能变得棘手，渡鸦不会做这种事。

独眼发出一阵好似鸦鸣的声音。

我们在午夜时分把大车拉出门去。马厩老板直说我们发了疯。独眼赏给他一个著名的笑容。他赶车，我们跟在周围徒步而行。

车里的石板有些变化，添了点东西。有人在那上面刻了一句话。可能是独眼，他经常出去办事，但从来不肯明说。

石板旁还多了几个大皮囊和一张敦实的木板桌。那桌子看起来足以支撑石板，四条腿都是磨光黑木。上面还有些用银丝和象牙组成的图案，感觉好似象形文字，非常复杂，神秘莫测。

“你们从哪儿搞来的桌子？”我问道。地精咯咯怪笑。我忍不住吼道：“你们他妈的就不能跟我挑明吗？”

“好吧，”独眼猥琐地笑着说，“是我们造的。”

“干吗用？”

“用来放我们的石头。”

“这还用你说。”

“耐心点，碎嘴。到时候自然就知道了。”

杂种。

我们选定的广场有点不对劲，完全被雾气笼罩。别的地方可没起雾。

独眼把大车停在广场中央，“伙计们，把桌子卸下去。”

“去你的吧，”地精抱怨道，“你以为可以偷懒躲过这一遭？”他转身对老艾说，“这该死的老瘸子总有借口。”

“他说得有道理，独眼。”小个法师连声抗议，老艾接口道，“把你那懒屁股滚下来。”

独眼狠狠瞪着地精，“总有一天要办了你，肥仔。阳痿诅咒。听起来不错吧？”

地精不吃这套，“要是我能在自然法术上长点本事，非给你来个愚蠢诅咒不可。”

“把该死的桌子放下来。”老艾吼道。

“你紧张了？”我问了一句。他从未被那两块料永无休止的拌嘴激怒，反倒将其视作某种娱乐。

“没错。你和渡鸦到这边来用力推。”

那张桌子比看起来沉。我们所有人一起上阵才把它从车上弄下去。独眼装出来的闷哼和咒骂帮不上半点忙。我问他是怎么把这东西弄上来的。

“直接造在里面，蠢驴。”他说完便冲我们大呼小叫，要把它往这边挪个半寸，再往那边挪上几分。

“就这样吧，”搜魂说，“咱们没时间折腾了。”他的不悦起到了立竿见影的效果。地精和独眼没再吱声。

大家齐力把石头滑到桌上。我退后两步，抹掉脸上的汗水。虽说眼下是仲冬时节，但我浑身上下都湿透了。石头散发出阵阵热量。

“那些包。”搜魂说。这次是女人的声音，我很乐意见上一面的女人。

我抓起个包，不禁闷哼一声。真够沉的。“嘿。原来是钱。”

独眼咯咯窃笑。我拎起皮囊，放到桌子底下堆好。真是老大一笔财富。说实话，我从没见过这么多钱堆在一个地方。

“把包打开，”搜魂命令道，“抓紧时间！”

渡鸦割开皮囊。财宝滚落到碎石路上。我们目不转睛地盯着，心中充满贪婪欲望。

搜魂捏住独眼的肩膀，又抓住地精的胳膊。两名法师好像矮了一截，面对着桌子和石头。搜魂说：“把车弄走。”

我还是看不清他们刻在石头上的字，于是趁此机会蹿过去瞅了一眼。

若想得到这笔财富

且把禽兽

耙子

的脑袋放在石板上

啊哈。坦率直白、不绕弯子、简洁易懂。正是我们的风格。哈。

我退后两步，试图估算搜魂的投资额。我看到小山似的银币中混有金子，有个袋子里还掉出几块未切割的宝石。

“头发。”搜魂命令道。独眼掏出发丝。搜魂把它们塞进头颅大小的孔洞内壁。他撤回身来，与独眼和地精牵起手。

他们施展法术。

宝藏、桌子和石板放射出金色柔光。

我们的大敌死定了。准有半个世界的人试图赚取这笔赏金。它数目大到难以抗拒。耙子的心腹都会背后捅刀子。

我看他只剩一线生机，那就是亲自把财宝偷走。但这活儿并不轻松。还没有哪个叛军先知能跟劫将的法力抗衡。

他们完成施法。“谁来试试。”独眼说。渡鸦的匕首尖碰到桌面时，发出一阵刺耳爆响。他瞪着自己的武器，不觉爆出了粗口。老艾用剑猛刺。啪！剑尖闪出白光。

“妙极了，”搜魂说，“把车赶过来。”

老艾吩咐一个人去赶车。剩下的人连忙逃进地精租下的那个房间。

起初我们都挤在窗口，期待看到事态发展，但很快就觉得索然无味。直到天光破晓，玫瑰城才发现我们为耙子安排好的末日。

谨慎小心的实干家们找了上百条拿钱的路子。平头百姓只是来看看热闹。有个胆色过人的团伙开始在街上打洞，试图钻到桌子底下去，直到治安队把他们赶跑。

搜魂搬了把凳子，坐在窗户旁，再也没动地方。他曾跟我说了句：“必须随时调整法术效果。我没想到有这么多别出心裁的把戏。”

我也没想到自己胆大包天，居然敢问：“夫人是什么样子？”我刚刚完成一段白日梦的草稿。

搜魂缓缓转过头来，盯着我看了一会儿，“某种削铁如泥的东西。”阴狠的女性声音。怪诞的回答。劫将随即又说：“必须防止他们使用工具。”

目击证人的报告到此为止。我早该知道会是这样。我们凡人对劫将来说不过是些物件，我们的好奇心更是绝对无关紧要。我缩回自己的秘密王国，观赏由我臆想出来的夫人。

搜魂当天夜里调整了防护魔法。第二天早上，几具尸体留在广场。

独眼在第三天晚上把我叫醒，“咱们的买主来了。”

“啊？”

“一个带着脑袋的家伙。”他满心欢喜。

我跌跌撞撞跑到窗前。地精和渡鸦已经到了。我们挤在一侧，谁也不想离搜魂太近。

有个人偷偷摸摸走过下方广场，左手揪着一把头发，再往下是一颗晃晃悠悠的头颅。我说：“我还琢磨着，要等多长时间才会上演这场戏。”

“安静，”搜魂的话嘶嘶作响，“他在外面。”

“谁？”

他很耐心。非同寻常的耐心。换成别的劫将，可能直接把我当场干掉。“耙子。别把咱们暴露了。”

我不知道他是怎么知道的。也许我不想知道。这种事总让我心里发毛。

“我们早就料到他会偷偷来摸情况。”地精尖声低语。他怎么做到一边尖叫一边低语的？“耙子肯定想搞清要对付的是什么东西。想做到这一点，他就必须到这儿来。”小胖墩似乎非常骄傲。

团长说，人性是我们最锋利的武器。好奇心和求生欲把耙子诱入了我们的大锅。

也许他会用这招反过来对付我们。我们也有不少把柄露在外面。

几周过去了。耙子不断出现，显然满足于观望。搜魂跟我们说不要管他，无论他让自己变成多么容易攻击的靶子。

老板也许是为我们着想，但他也有自己的残忍性情。他似乎想用前途未卜的痛苦折磨耙子。

“这座城市得了赏金热，”地精尖声说道，又跳了几下快步舞，“你应该多出去看看，碎嘴。他们正把耙子变成一种产业。”他把我招到距离搜魂最远的角落，偷偷打开一个钱包。“请看。”他轻声说。

地精有两大把钱币，有些还是金的。我说：“你走路都会被坠得往一边倒了吧。”

他面露微笑——地精的笑容很值得一瞧。“全靠卖点小道消息，告诉他们到哪儿去找耙子，”他瞥了一眼搜魂，轻声说道，“当然是假消息。”地精伸长胳膊，勉强拍到我的肩膀，“你到外面也可以发笔财。”

“我还不知道咱们干这事儿是为了发财呢。”

他露出一脸愁容，苍白的小圆脸上布满皱纹，“你怎么回事？得了什么病……”

搜魂扭过头来。地精嘀嘀咕咕地说：“只是在争论一场赌局，大人。只是一场赌局。”

我放声大笑，“可真有说服力啊，小胖。你还是省省吧。”

他板起脸生闷气，但没有持续太长时间。地精是个乐天派。哪怕在最沉闷压抑的场合，他的幽默感也会刺破浓云。

他压低声音说：“我靠，碎嘴，你应该看看独眼干了什么。卖护身符。说只要附近有叛军，就能产生感应。”他又朝搜魂瞥了一眼，“它们还真管用。或多或少有点用处。”

我摇摇头，“至少他有钱还赌债了。”这是典型的独眼行为。他在美斯崔克过得很惨。那地方没有让他到黑市打劫的机会。

“你们的任务是散布谣言。保证锅里的水沸腾，而不是……”

“嘘！”他忍不住又瞅了搜魂一眼，“我们干了。城里的所有酒馆。妈的，外面的谣言工厂都快爆炸了。过来。我让你看看。”

“不去。”搜魂说得越来越多。我还抱着引他进行一次正经对话的念头呢。

“那是你的损失。我知道有个设赌的开了局，就赌耙子什么时候掉脑袋。你知道，你可有内部消息呀。”

“趁你还没掉脑袋，赶快滚吧。”

我走到窗边。没过多会儿，就见地精一溜小跑经过下方广场。路过我们的陷阱时，他连看都没看一眼。

“让他们玩自己的游戏吧。”搜魂说。

“大人？”这是我的新招数：嘴巴甜点儿。

“我的耳朵比你朋友们想象的要尖。”

我端详戴着黑头盔的面容，试图透过金属面甲捕捉他思绪的蛛丝马迹。

“没什么。”他略微转身，朝我望来，“地下组织已经惊慌失措，彻底瘫痪。”

“大人？”

“那栋房子的灰泥正在腐烂，很快就要坍塌。如果咱们立即对耙子下手，就起不到这种效果了——叛军将把他捧成烈士。这次损失会令他们心痛，但叛军的脚步不会停止。盟会肯定能及时找到替补人选，发动春季攻势。”

我盯着广场。搜魂干吗要跟我说这些？而且从头到尾只用了一种声音。那是搜魂自己的声音吗？

“因为你觉得我是在为残忍而残忍。”

我一下子蹦得老高，“你是怎么……”

搜魂发出一阵可以算作笑声的动静，“不，我没有使什么读心术，只是知道人的头脑是如何运转的。我是搜魂，记得吗？”

劫将也会觉得孤独？他们是否渴求单纯的交情？友谊？

“有时。”这次是女性声音，妩媚诱人的那种。

我半转过身，但又立刻扭回头去看着广场，心中惴惴不安。

搜魂同样读出了我的惧意。他把话题扯回耙子，“我的计划从来不是单纯毁灭。我要让福斯博格的英雄自己丢自己的脸。”

搜魂比我们想的更了解敌人。耙子正按他的曲调起舞。叛军已经对我们的陷阱进行了两次徒劳无功又蔚为壮观的试探。那些失败让叛党的支持者数量锐减。根据传言，玫瑰城里洋溢着支持帝国的情绪。

“耙子会让自己变成小丑。然后咱们再把他碾碎，就像碾碎一只讨厌的臭虫。”

“不要低估他的实力。”我真是吃了熊心豹子胆，居然告诫一位劫将，“瘸子……”

“我不会犯那种错误。我也不是瘸子，他和耙子是一个模子刻出来的。要是在过去……帝王会把他变成我们的人。”

“他又是什么样子？”让他多说点，碎嘴。帝王距离夫人只有一步之遥。

搜魂一翻右掌，手心向上摊开，慢慢拢成爪形。这动作令我心惊胆战。我想象着利爪撕扯着我的灵魂。谈话到此结束。

又过了半晌，我对老艾说：“你知道，外面那些东西不一定要用真的。既然暴民们碰不到它，随便弄点假货也起作用。”

搜魂说：“不，必须让耙子知道它是真的。”

第二天早晨，我们接到团长发来的消息，大部分是最新动态。

几支叛军游击队接受了特赦条件，随即放下武器。部分随耙子南下的主力军正在撤出阵地。混乱已经传到盟会。耙子在玫瑰城的失败让他们忧心忡忡。

“这是怎么搞的？”我说，“什么事都没发生过啊。”

搜魂答道：“它发生在另一边，在人们心中。”这话里是否有点自以为是的感觉？“耙子乃至整个盟会都显得软弱无力。他本该把突出部转交给其他指挥官。”

“如果我是名动一时的大将军，恐怕也不可能承认自己搞砸了。”

“碎嘴。”老艾惊讶地倒吸一口气。我通常不会说出心里话。

“我说真的，老艾。你能想象出一位将军——不管是咱们的，还是他们的——请求别人接替自己的职责吗？”

黑面具正对着我，“他们的信念奄奄一息。失去信念的军队比在战场上吃了败仗的军队还要不堪一击。”搜魂若是说起什么东西，没人能把话岔开。

我有种奇怪的感觉，他也许会把自己的指挥权交给更有能力的人。

“咱们现在要继续加码。你们所有人。在酒馆偷偷说，到街上悄悄讲。刺激他。驱动他。给他施加沉重压力，让他没有时间思考。我要他焦躁绝望，干出些傻事来。”

我想搜魂打对了主意。夫人全面战争的这个局部难题不可能靠武力解决。春季指日可待，但战事尚未开始。突出部的众多眼线都盯着自由城邦，等待耙子和劫将之间这场决斗的结果。

搜魂解释说：“现在已经没有必要追杀耙子了。他的声誉完蛋了。我们正慢慢摧毁他行动的信心。”讲完这话，劫将又回去继续监视窗外。

老艾言道：“团长说盟会命令耙子下台，但他不肯。”

“他想单打独斗？”

“他想战胜这个陷阱。”

人性的另一个侧面帮了我们的忙——骄傲且自负。

“拿副牌出来。地精和独眼又在抢劫孤儿寡母，该让他们出点血了。”

耙子孤身一人，被捕猎、被折磨，像条落水狗在夜幕下的街巷中奔跑。他谁也不敢相信。我几乎替他难过。几乎。

他是个傻瓜，试图挑战命运的傻瓜。但他的赢面每分每秒都在减少。

我跷起大拇指，比了比窗子附近的黑影，“听起来像是悄悄话兄弟会在开会。”

渡鸦越过我的肩膀看了一眼，但什么也没说。我们在玩双人通吃，一个消磨时间的无聊游戏。

十几个声音在那边窃窃私语：“我闻到了。”

“你搞错了。”

“是从南边来的。”

“到此为止。”

“还没到时候。”

“是时候了。”

“需要再等等。”

“挑战咱们的运气。游戏可能会转运。”

“小心骄傲。”

“来了。它的臭味像豺狗的呼吸，先飘过来了。”

“你说他有没有说不过自己的时候？”

渡鸦还不开口。我胆子更大时，曾试图逗他说话，但毫无收获，还不如我在搜魂那儿取得的成果多。

搜魂突然站起身，一阵愤怒的声音从头盔里传出。

“怎么回事？”我问。

我已经厌倦玫瑰城，痛恨玫瑰城。这里既无聊又可怕。独自在那些街巷行走，可能赔上老命。

那些怪声中的一个说得没错。我们的好运就快走到尽头。我不得不对耙子产生几分钦佩之情。他既不投降，也不肯逃跑。

“怎么回事？”我追问道。

“瘸子。他到玫瑰城了。”

“到这儿？为什么？”

“他闻见了大买卖的味道，想直接下山摘桃子。”

“你是说干涉咱们的行动？”

“正是他的风格。”

“难道夫人不会……”

“这是玫瑰城，离她十万八千里。而且她并不在乎是谁搞定了耙子。”

夫人麾下大将之间的政治斗争。这是个陌生的领域。我无法理解佣兵团以外的人。

我们过着简单的生活，不用过多思考——那是团长的工作——我们只要遵守命令就好。对大多数人来说，黑色佣兵团就像藏身地。既是逃避昨天的避难所，也是个可以改头换面的地方。

“那咱们怎么办？”我问。

“我来处理瘸子。”他开始检查自己的衣着。

地精和独眼踉踉跄跄走进房间。他们醉得站不稳，只能靠在对方身上。“妈的，”地精尖声说，“又下雪了。靠他妈的雪。我还以为冬天已经过去了。”

独眼突然开始唱歌，有关冬季之美的曲子。我听不清楚。他磕磕巴巴，还忘了大半歌词。

地精倒在椅子里，把独眼忘在九霄云外。独眼瘫软在地，张嘴吐在地精靴子上，还没忘继续唱歌。地精嘟囔道：“其他人都他妈跑哪儿去了？”

“在城里寻欢作乐，”我跟渡鸦对视一眼，“你能相信吗？他们俩一起买醉？”

“你去哪儿啊，老怪物？”地精冲搜魂尖声怪叫。劫将没有答话便走了出去。“混蛋。嗨，独眼，老伙计。对吧？老怪物是个混蛋。”

独眼撑起身子，晕晕乎乎地左右张望。我不认为他在用剩下的那只眼睛看东西。“没错，”他瞪着我说，“混蛋。都是混蛋。”

也不知他想起了什么，突然咯咯笑个不停。

地精也跟着笑了起来。看到渡鸦和我没有听懂这个笑话，他换上非常严肃的表情说：“这儿没有咱们自己人，老伙计。雪地里都比这儿暖和些。”他扶起独眼，两人跌跌撞撞走出房门。

“但愿他们别干傻事。更傻的事。比方说到处炫耀。他们会害死自己。”

“通吃。”渡鸦说着摊开牌。看他的样子，就好像那两个人根本没出现过。

又玩了十几把牌后，一个随我们同来的士兵冲进屋子。“你们看见老艾了吗？”他问道。

我瞟了那人一眼。他面色苍白，神情慌张，落雪正在头发里融化。“没有，出了什么事，哈葛普？”

“奥托被人捅了。我估计是耙子干的，但没追上他。”

“被人捅了？他死了吗？”我起身寻找自己的医药包。奥托可能更需要我而不是老艾。

“没有。他伤得不轻，流了好多血。”

“你怎么不把他带回来？”

“拉不动他。”

哈葛普也醉了。朋友遇袭让他清醒几分，但酒劲随后卷土重来。“你确定是耙子干的？”那老傻瓜试图反击吗？

“确定。嘿，碎嘴。快来，他要死了。”

“我就来，我就来。”

“等等，”渡鸦在自己的装备里掏弄一番，“我也去。”他掂了掂一对磨得飞快的匕首，判断孰优孰劣，最终耸耸肩，把它们都插在腰带上，“披件斗篷，碎嘴。外面冷得要命。”

等我找来斗篷，他已经从哈葛普嘴里掏出了奥托的下落，又告诉他待在屋里等老艾。“咱们走吧，碎嘴。”他说。

我们下了楼梯，走到街上。渡鸦的步伐很有欺骗性。他似乎从来不慌不忙，但你必须紧赶慢赶才能追上。

下雪这个词远不足以形容这个鬼天气。即便街上光线充足，你还是看不到二十尺以外的地方。积雪足有六寸深。厚重潮湿的玩意儿。温度正在下降，寒风也刮了起来。又是一场暴风雪？该死！我们还没受够吗？

我们找到了奥托。那地方离他该在的位置有四分之一条街。奥托把自己弄到了一道楼梯下面。渡鸦径直找到了他。我始终不明白，他怎么知道该去哪儿找。我们把奥托抬到最近的灯火底下。他已经不省人事，动弹不得。

我不屑地说："烂醉如泥。没有生命危险，除非是被冻死。"他身上全是血，但伤势并不严重。需要缝两针，没有大碍。我们把他拖回房间。我帮奥托脱掉衣服，趁他不能聒噪抱怨时缝合伤口。

奥托的哥们已经睡着了。渡鸦踢了几脚，把他弄醒。"我要听实话，"渡鸦说，"到底怎么回事？"

哈葛普又说了一遍，死不改口，"是耙子干的，伙计。是耙子干的。"

我对此表示怀疑。渡鸦也是。但等我做完针线活后，渡鸦说："拿上你的剑，碎嘴。"他眼神凛冽，像个猎人。我实在不想再出门，但更不想跟这种状态下的渡鸦争论。我起身拿过自己的剑带。

空气更冷，北风更强。雪花变得细碎，打在脸上刺痛生疼。我跟在渡鸦身后，心里想着这趟到底是要干吗去。

他找到奥托被捅的地方。新雪还没完全盖住刚才的痕迹。渡鸦蹲下身仔细观瞧。我很想知道他看到了什么。在我来看，周围光线昏暗，根本什么都瞅不清。

"也许他没撒谎。"渡鸦最终说道。他盯着前方黑沉沉的巷道，凶手应该就是从那个方向出现的。

"你是怎么知道的？"

他没告诉我，只说了句"快来"，便走进窄巷。

我不喜欢巷子，尤其不喜欢玫瑰城这种地方的巷子。它们窝藏了人类世界所有已知的罪恶，也许还包括几种不为人知的新鲜货色。但渡鸦走了进去……渡鸦需要我的帮助……渡鸦是黑色佣兵团的兄弟……妈的，一团暖融融的炉火和一杯热乎乎的酒惬意多了。

我探索这座城市的时间不超过三四个小时，渡鸦出门比我还少，但他似乎很清楚要去什么地方，领着我穿大街走小路，钻巷弄过桥梁。有三条河流经玫瑰城，蛛网般的水道将它们联通。这些桥也算是玫瑰城的风景名胜。

但我现在没心思观赏桥梁，全神贯注地跟着渡鸦，试图保持温暖。我的脚就像两坨冰块。大雪不断钻进靴子，而且每次出了这种事渡鸦都不肯停步。

走啊走。也不知走了多长时间，多少里路。我从没见过这么多贫民窟和妓院……

“等等！”渡鸦抬起左臂拦住我的去路。

“怎么了？”

“别说话。”他听着，我也听着，但一点动静都没有。而且这一路愣头愣脑地冲过来，我也没看到多少东西。

渡鸦是如何追踪凶手的？我相信他肯定是寻踪而行，但就是摸不清门路。

说实话，渡鸦的举动从来不会让我吃惊。自从我亲眼见他掐死自己的老婆，就再也没吃惊过。

“咱们就快追上他了。”渡鸦凝视着前方那纷飞大雪，“继续往前走，保持刚才的速度。再走一两条街，你准能赶上他。”

“什么？你要上哪儿去？”我冲渐渐消失的人影吼道，“娘的。”我深吸口气，又咒骂一声，抽出佩剑，开始往前走。我脑子里只有一个念头：要是我们抓错了人那该怎么办？

行不多时，只见一家酒馆门洞透出的灯光里站着个人。他身材高挑瘦削，没精打采地拖着脚朝前走，对周围环境浑然不觉。耙子？我怎么判断？那天袭击农场时，只有老艾和奥托在场……

天就要亮了。只有他们能替我们认出耙子。奥托受了伤，老艾很久没出现……他去哪儿了？倒在某条小巷里被大雪覆盖，冷得好似这可怕冬夜？

我的惊慌在愤怒面前烟消云散。

我把长剑放回鞘中，抽出一柄匕首，藏在斗篷里面。我渐渐赶上前面的人影，缩短跟他之间的距离。那人连头都没回一下。

“今晚可真难熬啊，老人家？”

他不置可否地咕哝一声，转头看我走到身边，眯着眼睛仔细打量。他的目光中毫无惧色，一副信心十足的样子。不是那种你常在贫民窟街巷间看到的老头，那些人连自己的影子都害怕。

“你想干什么？”这是个冷静直白的问题。

他不需要担惊受怕。我害怕的程度足够两人份。“你捅了我的一个朋友，耙子。”

他停下脚步，双眸闪出一丝异样光芒，“黑色佣兵团？”

我点点头。

他盯着我，若有所思地眯起眼睛，“医师。你是那个医师，被他们称作碎嘴的人。”

“很高兴见到你。”我敢说自己的口气不像心里那么虚。

我他妈现在该怎么办?

耙子掀开斗篷，举起一柄短剑向我刺来。我闪身避过，掀开斗篷，又躲开一剑，试图抽出自己的武器。

耙子站定身形，凝视我的双眼。他的眸子似乎越变越大……我落入两洼灰色池塘……他的嘴角隐隐现出一丝笑容，举起匕首向我扑来……

老头突然闷哼一声，脸上露出惊异万分的神色。我摆脱魅惑，退后两步，摆了个防御姿态。

耙子缓缓转过身，面冲黑暗。渡鸦的匕首还钉在他背上。耙子伸手拔出匕首。一阵痛苦抽噎从嘴里冒出。他看了眼匕首，非常缓慢地哼唱起来。

“动手，碎嘴!”

魔法!傻瓜!我居然忘了耙子的身份。

我扑上前去。

渡鸦同时赶到。

我看着尸体，“现在怎么办?”

渡鸦蹲下身，掏出另一把匕首。这东西是锯齿刃。“总要有人赢取搜魂的赏金。”

“他会大发脾气。”

“你想告诉他吗?”

“不。但咱们拿钱干什么?”黑色佣兵团也有繁荣昌盛的时候，但从来都不富裕。聚积财富不是我们的目的。

“我可以用掉一些，还清旧账。剩下的……分了。送回绿玉城去。管他呢。钱在这儿。干吗替劫将省这一笔？”

我耸耸肩，“你看着办吧。我只希望搜魂不要觉得咱们冒犯了他。”

“只有你知我知。我不会告诉他。”渡鸦把老人脸上的落雪扫去。耙子很快就凉透了。

渡鸦操起匕首来。

我是个医师，做过截肢手术。我是个战士，见过不少血腥战场。但我还是阵阵恶心。砍掉死人的脑袋怎么琢磨都不像话。

渡鸦把这骇人的战利品塞进斗篷，似乎根本不当回事。在返回广场的途中，我问道：“话说回来，咱们干吗追他？”

渡鸦没有马上回答，过了半晌才说：“团长最近那封信里说，让我有机会就把这件事了结掉。”

我们走进广场时，他又说：“上楼去。看看怪物在不在家。如果不在，就找个最清醒的人去把车赶来。你直接回来。”

“好吧。”我叹了口气，快步走向我们的房间。只要能暖和点，让我干什么都行。

雪已经下了一尺深。我担心双脚受到永久性冻伤。

“你们他妈死哪儿去了？”我刚深一脚浅一脚地走进房门，就挨了老艾劈头盖脸一顿喝骂，“渡鸦呢？”

我环顾四周。搜魂不在。地精和独眼已经回来了，醉得不省人事。奥托和哈葛普鼾声如雷。“奥托怎么样？”

“没什么问题。你们刚才干吗去了？”

我一屁股坐在炉火旁，心满意足地脱掉靴子。我的脚青紫发木，但没有冻坏，很快变得又痒又疼。在雪地里走了这么长时间，双腿更是没有不疼的地方。我把这件事的来龙去脉都讲给了老艾。

“你们杀了他？”

“渡鸦说团长希望结束这桩买卖。”

“对。但我没想到渡鸦会去割了他的喉咙。”

“搜魂在哪儿？”

“还没回来。”他坏笑着说，“我去赶车。别告诉任何人。太多大嘴巴了。”他把斗篷披在肩上，大步走出房门。

我等手脚终于有了点热乎气儿，便四处寻摸一番，拿起奥托的靴子。他跟我的尺码差不多，而且现在用不着鞋。

我再度走入夜幕。几乎已经是清晨了。黎明很快就要到来。

如果说我指望看到渡鸦抱怨，那肯定要大失所望。他只是看了我两眼。我觉得他在发抖，心中暗想这小子毕竟是个凡人。“必须换双靴子。老艾去赶车了。其他人都睡得像头死猪。”

“搜魂？”

“还没回来。”

“那就把这颗种子种下去吧。”他大步走入漫天飞雪。我赶忙跟了上去。

大雪没有盖住我们的陷阱。它放射出金色光芒，下面积了一洼雪水，渐渐流开化作冰凌。

“你觉得这玩意儿解除后，搜魂会知道吗？”我问。

“很有可能。地精和独眼可能也会。”

“就算那栋房子烧塌了，他俩都不会翻个身。”

“不管怎么说……嘘！有人在那边。走这条路。”他换了个方向，绕路过去。

我干吗做这种事？我一面胡思乱想，一面擎着短剑在雪地里跋涉，结果不留神撞在渡鸦身上。“瞅见什么了？”

他凝视前方黑暗，“有人在附近。”他闻了闻空气中的味道，缓缓转头朝两侧张望，又往前紧走了十几步，朝地上一指。

他说得对。踪迹还很新鲜，可以看出走得有些匆忙。我盯着那些脚印，“情况不妙啊，渡鸦。”从访客的足迹可以看出，他右脚始终拖在地上。“瘸子。”

“咱们还不能肯定。”

“还能有谁？老艾在哪儿？”

我们走到耙子的陷阱旁，耐心等待。渡鸦来回踱步，嘴里嘀嘀咕咕。我从没见过他如此躁动不安。

“瘸子不是搜魂。”他说道。

没错。搜魂几乎算是个人，瘸子则是那种以折磨婴儿为乐的邪魔。

一阵吱吱嘎嘎的细碎声响飘进广场，像是没上过油的车轮在转动。老艾驾着大车在风雪中出现。他一扯缰绳，从车上跳了下来。

“你跑哪儿磨蹭去了？”恐惧和疲惫让我脾气乖张。

“花了不少工夫才找到个马夫把这一套东西准备好。怎么了？出了什么事？”

“瘸子来了。”

“哦，我靠。他干了什么？”

“什么也没干。他只是……”

“快动手，”渡鸦打断了我们的谈话，“趁他还没回来。”他带头走向石板。防护魔法好似根本就不存在。渡鸦把我们的战利品塞进虚位以待的凹槽。金光霎时熄灭。雪花慢慢盖住头颅和石板。

“动起来，”老艾气喘吁吁地说，“咱们没多少时间。”

我抓起一袋财宝，扔在大车上。细心的老艾在车上铺了块油布，防止零散钱币掉进木板缝。

渡鸦让我收拾落在桌子下面的散货，“老艾，腾几个袋子出来给碎嘴。”

他们搬运包裹，我胡乱扒拉着零钱。

“一分钟。”渡鸦说。半数包裹已经上车。

“太多散货了。”我抱怨道。

“如果收拾不过来，咱们就扔下。”

“咱们拿这笔钱怎么办？藏在哪儿？”

“藏在马厩的干草垛里，”渡鸦说，“暂时。回头咱们在车里做个夹层。两分钟。”

“车辙怎么办？”老艾问，“他能循着痕迹找到马厩。”

“说到底，他干吗在乎这些？”我把心里话讲了出来。

渡鸦没理我，而是问老艾：“你来的时候没有扫清痕迹？”

“没动这个脑子。”

“该死！”

所有包裹都装上了车。老艾和渡鸦开始帮我打扫散货。

“三分钟，”渡鸦顿了顿又说，“安静！”他倾听片刻，“搜魂不可能这么快赶来，对吧？不对，还是瘸子。快来。你赶车，老艾。上大路。藏在行人车辆里。我会跟着你。碎嘴，尽量掩盖老艾留下的痕迹。”

“他在哪儿？”老艾盯着漫天大雪，开口问道。

渡鸦伸手一指，“咱们必须把他甩掉，不然东西全得被抢。别管那些了，碎嘴。快走，老艾。”

“驾！”老艾一抖缰绳，大车吱吱呀呀动了起来。

我矮身钻进桌子底下，把衣袋塞得满满当当，然后朝瘸子可能出现的相反方向跑去。

我想自己没那么好的运气，能够完全掩盖老艾留下的痕迹。清晨人潮车流起的作用，比我的任何努力都多。不过我倒是解决了马夫的问题。我塞给他一大把金银钱币，在马厩里干上十年八年也挣不来这么多。我问他能不能从此消失，最好是离开玫瑰城。他跟我说：“我这就走，连收拾东西都不用。”他扔下干草叉，掉头就走，从此再没出现。

我忙不迭返回房间。

除了奥托，所有人都在睡觉。“哦，碎嘴，”他说，“来得正好。”

“疼？”

“对。”

“宿醉？”

“也有。”

“咱们看看能做点什么。你醒了多长时间？”

“大概一小时。”

“搜魂来过了？”

“没有。对了，他怎么样？”

“我不知道。”

“嗨，那是我的靴子。你他妈在想些什么，居然穿我的鞋？”

“放轻松。把它喝了。”

他喝了药，“快说吧。你穿我的鞋想干吗？”

我脱掉靴子，把它们放在炉子旁。火苗烧得不旺。我往炉子里加炭时，他还唠叨个没完。“如果你还不平静下来，小心撕裂伤口。”

我常拿这种话唬人。只要是以医师身份说话，他们就会老老实实听着。奥托尽管生气，也只能躺好，强迫自己不要乱动，但他嘴里可没闲着。

我脱掉潮湿衣物，在屋里找了件睡袍穿上。也不知道这东西是从哪儿来的，尺码太小。我烧上一壶茶，转头对奥托说：“让我仔细检查一下。”

我把医疗包拿过来，忍耐着奥托的轻声咒骂，将伤口附近清洗干净。忽然一阵怪声响起。蹭，踏；蹭，踏。声音停在门外。

奥托察觉到我的惧意，“怎么回事？”

“是……”

身后的房门忽然打开，我回头看去，发现自己猜得一点没错。

瘸子走到桌前，坐在一张椅子上扫视房间，又死盯着我看。我很想知道他是否记得我在木桨城对他做过什么。

我失神落魄地说了句：“刚开始煮茶。”

他看了看湿靴子和斗篷，又依次扫视房间里的人，目光最终重新落在我身上。

瘸子个头不大。若是在街上撞见他，又不知道他是谁，那你根本不会留意他。跟搜魂相同，他周身衣袍都是一个颜色，脏兮兮的褐色；脸孔遮在破破烂烂的面具底下；纷乱纠结的发丝从兜帽中探出，缠在面具周围，颜色灰里带黑。

他一个字也没说，只是坐在那里瞪视四周。我不知道该怎么办，就替奥托处理好伤口，又泡了茶，倒进三个白锡杯子。一杯递给奥托，一杯放在瘸子面前，一杯留给自己。

现在干什么？没有什么可忙活的了，除了那张桌子也没地方好坐……哦，妈的！

瘸子摘掉面具，拿起杯子……我再也没法把眼睛转开。

他有一张死人脸，像是未经妥善保存的僵尸。双眼不时转动，目光阴冷；左眼下是一条已经腐烂的肌肉。而鼻子下方，右嘴角旁，少了一寸见方的嘴唇，露出齿龈和黄牙。

瘸子抿了口茶，看着我微微一笑。

我差点尿裤子。

我走到窗前。外面已经有了些许光亮，雪也开始变小，但我还是看不清石板。

只听噔噔噔一阵楼梯响声。老艾和渡鸦推门走进房间。老艾吼道："嗨，碎嘴，你他妈是怎么清理……"他看到瘸子坐在屋里，渐渐没了声音。

渡鸦给我使了个问询的眼色。瘸子转过身去。我趁他背身时耸了耸肩。渡鸦走到一旁，开始脱掉潮湿衣物。

老艾心领神会。他走到另一侧，在炉火旁脱掉靴子，“该死，终于不用在外面受冻了。感觉怎么样，奥托？”

“我刚煮了茶。”我说。

奥托答道：“浑身上下没有不疼的地方，老艾。”

瘸子看了看我们，又看看还没动静的独眼和地精，“看来搜魂把黑色佣兵团的精英都带来了。”他的声音很轻，但霎时充满房间，“他在哪儿？”

渡鸦没理他，径自穿上干裤子，坐在奥托身旁，检查我的手艺，“缝得不错，碎嘴。”

“跟这伙人在一起，我得到了充分的锻炼。”

老艾冲瘸子耸耸肩。他喝光茶水，给所有人倒好，然后拿起一个大水罐把茶壶注满。他趁瘸子盯视渡鸦的当口，一脚踩在独眼的肋骨上。

“你！”瘸子喝道，“我可没忘记你在猫眼石城的所作所为。更不会忘记福斯博格战役中的事。”

渡鸦往墙上一靠，掏出样子最凶的匕首，开始清理指甲。他笑了笑，冲瘸子笑，眼神暗含嘲讽。

莫非任何事都吓不住这个人？

“你们把那笔钱弄哪儿去了？它不属于搜魂。夫人把它给我了。”

渡鸦的轻蔑态度也让我产生了勇气，“你不是应该在榆树城吗？夫人命令你撤离突出部。”

愤怒扭曲了那张丑怪面庞。一道从额头穿过左颊的疤痕显得触目惊心，估计直通左胸。据说这是白玫瑰亲手留下的。

瘸子站起身。那挨千刀的渡鸦说："把牌拿出来吧，老艾？桌子空了。"

瘸子一脸怒容。屋里的紧张气氛急剧上升。他厉声喝道："我要那笔钱。它是我的。你们可以选择是否合作。钱，你们可以留下，但不知有没有命花。"

"你想要，就去拿，"渡鸦说，"抓住耙子，砍了他的脑袋，扔到石板里。对瘸子来说，应该是易如反掌吧。耙子不过是个强盗。他哪儿有机会跟大名鼎鼎的瘸子抗衡？"

我还以为劫将会大发雷霆，但是没有。他一时间困惑不解，但很快就回过神来。

"既然你想来硬的，好吧。"他的笑容灿烂而残忍。

屋里的紧张气氛就像一根快要绷断的弦。

一道瘦削的黑影出现在门口，盯着瘸子的后背。我这才松了口气。

瘸子猛转过身，两名劫将之间的空气似乎噼啪作响。

我用余光看到地精已经坐起身，十指随着复杂的节奏舞动。独眼面冲墙壁，冲被窝喃喃私语，同时掉转匕首以便投掷。老艾抓住茶壶，准备随时泼出热水。

我周围没有任何能扔的东西。

我能帮上什么忙呢？把这场混战写进编年史，如果能活下来的话？

搜魂打了个动作很小的手势，举步绕过瘸子，坐在惯常的位子上。他探出脚，将一把椅子从桌旁勾出，把脚搁上去。搜魂盯着瘸子，双手指尖相触放在面前，"夫人给我留了句话，以防我万一碰到你。夫人说想见你。”搜魂从始至终只用了一种声音，严肃的女性声音，“她想问问你榆树城的起义是怎么回事。”

瘸子蹦了起来，一只手探过桌面，紧张得直发抖，“起义？在榆树城？”

“反叛军攻打了宫殿和兵营。”

瘸子的革质面皮登时变得刷白。那只手抖得更加厉害。

搜魂说：“她想知道你为什么没在榆树城阻止他们。”

瘸子又愣了片刻。他的面孔变得怪异扭曲，我很少见到如此不加掩饰的恐惧。三秒钟后，他转身溜出门去。

渡鸦扔出匕首，钉在门楣上。瘸子居然没注意。

搜魂哈哈大笑。这跟前些天的笑声完全不同，是一种低沉刺耳、充满恶意的醇厚声音。他站起来，转身望向窗户，“啊，有人拿走了咱们的赏金？这是什么时候的事？”

老艾没有回话，起身去关房门。渡鸦说：“把我的匕首扔过来，老艾。”我凑到搜魂身边，向窗外望去。雪已经停了，石板清晰可见，冷冰冰的没了光芒，上面积了一寸雪。

“我不知道，”我希望自己的口气真诚可信，“整个晚上雪下得都很大。我上次看时，也就是瘸子出现之前，什么都看不清。也许我应该下去瞅瞅。”

“不用了。”搜魂挪了挪座椅，好观察广场。他从老艾手里接过茶水，慢慢饮尽；喝水时还特意扭开脸，不让我们看清。搜魂沉吟着说：“耙子完蛋了。他的走狗们惊恐万分。更妙的是，瘸子再度蒙羞。的确干得不赖。”

“是真的吗？”我问，“榆树城的事儿？”

“每个字都是真的，”一种欢悦的声音说道，“有人也许会奇怪，叛军怎么知道瘸子不在城里；化身又是从哪儿听到风声，在起义闹出大事儿之前及时出现。”他顿了顿，“瘸子休养生息时，肯定会仔细思考这些问题。”他再度大笑，更柔和也更阴沉。

老艾和我忙着准备早餐。通常都是奥托掌厨，所以我们有了个打破常规的借口。过了半晌，搜魂忽然说：“你们没必要继续留在这儿了。你们团长的祈祷得到了回应。”

“我们可以走了？”老艾问道。

“没理由继续留下了，不是吗？”

独眼有些理由，但我们没理他。

“吃完早餐就开始收拾行李。”老艾对我们说。

“你要在这种天气上路？”独眼问道。

“团长要咱们回去。”

我递给搜魂一盘炒鸡蛋。我也不知道为什么这样做。他很少吃东西，早餐几乎不吃。但他接过盘子，背过身去。

我望向窗外。城里人发现了这个变化。有人掸掉耙子脸上的积雪。他眼睛睁得老大，好像在看些什么。怪透了。

所有人都在桌子底下乱刨乱划，争抢掉落的钱币。这堆人挤成一团的样子，活像趴在腐尸上的蛆虫。“应该找人把他体面地埋了，”我嘟囔道，“他可是个该死的好对手。”

“你有你的编年史。”搜魂顿了顿又说，“只有征服者才有闲心顾及死去的敌人体不体面。”

我当时已经去拿自己的餐盘，虽然很想知道他这话是什么意思，但一顿热饭显然更为重要。

除了我和奥托以外，所有人都去了马厩。他们正把车赶到楼下，好接送伤员。我给奥托吃了点麻药，帮他熬过这番折腾。

他们倒是不慌不忙。老艾要在车上支个天棚，帮奥托遮风挡雪。我等待时玩着单人牌戏。

搜魂忽然没头没脑地说："她非常美，碎嘴。青春面貌，曼妙身姿，让人目眩神迷，但却是铁石心肠。瘸子跟她相比，不过是只暖乎乎的小狗崽。你最好祈祷不要引起她的注意。"

搜魂盯着窗外。我想问些问题，但一时间半个都想不出来。该死。我浪费了一个绝好机会。

她的头发是什么颜色？眼睛呢？她笑起来什么样？这些我都不得而知，但它们对我意义重大。

搜魂站起身，披上斗篷，"就算只为收拾瘸子，也值了。"他走到门口停下脚步，用冷冰冰的目光看着我说，"你、老艾和渡鸦，别忘了喝酒时敬我一杯。听见没？"

他说完便走了出去。

没过两分钟，老艾走进房间。我们抬起奥托，起程返回美斯崔克。这一次，我的神经算是彻底崩溃了，好长时间没缓过劲儿来。

第四章 私语

这次战斗，我们不费吹灰之力便取得了莫大战果，我从没见过这么上算的买卖。对佣兵团来说是百分之百的飞来横福，对叛军来说则是一场灾难。

在此之前，夫人在突出部的防御体系几乎一夜间土崩瓦解，我们只得迅速撤退。跟我们一道败逃的还有五六百被打散编制的正规军。为了抢时间，团长决定直接穿过云雾森林赶赴王侯城，而不是从南方绕路过去。

一支叛军主力军团跟在我们身后，相距一两天路程。我们可以回头把他们吃掉，但团长决定给人家留条活路。我喜欢这个主意。围绕玫瑰城展开的战斗相当惨烈，数千人送了命。如今有这么多编外人员依附在佣兵团周围，我实在忙不过来，部分伤员因此撒手人寰。

我们接到的命令是向王侯城的夜游神报道。搜魂认为王侯城很可能成为叛军下一波攻势的目标。我们早就精疲力竭，但在寒冬拖慢战争的步伐之前，还会发生更多惨烈的战斗。

“碎嘴！看这儿！”我正跟团长、沉默和另外几个人坐在一起，小白兴冲冲地跑了过来，肩上扛着个裸体女人。若不是遭受非人虐待，她没准还算性感尤物。

“不赖，小白。不赖。”我说完继续写日志。呐喊声和尖叫声在小白身后此起彼伏。人们正忙着收割胜利果实。

“都是些野蛮人。”团长虽然这么说，但话里毫无怨怼之意。

“得让他们偶尔放松放松，”我提醒他，“总比把火气撒在王侯城强。”

团长勉强同意。他只是对掠夺和强暴毫无兴趣，虽说这也是我们的工作范围。我想他内心深处是个浪漫主义者，至少涉及女性时向来如此。

我试图帮他宽宽心，“既然她们拿起了武器，那就活该受罪。”

他沮丧地问我：“这种事还要持续多长时间呢，碎嘴？感觉像是永远，不是吗？你还记得自己没当兵的日子吗？有什么意义？咱们干吗到这儿来？咱们不断取得胜利，但夫人却输掉了全面战争。他们为什么不干脆放弃这些破事，卷起铺盖回家去？”

他也不全是胡言乱语。尽管我们干得不赖，但自打福斯博格开始便节节败退。在化身和瘸子加入战局之前，突出部还固若金汤呢。

在最近的撤退途中，我们刚巧撞上这座叛军营地。它大概是叛军在这片地区的主要训练营和集结点，夜游神的心腹大患。我们运气不错，在被叛军发现之前发现了他们。黑色佣兵团包围了营地，在黎明前发动袭击。我们人数处于绝对劣势，但叛军没有形成像样的抵抗。他们大都是毫无经验的志愿兵，倒是一支亚马孙女兵团让我们吃了一惊。

我们当然听说过这票人马——在东方的铁锈城附近有几支亚马孙女兵团，那里的战斗比此地更为激烈，而且旷日持久——但真正遇见还是头一次。尽管她们打起仗来比男性同胞表现更好，但还是没法让佣兵团瞧上眼。

黑烟朝这边飘来，伙计们正在焚烧兵营和总部建筑。团长嘟囔道：“碎嘴，去看看那些蠢货，别让他们把林子点着了。”

我站起身，拿上自己的背包，漫步走入那片喧嚣。

到处都是尸体。这些蠢货肯定觉得这里特别安全，他们甚至没在营地周围设置防栅和壕沟。愚蠢。这是你要做的头一件事，哪怕知道方圆百里没有半个敌人。屋顶可以日后再盖，淋湿总比被砍死强。

我随佣兵团征战多年，早该习惯这种勾当了，现在也的确不像以前那样心里不舒服了。我在自己的道德软肋上披了一层铠甲，但还是尽量避免看到最残忍的场面。

你是我的接任者，继续涂抹编年史的史官。如今你应该知道，我不会写出这支流氓团体的全部真相。你知道，他们狠毒、残暴，而且无知。这些人是彻头彻尾的蛮子，把心中最残忍的幻想变成了现实，全靠为数不多的几个正派人加以约束。我通常不会在编年史里表现这个侧面，因为他们是我的兄弟和家人。我打小受到教诲，不能说亲人的坏话。老习惯总是最难改变。

渡鸦看到我的日志，不禁哈哈大笑，“风味绝佳啊。”他如此评价，还威胁说要把编年史夺走，按自己的视角书写这些故事。

自诩硬汉的渡鸦也来嘲笑我。是谁在营地里逡巡游荡，不许伙计们用小小刑罚自娱自乐？是谁屁股后面跟着个骑公骡的十岁女孩？不是碎嘴，兄弟们，不是碎嘴。碎嘴没有浪漫情怀。那是专为团长和渡鸦保留的玩意儿。

很自然地，渡鸦成了团长的密友。他们常像两块岩石似地坐在一起，讨论些只有石头会聊的话题，满足于与对方为伴。

纵火队由老艾带领。他们都是老团员，已经填饱了不那么强烈的肉体欲望。此刻还在蹂躏女性的杂种，多半是毛还没长齐的正规军。

他们在玫瑰城跟叛军进行了一场酣战，但对手实在太强。十八盟会的半数首脑投入了这场战斗，可我们只有瘸子和化身。那两名劫将又把大部分精力花在彼此拆台、而不是抗击盟会上。结果自然是一场溃败。夫人近十年来最为惨痛的耻辱性失利。

盟会通常都能一致对外。他们的主要精力还是花在敌人身上，而不是窝里斗。

“嗨！碎嘴！”独眼叫道，“一起来玩啊。”他把一根燃烧的木棍顺着营房门洞扔了进去。那栋建筑猛地爆炸了。厚实的橡木百叶窗从窗口炸飞。一团烈焰吞没了独眼，他冲出火场，卷缩的头发在那顶软趴趴的怪帽子底下闷烧。我把他按倒在地，用那帽子拍打他的头发。“好了，好了，”他抗议道，“你他妈也用不着玩得这么开心吧。”

我扶他起身，忍不住露出一丝微笑，“你没事吧?

“烤焦了而已。”他装出一副体面嘴脸，活像刚干了件大蠢事的猫咪，那副表情似乎在说：“我本来就打算这么干的。”

烈焰呼啸升腾。屋顶的茅草在房子上空盘旋起落。我说：“团长让我来瞅瞅你们这帮蠢货，别把林子烧着了。”正当此时，地精从燃烧的房屋侧面绕了出来，那张大嘴咧成一副傻笑。

独眼只瞅了他一眼便高声叫道：“你这臭蛆脑袋！是你害我的。”他发出一声令人脊背发冷的嘶吼，开始手舞足蹈。烈焰的咆哮更为激烈，也变得更有节奏。我很快便看到有个东西在屋里的火焰中跃动欢腾。

地精也看见了。他立刻收起笑容，咽了口唾沫，脸色发白，随即也跳起舞来。他和独眼就这么叫着吼着，完全忘记了对方的存在。

一道水槽吐出肚子里的液体，水柱从空中飞过，浇在火苗上。一口木桶里的水随之而来。烈焰的声势被压了下去。

独眼大步走到地精跟前，伸手戳弄两下，试图分散他的注意力。地精继续手舞足蹈，连声怪叫。又有不少水浇在火苗上。

“真是天生一对。”

我转过身。老艾也在观赏这出好戏。“的确是地造一双。”我答道。他们吵闹争斗，满腹牢骚，跟上头那些大人物没什么两样。只不过他俩的矛盾根本不往心里去，跟化身和瘸子不一样。倘若你拨开重重迷雾，就会发现独眼和地精本是朋友。劫将之间却不存在友谊。

“有点东西让你看看。”老艾只说了这一句。我点点头，让他头前带路。

地精和独眼继续打闹。地精似乎占了上风。我不用再替火势操心了。

“你看得懂这些北方鬼画符吗？”老艾问。他把我领到显然是营地指挥部的地方，指了指手下人堆在地上的一座纸山，看来是准备当作引火物用。

“我想大概能看懂。”

“觉得你没准能找到点有用的东西。”

我随便抽了张纸。这是一份命令副本，指示某支叛军主力兵团分散溜进王侯城，藏在当地拥护者家里，等待时机里应外合攻打王侯城守军。签字人是私语，还附带了联系人清单。

“我得说……”我的呼吸陡然急促，这张命令泄漏了半打叛军机密，还暗示出更多的东西，“我得说……”我又抓起一张，跟刚才那份一样，这也是向某支部队下达的命令；跟刚才那份一样，也是通向叛军战略部署的一个窗口。“把团长找来，”我对老艾说，“把地精、独眼和副团长找来，还有任何应该……”

我当时肯定神情怪诞。老艾插嘴时，表情特别紧张，“到底是什么玩意儿，碎嘴？”

“叛军攻打王侯城的所有军事命令和计划。这场战役的完整部署。”但还有更重要的东西，我准备留给团长本人，“赶紧去，每分每秒都可能至关重要。另外，阻止他们继续焚烧这种东西。看在老天分上，阻止他们。咱们找到了金脉，别让它一股烟跑了。”

老艾大步冲出房门。我听到他的吼声渐渐飘向远方。老艾是个优秀的队长，不会浪费时间瞎打听。我咕哝两句，随即坐在地板上，开始检查文件。

房门吱扭扭一阵响动。我没抬头，继续发疯似地分拣文件，从纸堆里抽出来扫上两眼，迅速整理成几小摞。一双沾满泥灰的靴子出现在余光中。“你看得懂这些东西吗，渡鸦？”我认得他的步伐。

“我看得懂吗？废话。”

“帮我看看咱们挖到了什么东西？”

渡鸦坐在我对面，那摞纸摆在中间，几乎将我们完全挡住。宝贝儿站在渡鸦身后，不会妨碍到他，又在他的保护范围之内。那双安静呆滞的眼眸至今仍然反映着遥远村庄的恐怖场面。

从某种角度来说，渡鸦是佣兵团中的楷模。他和我们的区别在于，他在各方面都强一点，有种超脱凡俗的感觉。也许因为渡鸦刚刚入伙，又是唯一来自北方的兄弟，所以成了我们在夫人麾下这段生活的象征。他的道德困境成了我们的道德困境。他面对灾殃不肯捶胸顿足、号啕大哭，和我们的态度一样。佣兵团习惯用武器交击的金铁之声发言。

够了，干吗探寻这些？老艾找到了金脉。渡鸦和我开始翻找天然金块。

地精和独眼溜达进来。他们都不懂北方文字，便搞了些小把戏自娱自乐，凭空召唤出几条黑影，绕着四壁相互追逐。渡鸦瞪了他们一眼。要是你心里装着事儿，他俩永无休止的争吵和耍宝就会变得相当烦人。

他们看了渡鸦一眼，连忙收起戏法，各自安静坐好，像是挨了骂的小孩。渡鸦有这种本事、这种精神、这种震慑力，足以令比他更危险的人在凛冽阴风中颤抖。

团长驾到，身后跟着老艾和沉默。我瞥见另外几个人在门外打转。一出大事，他们准能嗅到，真有意思。

“你找到什么东西了，碎嘴？”团长问道。

我估计他已经把老艾榨了一遍，于是直入主题。“这些命令，”我拍了拍其中一堆，“这些汇报，”我拍拍另一堆，“都是由私语签署的。咱们算是一脚踩进了私语的后花园。”我的声调高到尖细刺耳的程度。

一时间谁都没说话。蜜糖和另外几名队长挤进来时，地精憋出几声尖嗓儿。团长最终问渡鸦说："真的？"

渡鸦点点头，"根据文件判断，她自从早春时节就频繁进出此地。"

团长把双手叠在身前，开始在屋里踱步，看起来像个疲惫的老僧侣，正要去进行晚祷。

私语是名头最响的叛军将领。尽管十劫将百般努力，她还是凭借天才战略将东部战线牢牢守住。私语也是十八盟会中最危险的成员。谁都知道她制订的战略计划周密详尽、算无遗策。一场战争经常会演变成混乱的持械武斗，但私语的队伍总能凭借严密的组织、严明的纪律和清醒的头脑，在战场上屹立不倒。

团长犹豫地说："她不是在指挥铁锈城附近的叛军吗？"对铁锈城的争夺已经持续三年，传说方圆数百里内尽皆废土。上个冬天，双方都沦落到以死去的战友为食。

我点点头。这个问题不需回答，他只是把心里的想法讲了出来。

"铁锈城多年来战事不断。私语不会撤军。夫人也不会后退。但如果私语跑到这儿来，那么说明盟会决定放弃铁锈城。"

我补充说："也就是说，他们准备把战略重心从东方移到北方。"北方依然是夫人的软肋。西方早就俯首称臣。夫人的盟友统治着南方海疆。自从帝国边境扩张到福斯博格的丛林，北方就无人理会了。叛军正是在此取得了最激动人心的胜利。

副团长说："他们势头正猛。攻取福斯博格，征服突出部，拿下玫瑰城，包围黑麦城。部分叛军主力正向维斯特城和简恩城逼近。这支部队会被挫败，但盟会肯定已经估计到了。所以他们换了个策略，准备对王侯城动手。如果王侯城陷落，叛军几乎就到了风原边界。穿过风原，爬过泪雨天梯，他们将站在百里外俯瞰查姆。”

我继续检查整理文件，“老艾，你不妨四下瞧瞧，看能否找到类似的东西。她也许把部分文件藏在别处。”

“让独眼、地精和沉默去，”渡鸦提议说，“更有可能找到好货。”

团长批准了这项提议。他对副团长说：“让外面的伙计都别闹了。鲤鱼，你和蜜糖去整顿部队，随时准备撤离。火柴，在周围设双岗。”

“长官？”蜜糖问了一声。

“等私语赶回来时，你不希望自己窝在这儿吧？地精，给我过来。联系搜魂，这件事得往上捅。赶快。”

地精扮了个苦脸，走到角落里开始自言自语。这种远程联系的魔法动静很小，至少刚开始时是这样。

团长猛转过身，“碎嘴，你和渡鸦料理完后，把这些文件全部打包。咱们要带着上路。”

“我也许应该把最重要的找出来留给搜魂。”我说，“如果咱们打算把某些东西派上用场，那么部分文件应该马上处理。我是说，在私语将此事上报之前，咱们必须拿出个对策。”

他打断我说：“有道理。我会给你派辆车。别磨蹭了。”团长走出门时，脸色略微有些发白。

外面的尖叫和吵嚷声中多了一丝惊惧的感觉。我伸开酸麻的双腿，走到门口。他们正把叛军赶到训练场。俘虏们觉察到佣兵团打算赶紧撤离，知道援兵就快赶到、却来不及救他们一命了。

我摇了摇头，继续阅读文件。渡鸦看了我两眼，他心中也许和我一样痛苦，但话说回来，也有可能是看不起我的软弱。渡鸦这个人很难捉摸。

独眼推开房门，大步走了进来，扔下一捆用油布包裹的东西，那上面还粘着湿泥，“你猜得没错。我们在她卧室后面刨出了这些东西。”

地精发出一声刺耳的尖啸，就像你晚上独自走在森林里时那种令人胆寒的夜枭悲鸣。独眼关切地扭头看去。

每到这种时候，我都怀疑他们的怨仇到底是真是假。

地精呻吟道：“他在塔里，跟夫人在一起。我看见了，透过他的眼睛……眼睛……眼睛……黑暗！哦，天哪，黑暗！不！哦，天哪，不！”他的话语随即变成纯粹的惊叫，又慢慢恢复正常，“眼睛。我看到了眼睛。它把我看穿了。”

渡鸦和我皱着眉头面面相觑，不约而同地耸了耸肩。我们不知道他在说什么。

地精仿佛退化成了稚童，“别让它看我了！别让它看了！我没干坏事。别让它看了！”

独眼跪在地精身旁，“没事，没事。那都是假的。很快就没事了。”

我跟渡鸦对望一眼。他转过身，开始冲宝贝儿打手势，“我派她去找团长。”

宝贝儿很不情愿地离开房间。渡鸦从纸堆里抽出一份文件，继续阅读。这家伙，冷得像块石头。

地精又叫唤了一阵，突然静得好似咽了气。我慌忙转回身。独眼抬起一只手，示意不用惊慌：地精已经传达完口信。

地精渐渐放松下来，脸上少了惧意，多了几分血色。我跪在他身边，摸了摸颈动脉。他的心脏剧烈跳动，但节奏正在放缓。“没想到他能撑下来，”我说，“以前也这么严重吗？”

“不，”独眼放下地精的手，“咱们下次最好别让他干了。”

“会逐渐加重？”我的职业跟他们的行当之间有些模糊地带，但我毕竟不懂魔法。

“不，他的信心需要一段恢复期。他似乎正赶上搜魂在高塔里。我想任谁都难免动摇。”

“尤其是面对夫人的时候。”我倒吸一口冷气，无法掩饰内心的激动。地精刚才看到了高塔内部！他没准还看见了夫人！只有十劫将曾活着离开那座高塔。民间流言给高塔内部涂抹了上千种可怕形象，但现在，我有了个活生生的目击证人！

“你少烦他，碎嘴。等他准备好了，自然会告诉你。”独眼的口气多了几分锋芒。

他们嘲笑我的小小幻想，说我跟一个怪物坠入爱河。也许他们说得对。我的兴趣有时甚至会吓到自己。它几乎快变成一种痴迷。

这一刻，我忘记了对地精的责任。这一刻，他不再是我的兄弟、我的老友，甚至算不上一个人。他变成了信息源。但我很快回过神来，满心羞耻地继续翻阅文件。

一头雾水的团长终于被铁了心的宝贝儿揪进屋里。“啊，我明白了。他已经跟搜魂联系过了。”团长打量着地精说，“说了什么没有？还没？把他叫醒，独眼。”

独眼刚要开口反驳，但转念一想，还是轻轻摇了摇地精。地精慢慢苏醒。他这一觉睡得几乎像在入定。

“这次反应很大？”团长问我。

我做了简单解释。团长闷哼一声，开口说道：“马车就快到了。你们随便找个人赶快开始打包。”

我开始整理眼前的几堆文件。

“随便找个人指的是渡鸦，碎嘴。你留下。地精看起来不太妙。”

的确不妙。他又变得脸色惨白，呼吸越来越浅、越来越快，而且很不规律。“扇他一巴掌，独眼，”我说，“他可能以为自己还在那边。”

这一巴掌起到了作用。地精睁开双眸，眼神充满恐慌。他认出了独眼，打了个哆嗦，又深吸口气，这才尖声道：“我受了这么大罪，还得回来看这张臭脸？”但他的语气削弱了这句话的效果：那种松了口气的感觉浓得化不开。

“他没事了，”我说，“还能发牢骚。”

团长蹲在法师跟前，但没有发问。等地精准备好了，自然会说话。

他花了好几分钟才缓过神来，这才开口道：“搜魂说让咱们离开这鬼地方。要快。他会在去王侯城的路上跟咱们碰头。”

“就这些？”

从来只有寥寥几句，但团长总希望得到更多信息。只要你见过地精受的那份罪，就会觉得只为这么两句话实在不上算。

我目不转睛地看着他。撤离这个鬼地方的诱惑太大，实在难以抗拒。他看着我说：“回头再说吧，碎嘴。给我点时间整理思路。”

我点点头说：“一杯药茶就能让你打起精神。”

“哦，少来。别想我喝独眼那种老鼠尿。”

“不是他的。我自己的。”我取出足以泡一大杯的量，把药草递给独眼，然后合上药箱，走回文件堆旁，正好听见马车停在屋外。

我抱着第一捆文件走出房门，注意到训练场上的伙计们正在做收尾工作。团长一点时间也没浪费。他希望在私语返回之前，让自己离这营地越远越好。

我一点也不怪他。那女人的名声让人毛骨悚然。

队伍再次上路之前，我一直没机会查看油布里的文件，直到坐在车把式身边，这才抽出第一份手稿。这破车毫无减震功能，我只能忍受一路的疯狂颠簸。

包裹里的东西我足足翻了两遍，心中越发不安。

一个货真价实的两难局面。我应该把自己发现的东西通报给团长吗？我应该告诉独眼或者渡鸦吗？他们肯定感兴趣。我应该毫无保留地告诉搜魂吗？他无疑希望我这样做。我的问题是，这份情报是在我对佣兵团的职责范围之内，还是之外？我需要找个顾问。

我从车上跳下来，等在行军队列旁边，直到沉默从后方出现。他担任中段警戒。独眼头前开道，地精负责殿后。他们仨每人都顶得上一个连的游骑兵。

沉默骑在那匹心情特别不好时才会骑的大黑马上。他皱起眉头，低头看着我。我们这三位法师中，沉默的样子最接近人们所说的邪恶巫师。但跟许多兄弟相同，他这模样不过是个幌子。

“我有个问题，”我对他说，“大问题。你是最好的听众。”我环顾四周，“我不希望别人听到这番话。”

沉默点点头。他做了个复杂流畅的手势，动作快到肉眼难辨。五尺之外的所有响动突然消失——要是你知道自己平常忽略了多少声音，肯定会大吃一惊。我把自己的发现讲给沉默。

沉默是个见怪不怪的人。他什么都见过，什么都听说过。但这次，他显示出了恰如其分的震惊。我甚至一度觉得他会说点什么。

“我应该告诉搜魂吗？”

绝对肯定地点头。好吧，我也是这么想的。这些情报对佣兵团来说是个过大的包袱。如果我们把它憋在心里，早晚要被反噬。

“那团长呢？独眼？其他人呢？”

这次的反应没那么快，也没那么果断。他给出了否定的建议。依靠几个问题和长期共处产生的直觉，我搞清了沉默的意思。他觉得，搜魂肯定希望这份情报知道的人越少越好。

“那好吧，谢了。”说完这话，我紧赶两步走回队列。等离开沉默的视线范围，这才抓过一名兄弟问道：“你看见渡鸦了吗？”

“跟团长在一起。”

不用说也知道。我继续闷头赶路。

经过片刻沉思，我决定再增加点保险系数。渡鸦是我能想到的最佳人选。

“你认得古代文字吗？”我问他。此时跟他讲话有点难度。渡鸦和团长并行，身后还跟着宝贝儿。她的骡子老想踩我脚后跟。

“认识点儿。都是正统教育的一部分。怎么了？”

我往前紧走两步，咒骂道：“畜生，你再不留点神，我们晚餐就有炖骡肉吃了。”骡子轻蔑地叫了两声，我又对渡鸦说，“这儿有些文件，是过去的玩意儿。独眼刨出来的那些。”

“那就不太重要了，对吧？”

我耸耸肩，缓步走在他身旁，字斟句酌地说：“谁知道呢。夫人和十劫将，活了不知多少年。”我突然疼得惊叫一声，猛转过身去，连退几步，右手捂住肩上被骡子咬到的地方。那畜生一脸无辜，宝贝儿却掩饰不住顽皮的笑容。

能看到她的笑容，疼一点也值了。宝贝儿笑得很少。

我穿过队列，慢慢溜达一阵，最终凑到老艾身边。他问：“有什么麻烦吗，碎嘴？”

“啊？没有。算不上。”

“你好像吓坏了。”

我是吓坏了。我掀开了一个小盒的盖子，只想看看里面有什么，结果发现全是腌臜骇人的玩意儿。我读到的东西不可能忘掉。

再次见到渡鸦时，他的脸色跟我一样苍白——没准更厉害。我们并肩走了一阵，他简要概括了从我读不懂的那些手稿中得到的情报。

“其中有些属于大法师波曼兹，”他对我说，“其他也是帝王时代的东西。有些是用泰勒奎尔语写成。只有十劫将还在使用那种语言。”

“波曼兹？”

“对。唤醒夫人的蠢货。私语不知从哪儿找到了他的秘密手稿。”

“哦。”

“是啊。没错。哦。”

我们各自回到队列，单独面对心中的恐惧。

搜魂悄悄找到了我，黑皮衣外面套上了身平平常常的服装。劫将毫不起眼地溜进队伍，我都不知道他来了多久。佣兵团就快走出森林时，我才注意到他。队伍连续三天急行军，每天十八小时。我浑身酸痛，只会机械地挪着步子，嘴里嘟囔说自己上了年纪。一个温柔的女性声音突然问道："今天还好吗，医师？"语气轻快活泼，透着高兴。

假如我不是精疲力竭，可能会惊声尖叫，一蹿十尺高，但我实在太累，只是迈出下一步，把脑袋拧了过去，低声说："终于来了，嗯？"意味深长的冷漠态度正符合眼下情形。

心里那块石头很快就要落地，但我的脑子当时跟身体一样怠钝。跑了这么久，很难再让肾上腺素汹涌澎湃。这个世界再也没有突如其来的刺激或恐惧。

搜魂跟我并肩而行，步调保持一致，偶尔还朝这边瞥上两眼。我看不到他的脸，但能感到那种愉悦心情。

石头终于落了地，我随即对自己的胆大妄为钦佩不已。居然敢跟搜魂拌嘴，就好像他是自家兄弟。这真是种五雷轰顶的感觉。

"咱们干吗不去看看那些文件？"搜魂似乎相当高兴。我把他领到大车旁，一前一后爬了上去。车把式惊得目瞪口呆，赶忙直勾勾地望向前方，浑身瑟瑟发抖，努力装聋作哑。

我直接找到曾深埋地下的那个包裹，正准备抽出来。"等等，"他说，"他们还不需要知道。"搜魂察觉到我心存恐惧，笑得像个小姑娘，"你不会有事的，碎嘴。其实夫人让我向你表示感谢。"他又笑了起来，"她想知道有关你的所有情况，碎嘴。所有情况。你也引起了她的兴趣。"

又是一波恐惧的打击。谁也不想引起夫人注意。

搜魂享受着我的困窘，“她也许会见你一次，碎嘴。哦，天哪。你脸色白得吓人。行啦，这不是强制性的。那么，开始干活。”

我从没见过阅读速度这么快的人。搜魂看过老文件，又看了新文件，“嗖”的一下就读完了。

搜魂说：“你不可能读懂所有文件。”他用的是一种职业女性的声音。

“不能。”

“我也不能。有些东西，除了夫人谁都无法解读。”

真奇怪。我本以为他会更兴奋。对搜魂来说，缴获这些文件是大功一件，因为是他征募了黑色佣兵团。

“你了解多少？”

我提到叛军对王侯城的攻击计划，还有私语的出现意味着什么。

他呵呵一笑，“老手稿，碎嘴。跟我说说那些老手稿。”

我直冒冷汗。他的态度越是温和礼貌，我就越觉得害怕。“老法师，就是唤醒了你们的那位。这里有一部分文件属于他。”该死。话还没说完，我就恨不得把舌头咬下来。黑色佣兵团里只有渡鸦能解读波曼兹的手稿。

搜魂轻笑两声，熟络地拍拍我的肩膀，“我想也是，碎嘴。我不敢肯定，但估计就是这样。你很难抗拒告诉渡鸦的冲动。”

我没有回话。我想撒谎，但他早就知道。

“你不可能通过其他途径知晓。你跟渡鸦说部分手稿与瘸子的真名有关，所以他必然要把能看懂的都读一遍。对吗？”

我心情依然平静。这是真的，尽管我的动机并非完全出于兄弟情谊。渡鸦有他的旧账要算，但瘸子想把我们都干掉。

法师们藏得最深最严的秘密，就是自己的真名。拥有法师真名的敌人，可以透过任何魔法和幻象，直刺他们的灵魂。

“你只能大概猜到这些文件的重要性，碎嘴。连我也只能猜测。但它引发的结果显而易见。叛军有史以来最大的灾难，还有对十劫将造成的震动与慌乱。”他又拍拍我的肩头，“你让我成了帝国中实力排名第二的人物。夫人知道十劫将的真名。我知道另外三人，还夺回了自己那份。”

怪不得他美得直冒泡。搜魂刚躲过一支始料未及的冷箭，又幸运地扼住了瘸子的咽喉。好大一块馅饼就这么砸在他头上。

“但私语……”

“必须干掉私语。”他的声音低沉冰冷，是那种刺客的语气，宣布死刑判决书的语气，“私语必须尽快抹去。不然一切都是虚妄。”

“怕她告诉其他人？”

“她不会的。哦，不会。我了解私语。在夫人把我派去绿玉城之前，我曾跟她在铁锈城交过手，也在沃尔打过仗，还追着她一路穿过惶悚平原的能言石阵。我了解私语。她是个天才，但也是独行客。要是在第一纪元，帝王会把她变成自己的部下。私语效忠白玫瑰，但她的心跟地狱的夜色一样黑。”

“我觉得整个盟会都是这样。”

搜魂哈哈大笑，“没错，他们都是伪君子。但没有一个像私语这样。简直难以置信，碎嘴。她怎么会发现这么多秘密？她怎么搞到了我的名字？我把它藏得万无一失。我敬佩私语，真的。天才设想。无所畏惧。一击直穿王侯城，跨越风原，挺进泪雨天梯。难以置信，不可思议。而且，若不是黑色佣兵团和你的意外收获，她很可能成功。你会得到奖赏，我可以保证。不过，废话已经说得够多了，我还有事儿要干。夜游神需要这份情报，夫人也得看看这些文件。”

“我希望你说得没错，”我抱怨道，“狠狠踢他们的屁股，然后喘两口气。我要累垮了。我们已经上蹿下跳打了一年仗。”

蠢话，碎嘴。我都能感到黑头盔里透出的寒意。搜魂已经上蹿下跳打了多久？一个纪元。“你先走吧，”他说，“我回头再找你和渡鸦谈。”冰冷的声音。我二话没说，掉头就走。

我们抵达王侯城时，一切都结束了。夜游神行动迅速，下手狠辣。你随便往哪儿走，都能看到叛军的尸体吊在树木和灯柱上。佣兵团进驻兵营，期待度过一个宁静无聊的冬天，再用之后的春季将叛军残部赶回北方大森林。

哦，它在破灭之前可真是个美妙幻想。

“通吃，”我说着把刚发到手的五张牌拍在桌上，“哈！加倍，伙计们。加倍。掏钱吧。”

独眼牢骚不断，抱怨连连，但也只能把钱币从桌上推过来。渡鸦笑了两声。就连地精也忍不住咧了咧嘴。独眼整个上午一把都没赢，哪怕是作弊的时候。

“谢谢，先生们。谢谢。发牌，独眼。”

“你干了什么，碎嘴？嗯？你是怎么干的？”

“手比眼快。”老艾敲着边鼓。

“全靠健康生活，独眼。健康生活。”

副团长推门进来，脸拉得老长，以此表示强烈不满，“渡鸦，碎嘴。团长要见你们。赶紧。”他扫视过几桌牌局，“你们这帮臭赌鬼。”

独眼冷哼一声，挤出一丝浅笑。副团长玩牌比他还臭。

我看了渡鸦一眼。团长是他哥们。但渡鸦耸耸肩，把牌扔下。我将所有战利品塞进衣兜，跟着他走向团长的办公室。

搜魂也在。自从那天离开森林，我们就再也没见过他。我本希望他忙得四脚朝天，没工夫回来找我们的麻烦。我看了眼团长，试图从他的脸色占卜未来，但只看出他心情不好。

如果团长心情不好，那我也不好。

“坐。”他说。屋里摆了两把椅子。团长来回踱步，显得焦躁不安。他最终说道：“咱们接到了命令。直接从查姆发来的，发给咱们和夜游神的所有部队。”他朝搜魂把手一摆，示意由劫将继续解释。

搜魂似乎陷入了沉思，最终用几不可闻的声音说：“你弓箭用得怎么样，渡鸦？”

“不错，算不上神箭手。”

“比不错强多了，”团长反驳道，“绝对一流。”

“你呢，碎嘴？”

“我过去还行，但好多年没开过弓了。”

“好好练习一下。”搜魂也开始踱步。这屋子不大，我一度怀疑他们要撞个满怀。过了半晌，搜魂说：“事态有些变化。我们试图在私语的营地把她擒获，但没能如愿。她嗅出了陷阱，所以至今还藏在某个地方。夫人从四面八方调来了部队。”

这足以解释团长接到的命令，但并未说明我为何要练习弓术。

“根据我们的判断，”搜魂继续说，“叛军并不知道这些变故。至少目前还不知道。私语没有胆量把自己的失败告诉他们。她是个骄傲的女人。看起来她想自己挽回损失。”

“靠什么？”渡鸦问道，“她连一个连队都凑不出来。”

“靠记忆，对你从地里刨出来的那些东西的记忆。我们不认为她知道咱们发现了那东西。瘸子给我们使了个绊儿，让她得以逃入森林。但在此之前，私语没能靠近她的总部。所以只有咱们四个，再加上夫人，知道那些文件的存在。”

渡鸦和我点点头。我们终于明白搜魂为何如此忐忑。私语知道他的真名。他被钉在靶心上。

“你想让我们做什么？”渡鸦狐疑地问。他曾担心搜魂认为我们自己解读出了真名，甚至提议过在劫将除掉我们之前，先把他宰了。十劫将并非刀枪不入，但想搞定他们也难如登天。我永远不愿动这种念头。

“咱们有一项特别任务，咱们仨。”

渡鸦和我对望两眼。他要给我们下套吗？

搜魂说：“团长，您能否出去稍微转转？”

团长挪动身躯，晃出门口。他这副熊头熊脑的样子全是装出来的。我想他还不知道我们早就看穿了这点小把戏。团长持之以恒，努力要给别人留下蛮汉的印象。

“我不是要把你们引出去，找个没人的地方悄悄干掉。”搜魂对我们说，“不，渡鸦，我不认为你发现了我的真名。”

真吓人。我直把头往肩膀里缩。渡鸦一甩手，亮出一柄短刀，开始清理那早就修剪好的指甲。

“重大变故：瘸子在耙子那件事上让咱们摆了一道之后，就被私语收买了。”

我忍不住大叫起来：“这就解释了突出部的败退。咱们搞定了耙子，但突出部却一夜间土崩瓦解。瘸子在玫瑰城之战中表现得像坨臭狗屎。”

渡鸦附和道：“玫瑰城是他的错，但谁也没想到背叛上去。他好歹是十劫将之一。”

“对，”搜魂说，“这解释了许多事。但突出部和玫瑰城都过去了。咱们现在要关心的是未来。必须在私语给咱们带来下一场灾难之前把她除掉。”

渡鸦看看搜魂，又看看我，继续对指甲进行永无休止的打理。我也没把劫将的话当真。我们这些凡人对他们来说只是玩物和工具。劫将们是那种为了赢得夫人的欢心、不惜挖出祖母尸骨的人。

“在私语这件事上，咱们有优势。”搜魂说，“咱们知道她同意明天跟瘸子见面……”

“怎么知道的？”渡鸦问道。

“我不清楚；夫人说的。瘸子也不知道咱们已经摸清了他的底，但他明白自己坚持不了多长时间。他也许想跟盟会做个交易，好让叛军保护自己。瘸子很清楚，如果这次谈不妥，那就死定了。夫人的意思是让他们死在一块，好让盟会怀疑私语把情报卖给了瘸子，而不是反过来。”

“这可洗不清。”渡鸦嘟囔道。

“他们会相信的。”

“所以我们要去把他做掉，”我说，“我和渡鸦，用弓。但我们该如何找到他俩？”不管他嘴上怎么说，搜魂都不可能亲临现场。在他进入弓箭射程之前，瘸子和私语就会事先察觉。

“瘸子会带领部队进入森林。他还不知道已经受到怀疑，更别想避开夫人的魔眼。他多半希望他的行动被看作搜索行动的一部分。夫人会向我通报他的行踪，我再告诉你们去哪儿找他。等他俩一见面，你们就动手。”

“好吧，”渡鸦讥讽道，“好吧。真是易如反掌啊。”他用力掷出飞刀，深深扎进窗棂，随即大步走出房间。

我觉得这事儿不靠谱，不由自主地盯着搜魂，心里暗自斗争了大概两秒，随即在恐惧驱使下跟着渡鸦离开房间。

我最后瞥了搜魂一眼，只看到一个疲惫不堪的人影，显得没精打采、心烦意乱。看来顶着这份声名过活，对他们来说也不容易。谁都希望别人喜欢自己。

我在写有关夫人的幻想小故事，渡鸦则有条不紊地将箭矢射到钉在草靶中的一条红布上。我的第一轮试射连靶子都很难碰到，更别提红布了。渡鸦却从未失手。

这一次，我在把玩她的童年。我喜欢从这种角度审视所有恶棍。将高塔中的生灵和当年那个小女孩联系起来的细线上，到底拧着什么疙瘩？看看小孩子们，很少有不可爱、不漂亮的，一个个甜得像蜂蜜掺上黄油。那些歹人是打哪儿来的？我在营地里溜达，心里想着：一个咯咯欢笑、充满好奇的小娃娃，怎么会变成三指、沉默或是俏皮。

小女孩的可爱和天真是小男孩的两倍。我还没见过有哪种文化不把她们往这条道上引。

那么，夫人又是打哪儿来的？说起来还有私语呢。我揣摩着笔下的故事。

地精一屁股坐在旁边，看了看我刚写的东西。“我不这么想。”他说，“我觉得，打从一开始，这就是她有意识的抉择。”

我慢慢朝他转过头去，清醒地意识到搜魂就站在身后几码外，观看箭矢飞掠，“我真不觉得是这么回事，地精。应该是……哦，你知道的，你想让这件事变得能够理解，所以就把它说成了某种自己能够把握的东西。”

“谁不这么干？在日常生活里，这叫‘找借口’。”没错，真正的动机通常过于粗陋，难以下咽。等大多数人长到我这岁数，通常会因为借口找得太勤太妙，以至于自己都忘了自己真正的动机。

我发觉一道阴影落在腿上，抬头看去，搜魂伸过一只手来，要我拿起弓进行练习。渡鸦已经收回自己的箭矢，正站在一旁，等我走到标志线前。

我的头三支箭击中了红布。“怎么样？”我说着转过身，向众人鞠了一躬。

搜魂正在读那些胡言乱语。他抬起头，迎上我的目光，“你可真能编啊，碎嘴！完全不是这么回事。你不知道吗？她在十四岁时，就杀死了自己的双胞胎妹妹。”

长着冰冷脚爪的鼠群在我的脊梁骨上爬来爬去。我转过身，射出一箭。它从靶子右侧划过，差了十万八千里。我又胡乱放了几箭，除了惊扰到远处鸽群，再无任何斩获。

搜魂接过弓，“你的神经太紧张了，碎嘴。”我还没看清是怎么回事，他已经把三支箭射在靶上，组成直径不过一寸的圆环。“继续练习。你到时候要承受更大的压力。”他把弓递给我，“诀窍在于集中精神。假装你是在做手术。”

假装我在做手术。对。我曾在战场上做过几次相当成功的急救手术。但那不一样。

这是个万年不变的老借口。没错，但……的确不一样。

我差不多平静下来了，此后几箭全部中的。我取回箭矢，然后退到一旁让渡鸦练习。

地精把我的手稿还了回来。我没好气地将它们团成一团。

“需要来点东西放松神经吗？”地精问道。

“对。来点铁屑，或者渡鸦吃的东西。”我的自尊心产生了极大动摇。

“试试这个。”法师递给我一个挂在链子上的银质六角星，中央还镶了个黑玉做的蛇妖头像。

“护身符？”

“对。我们觉得你明天可能用得着。”

“明天？”谁也不该知道这件事。

“我们有眼线，碎嘴。咱是黑色佣兵团。也许我们不知道具体情况，但有点什么事儿总能看出来吧。”

“好吧，我想也是。谢了，地精。”

“是我、独眼和沉默一起做的。”

“谢了。那渡鸦呢？”

“渡鸦不需要这玩意儿。渡鸦有他自己当护身符。坐下，聊聊。”

“我可不能告诉你。”

“我知道。我估摸着你想知道塔里的情况。”地精还从没提起过那天的事。我早已不抱希望了。

“好啊，告诉我。”我盯着渡鸦。一箭箭正中红布。

“你不准备把它写下来吗？”

“哦，当然。”我备好纸笔。这些人非常看重我记录编年史的职责。他们只有在那里才能永垂不朽。“幸好我没跟他打赌。”

“跟谁？”

“渡鸦想跟我赌射术。”

地精对此嗤之以鼻，“你小子真是个鬼灵精，不会打这种必输的赌，对吧？准备好你的笔。”他开始讲述自己的故事。

地精没有给我从别处搜集来的传闻添加多少细节。他把那地方描述成一个通风良好的正方形大房间，光线昏暗，尘灰弥漫。跟我想象中的高塔或任何城堡没什么两样。

“她长什么样？”这是拼图中最引人入胜的部分。在我的想象中，夫人是个青春永固的黑发美人，那份性感对凡人来说不啻于雷霆一击。搜魂说她很美，但我没有得到第三方证实。

“我不知道。我不记得。”

“此话怎讲，你不记得？你怎么可能不记得？”

“别激动，碎嘴。我记不起来了。她就在我面前，然后……然后只剩巨大的黄眼睛，而且越来越大，把我看了个通透，审视我有生以来的所有秘密。我只记得这些。那眼睛至今还出现在噩梦里。”

我夸张地叹了口气，“其实我早该料到了。要知道，就算她现在从咱们面前走过，也没人知道她就是夫人。”

“我想这正是她希望达到的效果，碎嘴。倘若帝国土崩瓦解，就好像你发现这些文件之前的局势走向，那她可以悄悄溜走。只有十劫将认得她，而且夫人肯定能封住他们的嘴。”

我觉得没那么简单。像她这种人物很难扮演凡夫俗子。被废黜的王子举手投足间脱不了王子的派头。

“多谢你特地把这件事告诉我，地精。”

“不麻烦。其实也没什么好说的。我把它倒出来只是因为闷在心里难受。”

渡鸦取回他的箭矢，走过来对地精说：“你干吗不去往独眼的被窝里塞个虫子？我们还有活儿要干。”我时灵时不灵的箭术让他很不踏实。

我们是一条绳上的蚂蚱。如果有人失手，很可能来不及放第二箭就要一命呜呼。我连想都不愿去想。

但想起这件事能帮我集中精神。这一轮我的箭几乎都射中了红布。

在渡鸦和我勇闯鬼门关之前，还有件烂得没边儿的破事需要处理。团长拒绝改变一项延续了三百年的传统。他同样拒绝接受我们对搜魂强拉壮丁的抱怨，或是把他肯定知道的内幕抖搂出来的要求。我是说，我明白搜魂想干什么，又因为什么；但我不明白他干吗单选渡鸦和我动手。团长对他的支持更让人迷惑不解。

“为什么，碎嘴？”他最终说道，“因为我给你下了命令，这就是原因。赶紧给我滚出去，好好读你的书。”

每月一次，整个佣兵团会找一天晚上集中起来，让史官朗读前辈们的记录。这种读书会旨在让人们了解这个团队的历史和传统。它已经绵延数百年，跨越上万里。

我把自己选出的手稿放在简陋的讲台上，按照惯例说起开场白：“晚上好，兄弟们。又到了朗读黑色佣兵团编年史的时间。我们本是卡塔瓦自由兵团的最后一支。今晚的故事来自《凯特之书》，发生在兵团成立后的第二个世纪早期，由史官李兹、阿格瑞普、豪姆和斯特劳记录。当年佣兵团为晁恩·德龙的苦痛之神效力。那时的兵团成员的确都是黑人。

“今天要读的部分由斯特劳史官记载，讲述了与晁恩·德龙沦陷有关的诸多事件中，佣兵团所扮演的角色。”我开始朗读，心中不免暗想佣兵团还真在不少难以挽回的局面中效过力。

晁恩·德龙时代跟我们现在有许多相似之处，但当时佣兵团人数超过六千，自然容易把握自己的命运。

我完全找不到故事的脉络。老斯特劳字写得像蜘蛛爬。我读了三个小时，像疯子预言家那样胡言乱语，可兄弟们听得倒很入迷，还在最后给我来了个满堂彩。我离开讲台时，感觉人生意义得以实现。

等我走进营房，讲演中付出的体力和精力开始讨债。我脚步蹒跚地走进自己的卧室——这是我作为准军官享有的小小特权。

渡鸦在屋里等我。他坐在床上，手里拿着一支箭，正在精雕细琢。箭杆缠了一圈银带。他似乎在银环上刻了什么字。若不是累得精疲力竭，我也许会感到好奇。

“你很厉害，”渡鸦对我说，“连我都能体会到。”

“啊？”

“你让我理解了当年作为一名黑色佣兵团的兄弟意味着什么。”

“对某些人来说，现在依然如此。”

“对。而且还不止这些。你再现了他们生活过的地方。”

“对，没错。你在干什么？”

“给瘸子准备一支箭，顺便刻上他的真名。搜魂已经告诉我了。”

“哦。”疲惫让我懒于追问这个话题，“你有事吗？”

“自打妻子和她的情夫们试图夺走我的性命、权力和头衔之后，我还是头一次觉得有所感触。”他站起身，闭上左眼，低头检查箭矢，“谢了，碎嘴。我刚才又觉得自己像个人了。”他说完这话便走出房门。

我瘫倒在床铺上，慢慢合上眼帘。我回忆起来了，当初渡鸦掐死自己的妻子、拿走她的婚戒时，连一个字都没说。我们处了这么久，他表露出的全部情感还没刚才那句速射炮似的话里多。真奇怪。

我睡着之前心里还在想，他已经跟所有人算清旧账，只剩下悲剧的最终来源。瘸子谁都碰不得，因为他是夫人的大将。但现在，再也不是了。

渡鸦肯定特别期待明天。我不知道他今晚会不会做梦。倘若瘸子死了，他还能剩下什么理想和目标？一个人不能光靠仇恨生存。他明天执行任务时还会考虑自己的性命吗？

也许他想说的正是这个。

我害怕了。一个人若是抱有轻生的念头，对周围的人来说，难免有几分难测，几分危险。

一只手握住我的肩头。“是时候了，碎嘴。”居然是团长本人负责叫早。

“嗯，醒着呢。”其实我一夜都没睡好。

“搜魂准备上路了。”

外面还是一团黑。“几点了？”

“快四点。他想在破晓前动身。”

“哦。”

“碎嘴？这次小心点。我要你活着回来。”

“当然，团长。你知道我不是赌命的人。团长，到底为什么选我和渡鸦？”没准他现在肯告诉我了。

“他说夫人把这当成一种奖赏。”

“不是唬我吧？奖赏？”我伸手胡乱摸索着自己的靴子，团长转身走向门口，“团长，谢了。”

“没说的。”他知道我的意思是多谢关心。

渡鸦把头探进来时，我正在系上衣，“准备好了吗？”

“马上就好。外面冷吗？”

“钻心。”

“穿件大衣？”

“没坏处。链甲衫？”他摸摸我的前胸。

“对。”我把大衣披好，拿起要用的弓，在手掌上弹了两下。地精的护身符贴在胸骨上透着凉意。但愿它能管用。

渡鸦露齿一笑，“我也穿了。”

我报以微笑，“走，去干掉他们。”

搜魂站在我们练习射术的庭院里默默等待。伙房透出的光亮勾画出他的轮廓。面包师傅们已经忙得热火朝天。搜魂以稍息姿态僵直地站在那里，左臂下夹着一个包袱，目光凝视着云雾森林。他只穿戴了皮衣和头盔。跟某些劫将不同，搜魂很少携带武器，他更依赖自己的魔法神通。

搜魂正在自言自语，说些莫名其妙的怪话：“……想亲眼看着他倒下。已经等了四百年。”

“咱们无法靠近。他会察觉到。”

“把所有魔力散掉。”

“哦！那太冒险了！”好几个声音高叫起来。每当多个声音同时说话，总会显得特别诡异。

渡鸦和我对望一眼。他耸耸肩，搜魂没有对他造成影响。不过话说回来，他生长在夫人的国度，早见过所有劫将，搜魂应该算是其中最正常的了。

我们听了几分钟，这段对话并没有变得更为正常。渡鸦最后忍不住说：“大人？我们准备好了。”听他的语气，似乎也有点不安。

我根本说不出话来，脑子里只有一张弓、一支箭、一项必须完成的任务。我反复设想着开弓、松手、放箭的过程；又下意识地摸了摸地精的礼物。我以后准保没事就摸这玩意儿。

搜魂像条落水狗似地打了个哆嗦，顿时回过神来。他没有回头，只是冲我们摆摆手，说了声“跟我来”，便朝前走去。

渡鸦转身叫道：“宝贝儿，你按我说的回屋。快进去。”

“她怎么能听到你说什么？”我回头看向站在门洞阴影里的女孩，她正目送我们离去。

“她听不见。但团长可以。走吧。”渡鸦猛一挥手。团长不知从哪儿冒了出来，宝贝儿随即消失不见。我们跟上搜魂。渡鸦嘴里嘀嘀咕咕，想来是替孩子担心。

搜魂快步走出军营，离开王侯城，穿过乡野，一路都没回头。他领着我们走进距离城墙几箭地的大片树林，来到中心空地。一具粗糙的木架立在小溪旁，大约六尺宽、八尺长、一尺高，上面铺着块破旧地毯。搜魂说了句话，地毯猛地一颤，扭动两下，然后逐渐拉直。

“渡鸦，你坐这儿。”搜魂指着右手边靠近我们的角落说，“碎嘴，你坐那儿。”这次是左侧角落。

渡鸦小心翼翼地抬起右脚踩在地毯上，惊异地发现它没有陷下去。

“坐好。”搜魂让他走上地毯盘腿坐下，把武器放在靠近边缘的位置，然后示意我也上去。我没想到这毯子居然是硬的，就像铺在桌面上。“你们必须保证不要乱动，”搜魂说着扭身坐在我们前头，距离地毯中心大约一尺，“如果咱们不能保持平衡，就会摔下去。明白吗？”

我不明白，但还是跟着渡鸦说了声好。

“准备好了？”

渡鸦又应了一声。我猜他早知道劫将要干什么。我可是被吓了一跳。

搜魂双手左右一分，掌心向上摊在身边，说了几个莫名其妙的字眼，慢慢将手抬高。我倒吸一口冷气，忍不住把身子往前探。地面正离我们而去。

“坐好！”渡鸦吼道，“你想把咱们害死吗？”

毯子距离地面不过六尺。我直起身，动都不敢动。但灌木丛中传出点动静时，我还是勉强扭头看去。

哦，是宝贝儿，她惊讶得张大了嘴巴。我面冲前方，紧紧握住长弓，感觉快把指纹印上去了。我真希望自己敢摸摸护身符。“渡鸦，你安排好宝贝儿了吗？你知道，以防万一……”

“团长会照顾她。”

“我忘了把编年史托付给别人。”

“别那么乐观嘛。”他开起了玩笑。我忍不住打起哆嗦来。

搜魂催动飞毯，我们自树梢飞掠，冷风从身边“嗖嗖”拂过。我朝下面看了一眼，现在足有五层楼高，而且还在攀升。

搜魂掉转方向，前方的星辰随之变化。风势渐强，我们好似迎面闯进一场飓风。我把身子趴得越来越低，生怕被吹下去。下方空无一物，只有几百尺的高度和坚实大地。我紧紧抓住长弓，手指都有点疼。

我心中暗道，这次好歹弄清了一件事：为什么我们每次联系到搜魂，他似乎总能从千里之外迅速赶来。

这是一趟静默的旅程。搜魂忙着控制地毯高速飞行。渡鸦想着自己的心事。我也无暇他顾，完全被吓傻了。不知道渡鸦怎么样，反正我肚子里是翻江倒海。

星辰逐渐黯淡。东方地平线泛起鱼肚白。搜魂闷哼一声，看了看东面，又转回头目视前方。他似乎用心倾听了片刻，然后点点头。

飞毯微微上扬。我们开始爬升。大地逐渐缩小，最后变得好似一张地图。空气更加寒冷。我的肚子还是不肯善罢甘休。

我朝左瞟了一眼，只见远方森林里有块黑疤，应该是被我们攻克的叛军营地。飞毯随即钻进云雾，搜魂放慢了速度。

“咱们先飘一会儿，”他说，“瘸子在北方大约三十公里，还在往前跑。不过咱们很快能撵上他。等到我可能被他发觉的时候，咱们就下去。”他用的是那个职业女性的声音。

我正要开口，搜魂斥道：“别作声，碎嘴。不要打扰我。”

我们留在那团云中，既不会被外面看到，也看不到外面的情况。过了大约两个小时，搜魂说：“该下去了。抓紧了别松手。可能有点颠簸。”

我觉得身子下面突然一空。我们就像从悬崖掉落的石头，猛往下坠。飞毯开始缓慢转动，所以下方森林似乎也在旋转。接着它又像飘落的羽毛似地前后摇摆。飞毯每次往左边歪时，我都觉得自己会摔出去。

一次痛痛快快的尖叫也许有所帮助，但你没法在渡鸦和搜魂面前尖叫。

森林不断迫近。我很快就能分辨出一株株树木……当然要等我敢低头去看。我们要死了。我知道我们肯定会摔过五十尺高的林木天棚，径直砸在地上。

搜魂说出几个字眼，我没听清，不过反正他是在对飞毯说。摇晃和旋转终于停止。下降速度逐渐放缓。飞毯略微前倾，开始朝前方滑翔。搜魂控制它降到树梢下方，进入一条河流上方的空中走廊。我们在十几尺高的位置掠过水面，把一群小鸟吓得四散飞逃，搜魂哈哈大笑。

他降落在河边的一处峡谷，“下去伸伸腿吧。”

我们稍事放松后，搜魂又说：“瘸子在咱们北方四里处。他已经到达会面地点。从这里开始，你们只能自己走。如果我继续靠近，就会被他察觉。把你们的徽章给我。他也能发现这些东西。”

渡鸦点点头，把徽章交给搜魂，上好弓弦，搭上一支箭，试着拉了两下。我也做着同样的准备，以此放松心情。

我暗自庆幸自己还能站在土地上，真想趴下猛亲两口地面。

“那株橡树的树干。”渡鸦指着河对岸说。他开弓放箭，射在距离中心几寸远的位置。我深吸口气，放松心情，紧跟着射了一箭。我的箭距离中心更近一寸。“这次应该跟我打赌，”渡鸦接着又对搜魂说，“我们准备好了。”

我补充道：“我们需要知道确切位置。”

“沿着河岸走，那里有许多野兽踏出的小路，这一程应该不难走。总之不用着急。私语几小时内都不会出现。”

“这条河流向西方。”我说。

“它会拐弯。沿河走三里地，然后转向西北，径直穿过树林。”搜魂蹲在地上，扫开枯枝落叶，清出一片土地，用小木棍画了张图。“如果你们到了这个河湾，就说明走过了。”

劫将突然愣住不动，似乎在倾听只有他能听到的声音。足足过了一分钟，他才继续言道：“夫人说等你们看见一片高大的冬青树林，就知道离瘸子不远了。那是一块圣地，属于早在帝王时代之前就已消亡的种族。瘸子就在树林中央。”

“够清楚了。”渡鸦说。

我问：“你在这儿等着？”

“不用害怕，碎嘴。”

我又深吸口气，“走吧，渡鸦。”

“稍等，碎嘴，”搜魂说着从包袱里取出一件东西，原来是支箭，“用这个。”

我疑惑地看了两眼，便把它放进箭斛。

渡鸦坚持在头前带路。我没跟他争。加入佣兵团之前，我是个城里孩子，到现在还是不太习惯树林、特别是像云雾森林这么辽阔的地方。太安静，太孤独，太容易迷路。最初的三里地，我主要担心找不到回去的路，而不是将要面对的任务，结果花了不少精力记地标。

渡鸦一个小时都没开口。我忙着胡思乱想，也没在意。

他突然扬起左手。我停下脚步。“差不多了，我估计。”他说，“咱们往那边走。”

“哦。”

“歇会儿。”他坐在一处巨大的树根上，背靠着树干，“你今天静得出奇啊，碎嘴。”

“心里有事儿。”

“没错，”他笑道，“比方说咱们会得到什么奖赏？”

“还有别的。”我抽出搜魂给我的那支箭，“你看见这个了吗？”

“钝头？”他摸了摸，“几乎是软的。究竟什么意思？”

“一点没错。意思是说不让我把她杀了。”

关于分工根本就不是问题。瘸子从来都是渡鸦的目标。

“也许吧。但我可不想为了生擒她，把自己的小命也送了。”

“我也是。这事儿让我心里烦乱。当然还有其他十来件。比方说夫人为什么要选咱俩，她为什么要让私语活着……哦，见鬼去吧。老琢磨这种事儿，我都要得胃溃疡了。”

“准备好了？”

“差不离。”

离开河岸，路程变得愈发艰难，但我们很快翻过一道矮山梁，来到冬青林边缘。树林底层没长多少东西——很少有光线能透过茂密枝丫。渡鸦停下撒了泡尿。“待会儿可没机会了。”他解释道。

他说得对。你藏在一箭地内，准备对充满敌意的劫将发动伏击时，肯定不希望为这种问题犯愁。

我开始发抖。渡鸦伸手扶住我的肩头，“咱们不会有事。”他保证说。但这话连渡鸦自己都不相信。他的手也在发抖。

我把手伸进上衣，摸了摸地精的护身符。的确有点用。

渡鸦扬扬眉。我点点头。我俩继续前进。我嚼着一条肉干，这样做有助于缓解紧张情绪。此后谁都再没说话。

树林中有些废墟。渡鸦查看过刻在石头上的象形文字，耸了耸肩。他也看不懂。

我们走进高大树林。与它们相比，刚才路上那些树木只能算是孙子辈。它们足有几百尺高，树干粗到两人合抱。太阳偶尔透过浓密枝叶洒下几缕日光。空中充满树脂的气味。沉默的氛围浓得化不开。我们一步一步往前挪，生怕弄出什么响动，暴露自己的行踪。

我的紧张感达到顶峰，开始衰退。现在想跑是来不及了，想改主意也没戏。我的大脑删去所有情绪。过去出现这种情况，都是在战场上治疗伤员时，周围全是互相砍杀的人群。

渡鸦示意停步。我点点头。我也听见了，有匹马喷了个响鼻。渡鸦示意我在这等着。他伏下身，钻进左手边的树林，走了五十几尺，消失在一棵大树背后。

一分钟后，渡鸦重新出现，朝我招了招手。我走上前去，跟他来到一个地方，正好可以看见前方空地。瘸子和他的马就在那里。

这片空地大概七十尺长、五十尺宽。一堆破碎石块堆积在正中央。瘸子坐在一块倒塌的巨石上，背靠着另一块。他似乎在睡觉。空地角落里躺着一棵巨树，几乎没有什么风化的痕迹，显然倒下的时间还不长。

渡鸦拍拍我的手臂，指指旁边，示意往那边走。

眼见瘸子就坐在面前，我现在真不想动地方。每走一步都有可能向劫将示警。但渡鸦是对的。太阳正在对面下落。我们等的时间越长，光线就越不利。它最终会直射我们的眼睛。

我们以夸张的程度小心前进。当然了，任何错误都可能害死自己。渡鸦回头张望时，我看见了他鬓角的汗珠。

他停止移动，朝前指了指，脸上露出微笑。我爬到他身边。渡鸦又指了指。

另一棵大树倒在前方。这棵树直径足有四尺，看起来正好符合我们的要求：大到足够藏身，又矮到不会妨碍射箭。我们找了个合适的位置，从这里直到空地中心没有任何东西会阻碍箭矢。

光线也很理想。几缕日光刺透树叶屏障，照亮了大部分空地。空中有层薄雾，将光柱凸显出来，可能是花粉。我花了几分钟时间观察空地，把它印在心里，然后背靠树干坐好，假装自己是块石头。渡鸦负责放哨。

我感觉足足等了好几个星期。

渡鸦拍拍我的肩膀。我抬头看去。他用两根手指做了个走路的动作。瘸子已经起身，正来回踱步。我小心翼翼地爬起来，朝空地看去。

瘸子拖动那条残腿，绕着石堆转了好几圈，然后重新坐下。他拿起一根树枝，折成几小段，朝只有他能看见的靶子扔去。树枝扔光后，他又抄起一把小松果，懒洋洋地扔着玩。俨然一幅消磨时间的典型画面。

我很奇怪瘸子为何要骑马来，有必要的话劫将大可快速移动。估计是因为他原本就在附近，于是，我开始担心他的部队会突然出现。

瘸子又站起身溜达了一圈，随手捡起松果，扔向空地对面那棵倒掉的巨木。该死，真希望可以马上动手，赶快了结此事。

瘸子的坐骑突然仰起头，咴律律一声长嘶。渡鸦和我忙伏下身，贴近树干下的阴影和针叶丛。空地里的紧张感浓得几乎要噼啪作响。

片刻之后，我听到马蹄踩踏针叶的声音。我屏息凝神，用余光看到一匹白马在树林间若隐若现。私语？她会不会看到我们？

会，但没有。感谢鬼知道是什么神仙保佑，她没看见。私语从我们前方不到五十尺的地方走过，但没发现有人埋伏。

瘸子喊了句话。私语应声回答。那柔美语调跟从我眼前走过的妇人根本不搭调。她听起来只有十七岁，而且性感迷人，但看上去却足有四十五，像个富态狠毒的家庭妇女，好似已经在这个世上兜了三圈。

渡鸦轻轻捅了捅我。

我以花朵绽放的速度直起身，生怕他们听见肌肉运动的声响。我们从树干上偷眼看去。私语翻身下马，用双手握住瘸子的右手。

这个机会再好不过。我们藏在暗处，他们被一缕阳光笼罩，金色微尘在周围闪烁。而且，他俩都被握手的动作束缚住了。

机不可失，时不再来。我们都很清楚，也都拉开了弓，手里还攥着几支箭贴在弓身上，随时准备搭上弦。“动手。”渡鸦说道。

等箭矢飞在空中，我的神经才开始作怪，浑身瑟瑟发抖，感觉如坠冰窟。

渡鸦的箭扎在瘸子左臂下方。劫将尖叫一声，仿佛被大脚踩中的小耗子。他猛地从私语跟前跃开。

我的箭砸中私语的太阳穴。她戴着皮质头盔，但我相信冲击力足以将其放倒。女将军身子一歪，向后踉跄几步。

渡鸦射出第二箭，我也勉强放了一箭，随即扔掉长弓，翻身跃过树干。渡鸦的第三支箭从我身边呼啸而过。

等我跑过去时，私语已经跪在地上。我一脚踢中她的脑袋，然后转身面对瘸子。渡鸦的箭全部命中目标，但就连搜魂的特制箭矢也没能替这位劫将画上句号。他试图从淤满血水的嘴里挤出一句咒语。我给了他一脚。

渡鸦此刻也冲到近前。我扭回身，看向私语。

都说那臭婊子坚忍顽强，果然不是徒有虚名。虽然身子虚弱无力，但她仍然试图站起来，试图抽出佩剑，试图咏诵咒文。我抢上两步，狠狠踢中她的脑袋，劈手夺下长剑。“我没带绳子，”我气喘吁吁地说，“你带了没有，渡鸦？”

“没有。”他站在原地盯着瘸子。劫将破损的皮面具滑到了一旁。他正试图摆正面具，好看清我们是谁。

“那我他妈的怎么把她捆住？”

“还是先考虑塞住她的嘴吧。”渡鸦替瘸子扶正面具，脸上露出不可思议的残忍笑容。只有在准备割断某人喉咙时，他才会是这种表情。

我抽出匕首，开始割私语的衣服。她玩命地挣扎。我只能不断把她打倒在地，最后终于扯下足够布条，将她牢牢绑住，同时塞紧嘴巴。我把叛军大将拖到碎石堆前，让她靠在那里，随即转身查看渡鸦的进度。

他扯掉了瘸子的面具，露出那张残缺不全的怪脸。

“你干吗呢？”我问。渡鸦正在捆绑瘸子，我不知道他为什么要费这份力气。

“我在想，也许我没有处理这件事的能力。”他蹲下身，拍拍瘸子的面颊。劫将散发出浓浓恨意。“你了解我，碎嘴。我是个多愁善感的老傻瓜。我多半会宰了他，从此一了百了。那可太便宜他了。搜魂处理这种问题更有经验。”渡鸦说完这话，恶狠狠地笑出声来。

瘸子用力拉扯绑绳。虽然身中三箭，他似乎还相当强壮，甚至可以说精力旺盛。箭矢显然没有给他带来太大麻烦。

渡鸦又拍拍他的脸蛋，“嗨，老伙计。给你提个醒，算是朋友之间的警告……这话你是不是跟我说过？就在我被晨星和她的朋友们伏击之前一个小时？那地方还是你派我去的。我打算提醒你什么来着？对了，小心搜魂。他知道了你的真名。像他那种人物，谁知道会干出什么事儿来。”

我说：“差不多行了，别美得没边了。渡鸦，留点神。他正摆弄手指呢。”瘸子有节奏地扭动着十指。

“对呀！”渡鸦哈哈大笑，拿起我从私语手里夺来的长剑，把瘸子的十根指头都切了下来。

渡鸦总是嘲笑我不肯在编年史里讲述全部事实。也许日后他会看到这段故事，为自己的言行后悔。不过说实话，他在那天的确算不上好人。

私语也有类似的问题。我选择了另外一种解决方式，割断她的头发，用来绑住手指。

渡鸦不断折磨瘸子，直到我再也无法容忍。“渡鸦，到此为止吧。干吗不过来歇会儿，好好看住他们？”我们没有接到抓获私语后的具体指示，但我猜夫人会通知搜魂，让他过来看一眼。我们只要控制住局面，等他出现就行了。

我把渡鸦从瘸子身旁赶走后又过了半个小时，搜魂的飞毯这才从空中飘落，停在两名俘虏身旁。搜魂走下飞毯，伸个懒腰，低头看着私语。他叹了口气，用那种职业女性的声音说："不太漂亮啊，私语。不过你从来也不漂亮。对，我的朋友碎嘴发现了那些埋在地下的文件。"

私语恶狠狠、冷冰冰的目光对准了我，可以看出她受到了很大打击。我不想面对这种目光，干脆挪开两步，但也没有更正搜魂的错误。

他转身面对瘸子，难过地摇了摇头，"不，这是公事公办。你耗尽了自己的信用。是她下达的命令。"

瘸子身子一僵。

搜魂又问渡鸦："你为什么没杀了他？"

渡鸦坐在那棵横躺在地的大树树干上，长弓放在膝头，直勾勾地盯着地面，一句话也没说。我说："他觉得你能想出更带劲儿的法子。"

搜魂笑道："我这一路上想了很多，但没找到合适的点子。所以我也选择了渡鸦的方法，把消息传给化身。他正赶来。"

黑衣劫将低头看着瘸子。他开口道："你也知道自己有麻烦了，对不对？"然后又对我说，"活了这么长时间，他总该积累一点智慧。"最后转头对渡鸦说，"渡鸦，他就是夫人给你的奖赏。"

渡鸦咕哝了一句："感激不尽。"

这我早就猜到了。但我也应该从中得些好处才对。可是到目前为止，我还没发现任何跟梦想沾边的东西。

搜魂又玩起了读心术，"我想情况有所变化，你那份还没送来。别太拘束，碎嘴。咱们还要在这儿等很长时间。"

我走过去坐在渡鸦身边。两人都没说话。我是想不出有什么好说，而他似乎正魂游身外——我早说过，一个人不能光靠仇恨过活。

搜魂又检查了一遍俘虏的绑绳，然后把飞毯架子扯进树荫，自己坐在碎石堆上。

化身在二十分钟后出现，跟往常一样巨大、丑陋、肮脏。他看看瘸子，跟搜魂说了几句，又冲瘸子喷了半分钟的污言秽语，然后重新坐上飞毯跃空而去。搜魂说："他也要把这事儿交给别人。谁都不肯承担最终的责任。"

"他还能把这事儿交给谁？"我问道。瘸子的敌人中够分量的就他们两个。

搜魂耸耸肩，转身回到碎石堆。他用十几种声音自言自语，几乎显得有些闷闷不乐。我想他跟我一样，并不希望待在这里。

时间慢慢流逝。几缕光柱愈发倾斜，逐一消失。等天黑后，我们就是活靶子——劫将在黑夜中也能看清东西。

我看了眼渡鸦。他脑袋里究竟在想些什么？渡鸦沉着脸，没有任何表情。他玩牌时就是这副样子。

我从树干上站起来，像瘸子刚才那样在空地中溜达。实在没事可干。我拿起一颗松果，扔向被渡鸦和我当成掩体的那棵树干上的一个节瘤……它居然躲开了！我扭头冲向私语的长剑，但刚迈出腿就意识到那是什么东西。

"怎么了？"等我停下脚步，搜魂开口问道。

我临时想着说辞，"活动活动筋骨。我刚想跑两步松松肌肉，可腿出了点毛病。"我说着揉了揉右侧小腿。他似乎没起疑心。我偷偷瞥了一眼树干，什么也看不出来。

但我知道沉默就在那里；如果事态有变，他便会及时出现。

沉默。他是怎么摸到这儿来的？跟我们用的法子一样？他是不是有些不为人知的本事？

经过一番恰如其分的表演后，我一瘸一拐走回渡鸦身边，试图通过手势告诉他如果遇到危险，我们会得到帮助。但他还在出神，根本没听进去。

天黑了。半轮明月挂在空中，将几缕柔和银光洒进空地。搜魂还坐在石堆上。渡鸦和我也没离开树干。我的屁股生疼，烦躁不安，而且又累又饿，心中忐忑。我受够了，却没有勇气把话说出来。

渡鸦突然打起精神。他环顾四周，开口问道："咱们到底在干吗？"

搜魂也回过神来，"等待，应该用不了太久了。"

"等什么？"我问。有渡鸦作后盾，我也能拿出点勇气。搜魂转头看向这边。我突然感到身后树林产生了异常扰动，也发觉渡鸦矮身哈腰准备采取行动。"等什么？"我有气无力地又问了一遍。

"等我，医师。"发话者的气息似乎就吹在我的后脖颈上。

我猛地向搜魂蹿去，一把抄起私语的兵刃。劫将哈哈大笑。不知他是否注意到我的腿已经好了。我扭头看向小树干。什么也没有。

一道夺目光华倾泻在我们所坐的树干上。我没看见渡鸦。他消失了。我紧紧抓住私语的长剑，决心在搜魂身上留下点像样的记号。

光芒飘过倒塌的巨木，停在搜魂跟前。那耀眼辉光让人无法长时间注目。它照亮了整片空地。

搜魂单膝跪倒。我立刻明白了。

夫人！那团强光竟是夫人。原来我们一直在等的是她！我抬眼看去，直到双目生疼，随即也单膝跪下，把私语的长剑托在手中，好似骑士在向国王致敬。夫人！

这就是我的奖赏吗？跟她见上一面？来自魅惑之源的某种东西呼唤着我，充斥在我心中。在那个愚蠢的时刻，我彻底陷入了爱河。但我看不清楚。我想看看她是什么样子。

夫人也具备搜魂那种令人不安的本领。“现在不行，碎嘴，”她说，“但是快了。”她说着碰了碰我的手。那纤纤素指灼烧着我的肌肤，就像初恋情人的第一次激情碰触。你可曾记得那头晕目眩、血脉偾张的兴奋时刻？

“你稍后便会得到奖赏。今天你将有幸目睹一项五百年来无人得见的仪式。”她随即飘远，“肯定有些不舒服吧。站起来。”

我起身退后两步。搜魂保持稍息站姿，目视着那团光华。它的亮度正在减弱。我的眼睛不再感到疼痛。光芒绕过石堆，飘向两名俘虏，随着它逐渐变暗，我终于看清其中的女性身影。

夫人盯着瘸子看了很长时间，瘸子没有转开目光，脸上始终毫无表情。对他而言，已经不存在所谓希望或是绝望。

夫人说：“你为我办过不少事，而且你的背叛也是利大于弊。我并非不懂仁慈。”光团一侧变亮，一片阴影随之消散，现出渡鸦的身影，他手里还拉着弓。“他是你的了，渡鸦。”

我看了一眼瘸子。他表情激动，透出一丝怪异的希望。他当然不可能活命，但也许能落个爽快，简简单单，没有痛苦。

渡鸦说：“不。”仅此而已，平平淡淡的拒绝。

夫人沉吟道：“太糟了，瘸子。”她仰起头颅，冲天空发出一声尖啸。

瘸子的身体猛烈弹动，塞口布从嘴里飞出，捆住脚踝的绑绳也应声断裂。他爬起身试图逃跑，试图念出某些可以保护自己的咒文。但他刚跑了三十尺，就见上千条狂暴毒蛇从夜色中游出，将他彻底吞没。

它们盖住瘸子的身躯，钻进他的口鼻，甚至是耳朵和眼睛。它们从这些部位爬入，然后又从前胸后背或是肚子钻出。劫将厉声惨叫。惨叫。惨叫。那股可怖的生命力曾帮他挨过渡鸦的利箭，如今却害他经受这种折磨。

我那天只吃了一条肉干，结果全都吐了出来。

瘸子惨叫了很长时间，始终没有咽气。夫人终于感到厌倦了，这才驱散蛇群。她在瘸子身上缠了一层沙沙作响的丝茧，又喊出几个字眼。一只放射冷光的巨大蜻蜓从夜空降落，抓起瘸子，嗡嗡嗡地飞向高塔。夫人说："他可以让我乐上好几年。"她说着看了搜魂一眼，确保这个教训牢牢印在劫将心里。

搜魂自始至终纹丝不动，此刻也没有要动的意思。

夫人说："碎嘴，你将要看见的场景，只存在于几个人的记忆当中。就连我的将军们也大都忘记了。"

她到底在说些什么？

夫人低头看去。私语显得畏惧瑟缩。夫人说："不，不用这样。你曾是出类拔萃的敌人，我要给你一份奖赏。"她发出诡异笑声，"十劫将有了个空缺。"

原来如此。钝头箭，促成这种局面的种种伏笔，一切都豁然开朗。夫人决定让私语取代瘸子的位置。

什么时候？她在什么时候下了这个决心？瘸子近一年来麻烦不断，承受着一次又一次的耻辱。这都是她亲手编排的吗？八成没错。一条条线索，一句句谣言，一段段散碎记忆……搜魂肯定早有参与，他一直在利用我们。也许早在他征募佣兵团时，就已经埋下伏笔。我们跟渡鸦的相遇显然不是巧合……啊，她真是个残忍阴毒、擅长欺诈、精于算计的臭婊子。

但这不是什么新鲜事。夫人的故事里早有记叙。她除掉了自己的丈夫。如果搜魂没有说谎，那么还曾杀害自己的妹妹。我有什么可失望或是惊讶的呢？

我看了搜魂一眼。他还是没动，但站姿发生了微妙的变化。他也被惊得手足无措。“是的，”夫人对他说，“你以为只有帝王能转化劫将。”她柔声笑道，“你错了。把这消息告诉那些还想着复活我丈夫的人吧。”

搜魂身子微微一晃。我看不透这个动作的深意，但夫人似乎心满意足。她重又转身面对私语。

叛军将领的惊恐程度比瘸子还深。她就要变成自己最痛恨的东西，而且根本束手无策。

夫人单膝跪下，冲她低声耳语。

我自始至终目不转睛，但还是不知道究竟出了什么事。跟地精一样，我也无法描述夫人的模样，虽说我就站在她身边，度过了整整一个夜晚——也许是几个夜晚。时间变得虚无缥缈，我们丢了好几天。但我的确看见她了，甚至目睹了一项仪式，我们最危险的敌人从此变成了战友。

有一件事我记得特别清楚。那是一只巨大无朋的黄眸。就是把地精吓瘫了的那只眼睛。它凭空出现，看透了私语、渡鸦和我。

我并没像地精那样被它吓坏。也许我不够敏感，也许只是更加无知。但它的确可怕。我之前说过，整整几天的时间就那么消失了。

但巨眼并非全知全能。它对短期记忆没有太多办法。夫人并未发觉沉默就在附近。

剩下的情况只有些散碎记忆，而且大都是私语的尖叫。空地一度充满跃动的恶魔，它们周身闪耀着邪恶光芒，争夺附在私语身上的权利。有一次，私语被迫面对那只眼睛。还有一次，我依稀记得私语死去又被复活，再度死去，再次复活，直到她跟死亡变得亲密无间。她被折磨了很长时间，然后又要面对巨眼。

通过这些残碎片段，我知道她最终被打垮、残杀、复活，变成了忠诚不贰的奴隶。我还记得她向夫人宣誓效忠，言语间流露出急于取悦主子的怯懦热诚。

仪式结束后过了很久，我才慢慢苏醒，只觉得迷惑失落，还有一种难以摆脱的恐惧。很久以后我才明白，这种困惑正是夫人保护色的一部分。我想不起来的东西，就不会被人用来对付她。

真是好一番奖赏。

夫人走了，私语也是。但搜魂还没离开，正在空地中踱步，用十几种狂热的声音自言自语。我试图坐起身时，他突然闭上嘴，探着头狐疑地望向这边。

我呻吟一声，挣扎着想站起来，但随即摔倒在地。我爬了两步，把身子靠在一块大石上。搜魂递过一个水壶。我笨手笨脚地喝水。他说："等你缓过劲儿来，就可以吃点东西了。"

这句话给我提了个醒，饥饿感席卷而来。已经过了多长时间？"出了什么事？"

"你还记得什么？"

"不多。私语变成劫将了？"

"她顶替了瘸子。夫人把她带去了东方前线，私语对叛军的了解可以扭转那里的战局。"

我试着继续打探，"我还以为叛军要把战略重心移到北方。"

"没错。等你的朋友苏醒过来，咱们就要返回王侯城。"他用柔和的女性声音说道，"看来我对私语的了解还不够透彻。她听说营地出了事后，还真把消息立刻上报了。这次盟会反应神速。他们避免了以往的盲目作战。这次真是闻着血腥味来的。他们接受损失，然后让我们自己分散精力，同时展开他们的行动，而且藏得滴水不漏。现在铁汉的部队正奔赴王侯城。可咱们的兵力却散布在整片森林里。她利用陷阱反过来给咱们下了套。"

我真不想听他说这话。一年来的坏消息已经够多了。为什么我们的策略就不能从头到尾实现一次？"她这是有意牺牲自己？"

"不。她想在林子里引得咱们团团转，给盟会争取时间。只不过她不知道夫人已经察觉瘸子叛变了。我还以为自己了解她，但我错了。咱们最终会得到好处，但在私语稳定东部战局之前，恐怕要有一段苦日子。"我又试了一次，但还是站不起来。

"别着急，"他劝我说，"头一次面对魔眼肯定不好受。你觉得现在能吃东西了吗？”

“你可以给我拉匹马来。”

“一开始最好少吃点。”

“到底有多严重？”我都不知道自己在问什么。他以为我说的是战局。

“铁汉的兵马比咱们以前面对的都多。而且，参与此次行动的军队不止这一支。如果夜游神不能抢先赶回王侯城，咱们就要丧失那座城市和这个王国。他们会乘胜追击，把咱们从北方彻底赶出去。咱们在维斯特城、简恩城、红酒城等地的兵力无法应付大规模战役。之前的北方战事不过是些垫场戏。”

“但……咱们已经受了这么多罪？难道比玫瑰城陷落时的情况还坏？该死！这不公平。”我已经烦透了不断撤退。

“别担心，碎嘴。就算丢了王侯城，咱们也可以在泪雨天梯挡住他们。只要在那儿拖住叛军，私语就有时间攻城略地。他们不可能永远不理会私语。如果东部崩溃，叛军就死定了。东方是他们的力量之源。”他说起话来就像在试图说服自己。搜魂以前经历过这种动荡时局，那还是帝王时代末期。

我把脑袋埋进手里，小声嘀咕道：“我还以为咱们已经狠狠教训了叛军呢。”我们到底为何离开绿玉城？

搜魂用脚捅捅渡鸦，但对方没有反应。“快醒醒！”搜魂发着牢骚，“王侯城需要我。夜游神和我没准只能靠自己守卫那座城池。”

“既然局势如此紧迫，你干吗不先走？”

他支支吾吾说了些没头没脑的怪话。但没等他把话说完，我已经在怀疑搜魂对麾下部曲还有那么点荣誉感和责任感。他当然不会承认。永远不会。这可不符合劫将的形象。

我想着再次飞上天空，努力想，使劲想。虽然我已经懒得没救了，但还是无法接受这个主意。现在不行。感觉这么糟糕的时候不行。“我肯定会掉下来。你没必要留在这儿，我们得缓上好几天。见鬼，我们可以走回去。”我又想了想这片树林，走路的确不是个好主意，“把我们的徽章拿来。这样你就能随时找到我们，等有了空闲再来接我们也行。”

他不肯就范。我们你来我往争了好几轮。我不断强调自己现在多么虚弱，渡鸦醒来后会多么虚弱。

他急于动身，所以允许我说服了他。搜魂把飞毯上的东西拿下来——我昏睡时，他肯定离开了一会儿——然后爬上去，“过几天我再来找你们。”他的飞毯升上天空，迅速飞向远方，比我和渡鸦坐在上面时快了不少。我拖着疲惫的身躯，走到他留下的那些东西跟前。

“狗杂种。”我呵呵笑道。他的抗议全是装腔作势。搜魂带来了食物，我们留在王侯城的武器，还有各种零七碎八的野外生存工具。对于劫将来说，他不算个坏老板。“嗨！沉默！你他妈在哪儿呢？”

沉默溜溜达达走进空地。他看看我，看看渡鸦，又看看那堆补给品，可一句话也没说。这不奇怪。他是沉默。

法师有些形容憔悴。“睡眠不足？”我问。他点点头。“你看到刚才的仪式了？”他又点点头。“我希望你记得比我清楚。”这次他摇了摇头。妈的。看来这件事只能含糊其辞地写进编年史了。

我们的对话方式相当奇特，一个人负责说，另一个人负责摇头晃脑。想要获取信息异常艰难。我应该研究一下渡鸦跟宝贝儿学的那种手语。除了渡鸦以外，沉默是她最好的朋友。“偷听”他俩的谈话肯定相当有趣。

“咱们还是看看能帮渡鸦什么忙吧。”我提了个建议。

渡鸦睡得很沉，可以看出已是精疲力竭。他一口气又睡了几个钟头。我利用这段时间询问沉默。

是团长派他来的，一路都靠骑马。实际上，早在团长把渡鸦和我找去跟搜魂面谈之前，他就上路了。沉默日夜兼程，这才及时赶到空地。我发现他时，法师刚到没多久。

我相信团长肯定会从搜魂嘴里掏出足够情报，让沉默得以尽快上路，这种做法符合团长的风格。但他如何知道具体位置？我向法师提出这个问题。沉默承认自己一开始并不知道要去什么地方，只有个大致方向，直到我们进入这片区域，他才通过地精给的那个护身符找到了我们。

诡计多端的小地精。他没露一点口风。幸亏如此，要不然也许会被魔眼发觉。“如果我们真的遇到麻烦，你觉得自己能帮上忙？”我问。

沉默面露微笑，耸了耸肩，走到碎石堆前坐好。问答游戏到此为止。整个佣兵团里，数他最不在乎自己在编年史中的形象。沉默不在乎旁人对他是爱是憎，不在乎过去何在，未来又要去往何方。我有时会想他是否在乎自己的死活，又为何留在团内。他肯定对佣兵团有所依恋才对。

渡鸦终于徐徐醒转。我们照顾他，喂饱他，然后费了九牛二虎之力套住私语和瘸子的马匹，向王侯城折返。我们并不急于赶路，深知要去的是另一处战场，另一片活死人之地。

我们无法靠近。铁汉的叛军将王侯城围了个水泄不通，用两道战壕紧紧困住。一团阴沉黑云笼住城池，无情的闪电在边缘游荡，对抗着十八盟会的力量。铁汉并不是一个人来的。

盟会似乎下定决心，要为私语报仇。

“搜魂和夜游神撑得很苦，”一次格外猛烈的交锋过后，渡鸦评论道，“我建议咱们先去南方等。如果他们放弃王侯城，咱们可以趁佣兵团退往风原时归队。”他的表情扭曲得厉害，显然并不希望看到这种前景。渡鸦了解风原。

于是，我们向南方进发，跟其他散兵游勇聚在一处。我们东躲西藏，足足等了十二天。渡鸦把这些掉队的士兵组织成勉强成型的作战部队。我则把时间用来书写编年史，以及考虑私语的问题：她究竟能在东方战线起到多大作用?

通过对王侯城的短暂观察，我相信私语是我们最后的希望。

据说叛军在其他地方也施加了很大压力。恐怕夫人早晚得把吊男和噬骨从东方调来增强抵抗力量。还有人说化身已经在黑麦城的战斗中牺牲。

我很担心佣兵团。我的兄弟们在铁汉到达之前进入了王侯城。

每个死去的同伴，都应该由我记述他的故事。但我在二十里外如何能做到？在我事后搜集的口述传说中，会损失多少细节？又有多少人将默默无闻地死去，根本没人看到他们的结局?

但大部分时间，我都用来思考瘸子和夫人，外加痛苦难耐坐立不安。

我想，我再也不会写下关于夫人的浪漫传奇了。经过如此近距离的接触，我的爱意荡然无存。

我从此饱受折磨。被瘸子的惨叫折磨，被夫人的笑声折磨，被心中的疑虑折磨——也许我们助长了本该从世间彻底抹去的邪恶。但我相信那些希望将夫人连根除去的家伙，跟她都是一路货色。这种想法同样折磨着我。

最令人痛苦的是，我很清楚最终获胜的永远都是邪恶。

哦，天哪。有麻烦了。一团触目惊心的黑云爬过东北方的山岗。所有人都在跑来跑去，抓起武器，备好马匹。渡鸦冲我直嚷，要我赶紧挪挪屁股……

第五章 铁汉

狂风呼啸，卷起满天沙石，砸向后背。我们倒退着前进，掺杂灰土的风暴找到了盔甲和衣服上的每处缝隙，跟汗水混成臭烘烘的泥污。空气又热又干，水分很快就被蒸发掉，只剩下凝成硬块的泥巴。所有人的嘴唇都肿胀开裂，舌头好像发霉的垫子，塞在嘴巴的粗糙内壁里。

风暴使有点失控，对叛军和我们造成了同样严重的打击，可视度只有区区十几码。我勉强能看见两侧的同伴，以及在面前倒退而行的两名殿后的伙计。我知道敌人必须迎着狂风追赶，但也不觉得有多高兴。

前一列的同伴突然匆匆散开，弯弓搭箭。几道高大黑影从飞旋的尘灰中冒出，斗篷的影子环绕在他们身边，好似巨翼扑扇。我开弓放箭，但深知连敌人的边儿都沾不上。

我猜错了。一名骑兵松开双手。他的坐骑打了个转，顺着风势跑开，去追赶那些同样没了主人的同伴。

叛军逼得很凶，靠得很近，试图在风原吃掉佣兵团，不让我们退入易守难攻的泪雨天梯。叛军要让我们所有人横死在毫不容情的沙漠烈日之下。

我一步步往后蹭，速度慢得出奇。但是除此以外别无选择。只要转过身去，敌人就会蜂拥而上。我们必须让叛军为每一次接触付出代价，彻底压住他们的士气。

风暴使的神通是我们最坚固的盔甲。哪怕在天气最好的时候，风原也显得疯狂暴戾。这片平原干燥贫瘠，无人居住，沙暴屡见不鲜，但也没见识过这种狂风。它一刻不停地肆意呼号，刮了一天又一天，只在深夜略微减缓。风原不再适合任何活物居住，但佣兵团全靠它才得以存活。

在王侯城被无情的狂澜攻克之前，佣兵团侥幸突围，如今倒有了三千人马。我们这个小团体因为始终不肯溃散，反倒成了帝国军的核心。团长带领我们设法突出重围，那些残兵败将逐渐聚拢过来，我们成了这支败逃军队的大脑和神经。夫人亲自下令，要求所有帝国军官听从团长指挥。自从北方战役打响以来，只有黑色佣兵团取得过重大胜利。

有个人从满天飞沙中钻出来，拍拍我的肩膀，大声喊叫。我猛一转身。现在还没到撤出战线的时候。

这个人是渡鸦，看来团长猜到了我在什么地方。

渡鸦整个脑袋裹在破布里。我眯起眼睛，扬起左手挡住刺痛的飞沙。他高叫了一句类似“图查找”之类的话。我摇摇头。渡鸦指指身后，抓住我的肩膀，凑到耳边喊道：“团长找你。”

一猜就是。我点点头，把弓箭递给他，弯下腰迎着飞沙走石往前走。武器供给短缺。我给他的箭来自叛军，都是从褐色尘幕中歪歪扭扭飞来后，被我们搜集到的。

跋涉，跋涉，跋涉。我弯腰驼背，将下巴顶在胸口上，眼睛眯成一条小缝，只觉沙石撞击着头顶。我不想回去。团长要说的话，我一句也不想听。

很大一团灌木打着转朝这边撞来，几乎把我掀翻在地，但我忍不住哈哈大笑。等那东西撞进叛军阵线，他们又要浪费不少箭矢了。化身和我们一路同行。叛军的兵力与我们的比例，大概是十到十五比一，但光靠人数的优势无法削弱他们对劫将的恐惧。

我迎着狂风的利齿往前挪，只有发现自己走得太远或是迷失方向时，才会停下脚步。四面八方都是一个样。我刚要放弃，那片不可思议的宁静岛屿就赫然出现。我走进去，因为狂风突然消失，身子一歪差点摔个跟头。我的耳朵还在嗡鸣，似乎不肯相信有这等静寂存在。

三十辆大车排成密集队形，轮子挨着轮子往前挪动。车上大都躺着伤员。车队周围有一千人马，一门心思往南走。他们几乎全都低头看着地面，担心又要轮到自己负责殿后。没人说话，没人相互打趣。他们见识了太多次败退。这些人追随团长，只是因为他承诺一分生存的机会。

“碎嘴！过来！”副团长在阵列的最右端招呼我。

团长看上去好像一头提前从冬眠中苏醒的熊，透着阴沉暴戾。他咀嚼着准备喷在我脸上的责骂，鬓角的灰色发丝扭来扭去。他两颊松弛，双目套着黑圈，声音透出无限疲惫，“我说过让你留在这儿。”

“轮到我……”

“根本没你的事儿，碎嘴。让我看看怎么找个简单的说法，好让你也能理解。咱们有三千人。咱们不断跟叛军交锋。咱们只有半个狗屁巫医和一名真正的医师来照顾这些孩子。独眼的精力大半花在维持这座屏蔽罩，所以医疗工作全靠你了。也就是说，你不能冒险把自己浪费在后卫线上。任何借口都不行。”

我从他左肩上方看了过去，瞪着围绕屏障盘旋不去的沙尘。

“我的话你听懂了吗，碎嘴？我把话说清了吗？我尊重你对编年史的热忱，以及希望参与战斗的决心，但……”

我点点头，扭脸扫视那些大车和车里的可怜人。伤兵太多，我能做的又太少。团长不明白由此引发的绝望无助。我能做的只是帮他们缝合，然后祈祷，或是让垂死的同伴少受点罪，直到他们躺在……鬼知道什么地方。为了给新伤员腾地方，我们只能把死去的兄弟随便扔在路旁。

太多人平白丧命。假如我有足够的时间、受过训练的助手和像样的诊室，他们都不会死。我为什么要跑去殿后？因为我在那儿可以起点作用，我可以向敌人还击。

“碎嘴，”团长沉声说道，“我觉得你好像没听我说话。”

“我听见了，长官。明白，长官。我会留下继续缝缝补补。”

“别那么没精打采的。”他拍拍我的肩膀，“搜魂说咱们明天就能到达泪雨天梯。到时候想干什么都可以。把铁汉打个鼻青脸肿。”

铁汉现在成了叛军总司令。“他有没有说用什么法子？咱可是以一敌万。”

团长瞪了我一眼，磨磨蹭蹭地迈起熊步，寻思着怎么说才能让我安心。

三千精疲力竭的残兵败将，想反咬铁汉士气正旺的数万大军？别他妈开玩笑了。就算有三名劫将帮忙也不可能。

“我觉得没戏。”我不屑地说。

“但这不归你管，是不是？搜魂没批评过你的外科手术，对吧？你凭什么质疑他的战略构想？”

我露齿一笑，“这是所有军队的不成文规定，团长。基层士兵有权怀疑指挥官头脑是否清醒，到底有没有能力。这是将军队凝聚在一起的灰泥。”

又矮又壮的团长拧起两条眉毛打量着我，“是这玩意儿把他们凝聚在一起的？那你知道让他们行动起来的又是什么吗？”

“是什么？”

“像你这样的家伙开始胡思乱想，就要被我这样的家伙踢屁股。不知道你听懂没有。”

“我想我听懂了，长官。”我转身离开，从我存放用品的车上取出医药箱，开始继续工作。这一会儿工夫，又多了几个伤员。

叛军的野心在风暴使持续不断的攻势下渐渐消磨。

我正闲着无聊，等待新的任务，忽然发现老艾从暴风中跑了进来。我已经好几天没见他了。老艾走到团长身边，我也晃了过去。

“……从咱们右侧迂回，”他正在汇报，“也许想抢先到达天梯。”他瞥见我过来，抬起右手打了个招呼。他的手在颤抖，脸色苍白。跟团长一样，自从佣兵团进入风原，他就很少休息。

“抽调一个连的预备队，增援侧翼。”团长答道，“狠狠地打，稳稳地守。肯定玩他们个措手不及。这可以让叛军产生动摇，寻思咱们到底想干吗。”

“是，长官，”老艾转身要走。

“老艾？”

“长官？”

“多留点神，省点力气。咱们今晚要连夜赶路。”

老艾的眼神明明白白写满痛苦，但他没有质疑团长的命令。他是个优秀的战士。而且跟我一样，他也知道这道命令是从团长上头来的。也许直接来自高塔。

迄今为止，夜晚一直是心照不宣的休战时间。白天的严酷考验让双方军队都不愿在晚上多走一步。至今还没发生过夜间战斗。

哪怕在风暴停息后的休战时间，我们的部队赶起路来屁股也要掉在脚后跟上。如今大头目却要我们再加把劲，希望取得某些战术优势。夜里赶到天梯，挖好战壕，让叛军顶着无尽风暴攻上来。这貌似有理，但显然是那种坐在扶手椅里的将军，从后方三百里外下达的命令。

“你听见了？”团长问我。

“嗯。够蠢的。”

“我同意劫将的意见，碎嘴。如此一来咱们可以走得轻松些，叛军则更艰难。你听懂了吗？”

“是的。”

“那就别碍事。找辆车搭一程，最好打个盹。”

我转身走开，咒骂着害我们丢了大部分坐骑的厄运。老天爷，走路的感觉越来越怪。

虽说团长的建议合情合理，但我没有接受。我现在神经过于紧张，根本睡不着。一想到夜行军，我就头疼。

我满世界乱转，寻找老朋友。佣兵团分散在整支大军中，按照团长的意思充当基层骨干。有些人我自从离开王侯城就没见过，甚至不知道他们是死是活。

我转了一圈，只找到地精、独眼和沉默。今天地精和独眼跟沉默一样沉默。这很说明问题。

他们机械地迈着步子，眼望干燥的土地，只是偶尔打个手势，嘟囔两句，以此保证我们这个静默气泡的完整性。我跟他们走了一程，最终试图打破坚冰。

“嗨。”

地精闷哼一声。独眼恶狠狠地瞪着我看了几秒。沉默根本当我不存在。

“团长说咱们今晚要继续赶路。”我必须让别人变得跟我一样凄惨。

地精的表情好像在说，你干吗要扯这种谎。独眼嘀咕着要把这狗杂种变成蛤蟆。

“你要变的狗杂种应该是搜魂。”我得意扬扬地说。

他又剜了我一眼，“也许我打算拿你练练手，碎嘴。”

独眼痛恨夜行军，所以地精立刻开始赞颂想出这个点子的人英明神武。但这话说得太假，独眼根本不上钩。

我决定再试一次，“你们看来跟我一样烦躁。”

没人搭理，甚至没人转一下头。“随你们的便吧。”我也变得垂头丧气，尽量排除杂念，一门心思往前迈步。

有人跑来找我去为老艾疗伤。大大小小的伤口总有十来处，我一直忙到晚上。叛军总算耗尽了拼死一搏的精神。

夜幕在暴风中来得很早。我们遵循往日的惯例，跟叛军拉开一点距离，等待风暴减弱，搭起一座营盘，用搜罗来的各种灌木生火。不过，今天只是短暂休息，等待星辰出现。而星辰嘲讽地挤眉弄眼，说我们的所有血汗在时间长河中毫无意义，千年之后，没有人会想起黑色佣兵团的事迹。

这种念头感染了所有人，谁都没有追求理想或是荣誉的心情。我们只想找个地方，躺下休息，把战争彻底忘掉。

但战争忘不了我们。团长确信叛军认定我们已经安营扎寨后，便催促部队继续行军。我们排成松松散散的队列，在月光照耀下的荒原上缓慢移动。

过了几个小时，我们感觉根本没挪地方。地貌没有丝毫变化。我偶尔回头瞥上两眼，查看风暴使的手笔。飓风再度刮起，拍向叛军营地。闪电划破夜空，狂舞不休。他们还没遇到过如此猛烈的风暴。

夜幕下的泪雨天梯缓慢显形，过了足有一个钟头，我才发觉那不是压在地平线上的一层乌云。等星光开始黯淡，东方逐渐放亮，我们脚下的土地才逐渐爬升。

泪雨天梯是一道崎岖险峻的山脉，除了一条陡峭通道，人畜几乎难以通行，这座山峦也因此得名。坡度缓缓上升，最终到达一道拔地而起的红色砂岩峭壁。它们向两侧绵延数百里，在清晨的阳光下，好似巨人要塞的风化城垛。

队伍走进一条被碎石塞住的峡谷。我们暂时停止前进，好为车队清理道路。我拖着疲惫的身躯来到一处崖顶，观看那场暴风。它正朝我们移动。

我们能赶在铁汉到达前穿过峡谷吗？

那堆乱石是新近掉落的，只堵了不到半里。再往后便是平坦的路线，在战争阻断商贸活动之前，此地常有车队通行。

我又回头望向暴风。铁汉的前进速度很快，估计是被仇恨驱使。他可不想放过我们。佣兵团杀死了耙子，又促使私语变成劫将……西方的变化吸引了我的目光。整整一排可怖的雷暴云扑向铁汉，隆隆作响，吵闹不休。一片漏斗云打着转飞向沙暴。劫将来真格的了。

铁汉不肯就范，看来就算刀山火海他也要闯过来。

“嗨！碎嘴！”有人喊道，“走了。”

我低头看去。车队已经通过最难走的地段。该上路了。

只见平原上的雷暴又扔出一片漏斗云。我几乎要同情铁汉的部队了。

我刚返回队伍，大地就开始颤抖。我方才登上的悬崖晃了两下，发出一阵呻吟，最终倒在路上。又是一件送给铁汉的礼物。

天刚擦黑，我们便到达了歇脚处。终于又见到像样的土地了！枝繁叶茂的树木，潺潺流淌的小溪。还有力气的同伴开始挖掘战壕，或是埋锅造饭。

剩下的人都直接瘫在地上。团长没有催他们干活。休息的自由正是此刻的妙药良方。

我睡得像头死猪。

独眼在天快亮时把我叫醒，“该干活了，团长要咱们搞所医院出来。”他说着做了个鬼脸。最顺眼的时候，独眼也像颗梅子干，“咱们好像会得到高塔派来的帮手。”

我呻吟哀叹，诅咒唾骂，但最终还是爬了起来。每块肌肉都僵硬，每根骨头都酸疼。“等咱们下次到了有酒馆的开化地界儿，别忘了提醒我为永世和平干一杯。”我抱怨道，“独眼，我打算退休了。”

“谁不想啊？但你是史官，碎嘴。你老拿传统刮我们的鼻子，肯定知道咱们进了佣兵团就只有两条路：死掉或者躺着出去。往你那臭嘴里塞点嚼裹，赶紧干活了。我有的是事儿，没工夫给你擦屁股。”

“真是个神清气爽的早晨啊，你说呢？”

“前景一片光明。”我把自己拾掇出了点样子，法师在旁边生着闷气。

营地逐渐苏醒。人们吃早饭，洗掉身上的灰土。他们谩骂吵嚷，发着牢骚。有些人甚至在互相交谈。队伍开始恢复生机。

队长和军官们前去勘察山坡的布局，寻找最有利的防御要点。劫将决定在此站稳脚跟。

这地方不错。天梯正是因为这条通道而得名。一千两百尺的高地俯瞰条条峡谷组成的迷宫，蜿蜒曲折的古道在山坡上形成无数“之”字形，从远处看去就像一道倾斜的巨人阶梯。

独眼和我选出十几个人，把伤员运到上方宁静的小树林，距离预定战场有相当一段距离。我们花了一个小时安顿伤员，安排日后要用的东西。

“怎么回事？”独眼突然问道。

我侧耳倾听，营地里的喧闹声消失了。“出了点事。”我说。

“天才，”他嘲讽道，“可能是高塔来人了。”

“瞧瞧去。”我迈步出了小树林，向团长设在下方的指挥部走去。刚离开树林，就看到了新来的人马。

我估计人数总有一千上下，一半是盔明甲亮的禁军，其余的显然是辎重部队。货车和牲畜比援兵更让人兴奋。“今晚有大餐吃了。”我冲跟在后面的独眼叫道。他看着车队，露出微笑。发自内心的笑容出现在独眼脸上，简直跟传说中的母鸡长牙一样稀罕。这种事绝对应该在编年史里添上一笔。

跟禁军一起来的是名叫吊男的劫将。他高得可怕，瘦得出奇；脑袋扭着歪向一侧，脖子红肿发紫，有道绳索留下的印迹，脸上永远挂着吊死鬼的浮肿表情。我估计他说话肯定有些困难。

他是我见过的第五位劫将，之前有搜魂、瘸子、化身和私语。我没看到王侯城的夜游神，也没见过就在附近的风暴使。吊男有点不一样。其他人通常都戴着头盔面罩，遮住脑袋和面目。除了私语以外，所有劫将都曾在地下度过漫长的光阴，而坟墓对他们并不友善。

搜魂和化身上前向吊男致意。团长背对他们，站在附近听取禁军指挥官的报告。我凑了过去，希望听到只言片语。

那位指挥官脸色阴沉，因为他必须听从团长调遣。这些正规军可不愿意让刚从海外来的雇佣兵呼来喝去。

我蹭到劫将附近，发现根本听不懂他们在说什么。劫将们用的是泰勒奎尔语。随着帝国覆灭，这种语言也消失了。

一只手轻轻碰了碰我。我心头一惊，低头看到宝贝儿那双褐色大眼睛。我已经好几天没见过小姑娘了。宝贝儿迅速打了几个手势——我一直在跟她学手语——她是想让我看点东西。

她把我领到渡鸦的帐篷，此处距离团长指挥部没多远。她爬进营帐，拿了个小木偶跑出来。刀工手艺透着爱意。我很难想象渡鸦究竟在这上面花了多少工夫，也很难想象他是从哪儿挤出的时间。

宝贝儿放慢了手速，好让我更容易看懂。我的手语还没那么流利。果不其然，她说玩偶是渡鸦做的，而且他正在缝制一身行头。宝贝儿觉得自己得到了一大笔宝藏。想想我们发现她的那个村子，我相信这是她有生以来最精致的玩具。

这是件透露心性的玩意儿。原本一想到渡鸦，我脑子里只有冷淡沉默、愤世嫉俗，耍起刀来永远狠辣无比。

宝贝儿和我聊了几分钟。她思路直率得讨人喜欢。在所有人都诡计多端、闪烁其词、难以预料的世界中，宝贝儿犹如一股清风。

一只手捏住我的肩头，掺杂着愤怒和友好。“团长正在找你，碎嘴。”渡鸦的眼睛闪烁着寒光，好似新月下的黑曜石。他假装玩偶并不存在。我知道，渡鸦希望给人留下硬汉的印象。

“好。”我说着比了个告别的手势。我喜欢跟宝贝儿学，宝贝儿也喜欢教。我想她会因此觉得自己有点用处。团长正考虑让所有人跟她学手语。这对我们历史悠久但内容匮乏的战术手势来说，是个宝贵的补充。

我找到团长，他给我摆了张臭脸，倒是省了一顿说教，“你的新帮手和物资就在那边。告诉他们该到哪儿去。”

“是，长官。”

沉重的责任正对他产生影响。团长从没指挥过这么多人，也从未曾面临如此不利的局面、如此难以完成的命令和如此不可预测的未来。从他的角度来看，我们很可能会被当成牺牲品，为夫人争取时间。

黑色佣兵团并非嗜血成性的好战分子。但泪雨天梯光靠奇谋妙计是守不住的。

看来结局就快到了。

没有人会唱颂歌谣纪念我们。我们是卡塔瓦自由佣兵团中的最后一支。我们的传统和记忆只在那些编年史中流传。会为佣兵团哀悼的只有我们自己。

现在是黑色佣兵团在对抗整个世界。过去是，未来也是。

夫人派来的助手包括两名合格的战地外科医师、十几名程度不同的学徒，还有两辆堆满医疗物资的大车。我对此感激不尽。现在终于有机会救下几个人了。

我把帮手们带到小树林，解释了我的工作方式，让他们去照顾病人。等确信他们并非彻头彻尾的白痴后，我便把医院交给他们，转身离开。

我心中有些不安，更不喜欢佣兵团最近的变化。它吸收了太多新人，承担了太多责任。过去那种亲密感荡然无存。当初我每天都能看到所有同伴，但如今我很少见到他们，有些甚至在王侯城溃退之前到现在都没见过。也不知他们是死是活，还是被叛军俘虏。我几乎有种神经质的忧虑，生怕有人就此失踪，被永远忘记。

黑色佣兵团是我们的家庭，让它持续运转的是手足情谊。如今多了这么多陌生的北方面孔，而兄弟们仍然绝望地试图恢复过去那种亲密感，以此把兵团凝聚起来，这种努力造成的疲息清清楚楚写在每个人脸上。

我跑到一个前沿瞭望哨，这里可以俯瞰小溪流入峡谷形成的瀑布。在下面很远很远的地方，透过层层雾霭，躺着闪闪发亮的小池塘。一股涓涓细流从中分出，流向风原。它不可能走完这段旅程。我的目光在层层叠叠的砂岩山脊间搜寻。闪电一次次划破浓云，雷暴隆隆作响，捶打着蛮荒大地，提醒我敌人已经没有多远了。

铁汉顶着风暴使的雷霆之怒继续前进。我猜他明天就会赶到。不知道暴风雨能对他造成多大伤害。总之肯定不够。

我看到一个褐色巨物晃晃悠悠走下之字形山路。化身准备去散播那独一无二的恐惧。他会变成叛军走进敌营，在炊锅里施点毒，或是在饮用水中加入疫病。他会变成人人惧怕的暗处阴影，把他们一个个除掉，只留下扭曲尸骸让活人担惊受怕。我憎恶他，但也嫉妒他。

满天星辰在篝火上空闪烁。篝火渐熄，我们几个老兵玩着通吃。我小赚了一笔，就对他们说："我打算捞了就撤。有人接班吗？"我伸展酸痛的双腿，走到旁边，靠在一棵圆木上坐好，仰望着夜空。那些星辰似乎满心欢喜，非常友善。

空气清新爽洌，一点风都没有。营地非常安静。蟋蟀和夜鸟唱着舒心的歌。世界宁静祥和。很难相信这里马上就要变成战场。我扭扭身子，换了个舒服的姿势，守望可能出现的流星。我决定好好享受此时此刻，这也许是我最后的机会了。

篝火噼啪作响，溅出火星。有人打起精神，又添了点木头。它燃烧起来，向我这边喷出一股松烟，又在牌手们专注的面孔上投下跃动的黑影。独眼紧闭双唇，因为他又在输钱。地精不由自主地张开蛤蟆嘴，咧出笑容。沉默面无表情，依旧那么沉默。老艾皱着眉头，正计算胜负的概率。俏皮的脸色比以往更加阴沉。不过能看到俏皮是件好事，我本来还担心他在王侯城牺牲了。

只有一颗黯淡流星划过天空。我放弃努力，闭上双眼，倾听自己的心跳声。铁汉就要来了，这颗心脏说。铁汉就要来了。它敲出有节奏的鼓点，模仿着大军前进的步伐。

渡鸦坐在我身边。“今晚真安静。”他说。

“暴风雨前的静寂。”我答道，“那些高高在上的大人物在盘算什么呢？”

“吵个没完。团长、搜魂和那个新来的让他们尽情叫唤。让他们把紧张情绪都发泄出来。现在谁领先？”

“地精。”

“独眼没从牌堆底下发牌吧？”

“我们没逮到他。”

“我可听见了。”独眼抱怨道，“你给我等着，渡鸦，总有一天……”

“我知道。嗖，我就成了青蛙王子。碎嘴，天黑后你上过山吗？”

“没有。怎么了？”

“东边有点古怪的玩意儿。看着像颗彗星。”

我的心跳错了一拍，迅速进行计算，“可能你说得对。它也该回来了。”我站起身，渡鸦也站了起来。我们走上山坡。

在夫人和帝王的传奇中，每逢重大事件，都有一颗彗星作为预兆。无数叛军先知预言说，等到这颗彗星划过天空，夫人的王国就要土崩瓦解。但他们最危险的预言总跟一个孩子有关，也就是转世投胎的白玫瑰。盟会花了大量精力，试图确定那孩子的位置。

渡鸦把我领到一处高坡，从这里我们可以看见低垂在东方的星辰。没错，有个好像银箭头的东西挂在遥远天穹。我看了很长时间，这才发话："它似乎指向高塔。"

"我也这么想。"渡鸦沉默片刻，又接着说，"我听过太多预言了，碎嘴。基本跟迷信差不多。但这玩意儿让我紧张。"

"那些预言你听了一辈子。要是它们对你没有一点影响，那我才吃惊呢。"

他闷哼一声，显然并不满意，"吊男带来了东方的消息，私语占领了铁锈城。"

"好消息，真是好消息。"我阴阳怪气地说。

"她攻占了铁锈城，还围困了零碎的部队。咱们来年夏天就能拿下整个东方。"

我们面朝峡谷。几支铁汉的先头部队已经抵达之字山路脚下。风暴使收起绵绵不绝的法术，准备省些气力，为铁汉明天的突袭做准备。

"看来就指望咱们了，"我低语道，"咱们必须在这儿挡住叛军，不然整个战局会因为一次抄后路的突然袭击土崩瓦解。"

"有可能。但就算咱们失败了，也别忘了还有夫人。叛军至今还没跟她对垒。他们每个人都心知肚明。叛军往高塔靠近一里路，心中的恐惧就会增添一分。除非他们找到预言里的孩子，否则光是这种恐惧就能把叛军压垮。"

"有可能。"我们目视彗星。它还离得非常遥远，只能隐隐看清。它会在空中待上很长时间。在它离开之前，不知又要发生多少大战。

我做了个鬼脸，"也许你不应该让我看。回头我肯定要梦见这鬼玩意儿。”

罕见的笑容从渡鸦脸上闪过，“给咱梦场胜利。”他提议道。

我说出自己的梦想：“咱们占据高地。铁汉的军队要爬一千两百尺山路。等他们到了这儿，就是一堆活靶子。”

“你就吹牛壮胆吧，碎嘴。我要睡觉去了。祝你明天好运。”

“你也一样。”我答道。明天可够他受的。团长让他指挥一个营的正规军老兵。他们负责防守侧翼，用箭雨扫清山路。

我做梦了，但这梦却跟期望不同。一个飘飘摇摇的金色物体在我上方盘旋，好似遥远群星放射光芒。我当时不知道自己是睡是醒，而且至今也没搞清。我说它是梦，只为了让心里多少踏实一点。我可不想发现夫人对我有那么大兴趣。

这全怪自己。我写的那些浪漫小段在想象力的肥沃土壤中播下了种子。我的梦境如此狂妄。夫人亲自遣来精魄，只为安抚一个默默担惊受怕、彻底厌倦战争的愚蠢士兵？看在老天爷的分上，为什么啊？

那团光凭空出现，在我头顶盘旋，发出泛着愉悦和声的抚慰话语。我的信徒无须惊恐。泪雨天梯并非帝国的门锁，就算被攻破也无关紧要。无论情况如何变化，我的信徒都会安然无恙。天梯不过是叛军毁灭之路上的又一个里程碑。

除此以外还有其他东西，全都带有我的个人特点。我最疯狂的幻想反映在自己身上。到了最后，一张脸从金色光晕中探出，但转瞬即逝。我从没见过如此美丽的曼妙娇颜，虽然如今再也无法记起。

第二天早晨我让医院开始运作时，把这个梦讲给独眼。他看着我耸耸肩，“你白日梦做多了，碎嘴。”他有点心不在焉，只想着赶紧完成那些医务琐事，然后溜之大吉。独眼痛恨干活。

我完成了自己的工作，溜溜达达往主营走去。我的脑袋晕晕乎乎，心情相当烦躁。凉爽山风也没能让我产生心旷神怡的感觉。

我发现其他人同样烦躁阴郁。铁汉的部队正在山下移动。

胜利的一个要素就是笃信不移。无论局面看起来多么糟糕，都要相信胜利之路终将畅通无阻。佣兵团抱着这种信念，熬过了王侯城溃退。即便夫人的军队正在退却，我们也总能找到机会狠狠教训叛军一顿。但现在……这种信念开始动摇。

福斯博格、玫瑰城、王侯城，外加十几次小规模溃退。失败的要素与胜利相反。我们被内心深处的恐惧折磨，尽管地形优势非常明显，哪怕得到劫将支持，但总觉得会出差错。

也许是因为头头们自己的忧虑影响了大伙儿——团长，甚至是搜魂。这种感觉潜滋暗长，挡也挡不住，就和过去一样……

独眼从山上走来，脸色阴沉乖戾，自言自语地发着牢骚，一副想找碴儿打架的模样，眼见就要撞上地精。

爱睡懒觉的地精刚从被窝里钻出来，端着一碗水正在洗漱。他是个有点洁癖的讨厌鬼。独眼发现宿敌，看到一个把满心怨怼发泄在别人身上的机会。他吐出一串陌生的字眼，手舞足蹈地跳了两步，既像芭蕾，又像原始战舞。

地精的水起了变化。

我隔着二十尺都能闻见。它变成了一汪泛着恶臭的棕色液体，表面还漂着令人作呕的绿色凝块，甚至给人一种粗鄙下流的感觉。

地精很有风度地站起来，转过身，盯着一脸怪笑的宿敌。几秒钟后，他深鞠一躬，抬起头时嘴咧得老大，露出青蛙般的笑容。只见他张开嘴，发出一声我前所未闻的恐怖嘶嚎，足令天怒人怨地动山摇。

他们较上了劲。要是有哪个傻瓜碍了他俩的事，那准没好果子吃。无数黑影绕着独眼打转，在地上不住扭动，好似上千条匆匆爬动的毒蛇。又有许多鬼魂从岩石下、树木上、草丛里不断涌出。它们纷纷跳进空地，又嚎又叫，又吵又笑，追向独眼的影蛇。

这些鬼魂站直了能有两尺高，外表酷似独眼，身量仅有独眼的一半，脸倒是丑了一倍，而且屁股红得好似发情中的母狒狒。它们抓住影蛇干出的那些事儿，我实在说不出口。

吃了暗亏的独眼气得直跳脚。他尖声怪叫不住咒骂，嘴角粘着白沫。这种疯疯癫癫的打闹我们老团员早就司空见惯，很清楚地精已然拉开架势，只等独眼放马过来。

这次独眼多备了几手绝活。

他逐去蛇群。刚才变出那些鬼魂的岩石、树木和草丛，现在往外冒出一群群泛着绿光的大个屎壳郎。这些大虫子扑向地精的小鬼，把它们卷成球，往悬崖边缘推去。

可想而知，这阵大呼小叫引来了不少人围观。老团员对这种没结没完的决斗早就见多不怪，笑声此起彼伏。其他人意识到法术没有失控后，也受到了我们的感染。

地精的红屁股幽灵突然长出根须，死也不肯滚动。它们变成口水直流的巨大肉食植物，那副样子更适合在噩梦中的恐怖丛林里出现。吱吱嘎嘎的啃噬声响彻山坡，甲虫全进了植物紧闭的大嘴。你可以设想一下把大蟑螂放在嘴里嚼是个什么滋味。这令人牙酸腿软的感觉放大一千倍，在山坡上蔓延，所有人都像害了令人浑身发抖的瘟疫。就连独眼也一动不动地愣了片刻。

我往周围瞥了两眼。团长也在看热闹，脸上还带着一丝心满意足的微笑。这笑容可是世间少见的珍宝，比凤凰蛋还稀有。他身边那些正规军将领和禁军校尉都是一头雾水。

有个人走到我身边，凑得很近，感觉应该是个老熟人。我斜眼看去，发现自己正跟搜魂并肩而立，或者说胳膊肘挨着肩膀——这位劫将身量并不高。

“挺有意思的。”他用千般声音里的一种对我说。

我紧张地点点头。

独眼从头到脚打了个哆嗦，上蹿下跳地乱吼乱叫，然后又像癫痫发作似地手舞足蹈。

剩下的屎壳郎聚成两堆，愤怒地敲打颚骨，相互剐蹭甲壳，咔咔哒哒一阵乱响。浓重的褐色烟雾从甲虫堆里飘摇而起，扭动着聚成一团，变成一道幕帘遮住疯狂虫群。烟气凝成一个个跳动的小球，不断撞击地面越弹越高，最终不再下落，而是随着微风飘去，变作几根多瘤的手指。

它们形成了独眼的粗硬手掌，只不过尺寸大上百倍。这双手在地精的怪物花园中又拉又拽，将那些食肉植物连根拔起，用茎干打成繁复漂亮的水手结，形成一条不断延长的辫子。

“我确实没想到他们有这么大本事，”搜魂说道，“但都浪费在这种无聊的举动上。”

“这可难说。”我说着扬手一指。这场表演起到了振奋士气的作用。偶尔怂恿我胡言乱语的那份胆色又涌上心头，我提醒搜魂：“这是他们能够欣赏的魔法，跟劫将残忍暴戾的巫术不同。”

搜魂转过头来，黑面具盯着我看了几秒，不知是否有两团烈火在窄眼洞后燃烧。一阵银铃般的少女笑声忽然从面具后面飘出，“你说得对。我们心中充满毁灭、沉郁、忧虑和恐惧，甚至会影响整个军队。身为劫将，很快就会忘记生命中还有其他情感。”

真少见。这位劫将心中的盔甲裂了条缝，一道掩藏灵魂的帷幕拉开。我体内的史官闻到了好故事的气味，止不住连声吠叫。

搜魂冲我横跨一步，似乎在探查我的思想，“昨晚有人来看你？”

史官的犬吠声戛然而止，“我做了个怪梦，跟夫人有关。”

搜魂呵呵笑了起来，声音低沉深厚。这些不断变换的声音能让神经最粗的人觉得心头惴惴。我立时起了戒心。他的友好态度也让人倍感不安。

“我想她对你有好感，碎嘴。不知你什么地方勾住了她的心思，就跟她勾住了你一样。她都说了些什么？”

心里头有种感觉告诉我要小心应对。搜魂的语气似乎友善随意，但隐隐冒头的紧张感说明这个问题并非全然漫不经心。

“只是安慰两句，”我答道，“说什么泪雨天梯在她的计划中并非至关重要。只不过是一场梦。”

“当然，”他似乎放了心，“只是场梦。”但这种女性声音，他只有在最认真的时候才会使用。

人们大呼小叫地起着哄。我扭头看比赛进度。

地精的怪物捕虫草变成一只奇形怪状的巨大僧帽水母飞在天空。

那两只棕色大手被它的触须缠住，正试图挣脱出来。

而在悬崖上方，老大一张人脸也在看着热闹。粉色面庞上留了一大把胡子，周围长着浓密的橙色毛发。一只眼睛上有道青色伤疤，半睁半闭，显得睡眼惺忪。我疑惑地皱起眉头，“那是什么玩意儿？”我知道那不是地精和独眼的把戏，也许沉默加入了游戏，只为显显本事。

搜魂忽然发出一声惊叫，活像只就要咽气的雏鸡。“铁汉，”他说着转身冲团长吼道，“拿起武器。他们来了。”

顷刻之间，所有人都奔向自己的岗位。地精和独眼那场争斗的最后一丝痕迹变成几团薄雾随风而逝，飘向铁汉正在窥探的大脸，添上一片片恶心的粉刺。很机灵的小把戏，但别指望以此挑逗铁汉的火气。他可不玩游戏。

好像在应和我们这通忙乱，许多号角声从下方传来，洪亮的战鼓在峡谷中回荡，仿佛阵阵雷声。

叛军试探了我们一整天，但明显没来真格的。他们只是捅捅马蜂窝，看看会发生什么。铁汉很清楚，强攻天梯困难重重。

所有这一切都预示出铁汉留了狠招。

但总的来看，这些小规模冲突起到了提升士气的作用。人们开始相信还有机会守住。

虽然彗星在天上游弋，叛军营火构成的银河在天梯下闪烁，但夜幕还是让我有种虚假的感觉，似乎这座山峰是世界中心。我坐在一处岩架上俯瞰敌阵，下巴枕着膝盖，默想刚从东方传来的消息。私语清剿了零碎的军队，又在惶悚平原的能言石阵中击败了蛾子和螃蟹。叛军的东部局势，似乎比我们的北部局势更加棘手。

我们的压力可能会更重。蛾子、螃蟹和游民加入了铁汉的部队。十八盟会中还有些人也在山下，只是身份尚未确定。我们的敌人这次真是闻见血腥味了，死咬不放。

我从没见过北方的极光，但早就听说如果保住了木桨城和迪尔，那么到那里过冬时也许能有幸瞥见两眼。从我听说的传闻判断，似乎只有这种美艳柔光能跟正在峡谷中成形的东西媲美。叛军营火渐弱，很长很长的微光细带打着转飘向星空。它闪烁摇曳，犹如微波中的海草。绿色、黄色、蓝色和淡粉色，显得十分美丽。一个词语突然跳进我的脑海。那是个古老的名字：多彩之战。

很久很久以前，黑色佣兵团曾参加过多彩之战。我努力回忆编年史中有关那场战役的记述，可它们就是不肯全部出现，但想起的部分已经够吓人了。我匆忙赶往军官们的驻地，去寻找搜魂。

我找到劫将，跟他说了我的怀疑。搜魂感谢我为此费心，但又说他很了解多彩之战，也知道叛军会鼓捣出那些光带，还说我们用不着担心，这次进攻早被料到，吊男正准备瓦解它。

“找个位子坐下吧，碎嘴。地精和独眼搞了一场演出。现在轮到劫将登场了。”他从里往外透着十足的信心，而且满怀恶意，我估计叛军肯定落入了劫将的陷阱。

我听从他的建议，冒险走回刚才那处孤零零的瞭望哨。我一路穿过营地，人们都被空中愈发明显的奇景惊醒，惊惧的私语声此起彼伏，仿佛远方海浪呢喃。

五颜六色的光带更加显眼，它们突然开始剧烈扭动，似乎受到某种阻力。也许搜魂说得没错。也可能只是一场炫耀性质的演出。

我回到那片岩架。峡谷底部不再闪烁，反倒变成一片墨色海洋。翻腾扭转的光带并未揭开它的幕帘。不过，虽然眼前漆黑一片，却能听到不少动静。峡谷的回声效果相当不错。

铁汉的部队正在行动。只有全军推进才能产生这么多叮叮当当的金属撞击声。

铁汉和他的爪牙同样信心十足。

一道绿色柔光飞向夜空。它懒洋洋地飘来摆去，仿佛风中薄纱，越往上升，颜色越淡，最终在高空分解成几点光芒，旋即消散无踪。

是谁把它剪碎了？铁汉还是吊男？这兆头是好是坏？

那是一场精妙比拼，几乎看不出门道，就像观赏一流剑客的对决。如果你自己不是行家里手，那就只能看看热闹。相比而言，地精和独眼的对垒就像一对野蛮人拿着阔剑乱砍。

缤纷的极光一点点消失，想来肯定是吊男做的手脚。那些浮动光带没有对我们造成任何影响。

下方的喧闹声逐渐接近。

风暴使在哪儿？我们已经好一阵子没听到她的消息了。现在似乎正是让叛军尝尝恶劣天气的大好时机。

搜魂也没出什么力。在我们为夫人效劳的这段时间里，就没见他使出过任何让人叹为观止的招数。莫非他名不副实？要不然就是在节省法力，好应付只有他预见到的危机？

下方又发生了新的变化。峡谷两侧的岩壁开始发光，条条点点的深红斑痕起初只能勉强看到，但颜色逐渐加深。等到片片石屑开始掉落，我才注意到滚烫的岩浆正在山壁上流淌。

“诸神在上。”我惊恐不安地嘟囔道。这种场面绝对配得上我对劫将的期望。

岩浆肆意流淌，对山壁造成莫大的破坏，岩石开始隆隆作响。惨叫声从山下传来，可以感到叛军眼见末日来临却无从规避的那种绝望。铁汉的人马不是被烤熟，就是被山石压死。

他们肯定进了地狱熔炉，但有些异状让我心里并不踏实。铁汉部队规模浩大，这么点叫声似乎太少太小。

有些地方的岩石因为温度过高而起火。峡谷喷出一股狂暴的气浪。狂风呼啸，伴着落岩巨响。红光放亮，映照出正在之字路上攀爬的叛军部队。

太少了，我心想……另一处岩架上的孤单身影吸引了我的目光。应该是一位劫将，但在这闪烁摇曳的光线下我看不清是谁。那人看着敌军惨状，自顾自地默默颔首。

红光、熔岩、落石和火焰迅速扩散，直到整片峡谷都显露红色脉络，其间还点缀着冒泡的滚烫池塘。

一点水珠击中我的面颊。我抬头看去，惊讶地感到第二颗大雨滴砸在鼻梁上。

星辰早已消失。几朵硕大灰云的柔软肚腹在上空飞驰，被峡谷中的炼狱图景染上绚丽的色彩，低得让人感觉触手可及。

乌云飘到峡谷上方，敞开了闸门。我站在倾盆大雨的边缘，几乎被压得跪在地上。下面肯定更加难挨。

雨水击中熔岩。蒸汽啸声震耳欲聋。它带着斑驳色彩涌向天穹。

我转身逃跑时被水汽燎了一下，皮肤转眼烫得发红。

那些可怜的叛军蠢蛋，我心想，像龙虾似地蒸熟……我还因为没见劫将使出壮观手段而心存不满？再也不会了。一想到制订这个计划所需的残酷谋算，我几乎没法把晚餐留在肚子里。

我饱受良心谴责。所有佣兵都明白这种感觉，但外人很难理解。我的工作是击败雇主的敌人，通常要不择手段。而且天知道佣兵团曾为多少黑心烂肺的歹人效劳。但山下这一幕总是不太对头。回想起来，估计所有人都能感到。也许是因为看到那些同行死得毫无招架之力，我们难免萌生一种错位的同情心。

黑色佣兵团的确有种荣誉感。

大雨和蒸汽的喧嚷渐渐平息。我冒险回到刚才的有利地形。除了几处斑纹以外，峡谷中黢黑一片。我扭头寻找刚才看见的劫将。他已经走了。

彗星从最后几团云朵中钻出，在夜空中划出一道亮痕，犹如嘲弄的笑脸。它的彗尾有个显而易见的弧度。犬牙嶙峋的地平线上，明月小心翼翼地探出头来，看了看饱受创痛的大地。

号角声从那边传来，这些细小声音明显沾染着一丝恐慌。隐隐从远方飘来的战斗喧嚣掩住号声，并且迅速变大。从声音判断，战斗似乎激烈而混乱。我迈步朝临时搭建的医院跑去，想来很快就要有活儿干了。也不知是为什么，我并不觉得特别震惊或是不安。

不断有传令兵从我身边跑过，有条不紊地冲向各自目标。团长至少让那些散兵游勇恢复了对秩序和纪律的感觉。

忽然，有个东西“嗖”的一声从我头顶飞过。黑沉沉的长方形物体上面驮着个人，在月光下飞驰而去，拐了个弯扑向那片喧嚣。是搜魂和他的飞毯。

一圈明亮的紫色光晕忽然罩在他身上。飞毯猛烈摇动，侧滑了十几码。光晕逐渐黯淡，越缩越淡，然后彻底消失，只在我眼中留下几点光斑。我耸耸肩，大步朝山上走去。

最早的几批伤员先我一步进入医院。从某种角度来说，我还有点高兴。这说明我们的人头脑冷静，在战场上保持着相当的效率和持久力。团长干得很棒。

大军交战的声响在黑暗中移动，印证了我的怀疑。叛军很少敢在黑暗中开仗（黑夜属于夫人），但这回并非又一次小规模试探。不知是怎么搞的，我军侧翼遭到突袭。

“你这张丑脸出现得还他妈真及时，”独眼抱怨道，“赶快过来。需要手术。我已经让他们去点灯了。”

我洗了手走过去。夫人派来的医生在一旁帮忙，表现出超人的工作热情。这是佣兵团接下这桩生意后，我头一次觉得能帮伤员们的忙。

但伤兵源源不断地涌入。战场喧嚣继续变响。没过多久，所有人就都明白了，叛军的峡谷突袭不过是一次佯攻。刚才那些惊人的表演没有起到多大作用。

黎明给天空涂上颜色。我抬起头，发现衣衫破烂的搜魂就站在眼前。他看起来就像被文火烤了半宿，又涂上某种不知是蓝是绿的秽物，散发着烟熏火燎的气味。

“赶紧把你的东西装车，碎嘴。”他用职业女性的声音说道，

“团长给你派了十几个帮手。”

所有运输工具，包括从南方赶来的那些大车，都停在我的露天医院上方。我朝那边瞟了两眼。一个歪着脖子的瘦高个正催促辎重兵拉马套车。“前线吃紧？”我问，“他们打了你一个措手不及？”

搜魂没有理会第二句话，“我们实现了大部分目标。只剩一个任务还要处理。”他选择了一个演说家的声音，舒缓低沉，铿锵有力，“战斗怎么发展都不奇怪，现在下判断还为时尚早。你们团长让这群乌合之众有了骨气。不过为防万一，还是得把你这摊子运走。”

几辆大车已经吱吱嘎嘎朝我们驶来。我耸耸肩，下达命令，随后找到下一名需要紧急处理的伤员。我一边干活一边问搜魂：“如果战事正在胶着，你难道不应该过去给叛军点颜色看看吗？”

“我是按夫人的吩咐办事，碎嘴。我们的目标几乎都已达到。游民和蛾子从此消失，螃蟹受了重伤。化身完成了他的任务。现在只需要除掉叛军统帅。”

我感到疑惑不解。异议顺势控制住我的舌头，自行脱口而出：“但咱们不是应当在这儿击溃他们吗？”我想想又说，“北方战役对盟会造成了很大损失。先是耙子，然后是私语。现在轮到游民和蛾子。”

“螃蟹和铁汉也快完了。没错。他们一次次击败我们，但每次都要付出核心力量作为代价。”他朝山下看去，有个小队朝我们走来，为首的正是渡鸦。搜魂又转头望向停放货车的地方。吊男没在发号施令，而是摆出聆听的架势。

搜魂继续说道：“私语攻破了冰霜城。夜游神已经跟惶悚平原那些奸诈多端的巨石达成协议，正在赶往萨德郊野。无面已然进入平原，正朝巴恩斯移动。他们说包袱为了不被噬骨生擒，昨晚在埃德自尽。局势并不像你想象的那么糟糕，碎嘴。”

不是才有鬼呢，我心道。那些都是东方，而这里是北地。半个世界以外的辉煌胜利，实在没法让我兴奋起来。我们在这儿遭到重创，而且倘若叛军突破防线直逼查姆，东方局面再好都于事无补。

渡鸦让那支小队候在外面，独个儿朝我走来，“你想让他们干什么活儿？”

我估计是团长派他来的，如此看来团长已经下达了撤退指令。他不会替搜魂要什么把戏。“把已经治疗过的人抬到车上去。”辎重兵正把那些大车排成整齐的队形，“每辆车搭配十几个还能走的伤员。我、独眼和其他人继续缝缝补补。怎么了？”

他眼神有点不对劲。我可不喜欢这种感觉。渡鸦瞅了搜魂一眼。我也扭头看去。

“我还没跟他说。”搜魂言道。

“跟我说什么？”我知道他无论要说什么，肯定不是好事。他们周身上下都有种紧张气息，透着坏消息的味儿。

渡鸦露齿一笑——并非愉快的笑容，而是那种令人生厌的怪相，“你和我。咱们又中奖了，碎嘴。”

“什么？别闹了！少来！”直到现在，只要想到对付瘸子和私语时的情景，我的身子还止不住发抖。

“你有实践经验。”搜魂说。

我只顾拼命摇头。

渡鸦发着牢骚：“我必须去，你也一样，碎嘴。再说了，你肯定想把它记在编年史里，让后人看看你是如何除掉那么多盟会大法师，甚至比任何劫将都多。”

“狗屁。我是什么人？赏金猎人？别扯了。我是医师，编年史和战斗那都是副业。”

渡鸦对搜魂说：“咱们穿过风原时，团长费了九牛二虎之力才把这个人从前线揪回来。”他眯起眼睛，脸绷得很紧。看来渡鸦也不想去，只是通过申斥我来发泄心中怨气。

“你没有别的选择，碎嘴，”搜魂用稚童的声音说，“是夫人选中了你。”他随即又加了一句，试图安抚我的沮丧心情，“讨她欢心的人都能得到丰厚的报偿。何况你还引起了她的兴趣。”

我心里暗骂自己早先的浪漫情怀。那个初来北地、被夫人彻底迷住的碎嘴已经死去。那个小伙子充满年轻人的愚昧无知。对。有时候你不断欺骗自己，只为继续生存下去。

搜魂对我说：“这次不光咱们三个人，碎嘴。咱们会得到歪脖、化身和风暴的帮助。”

我阴阳怪气地说：“带上所有人马去对付一个流氓，嗯？”

搜魂没上钩。他从不上钩。“飞毯就在那边。拿上你的武器跟我走。”他说完转身就走。

我把心中怨气发泄在帮手们身上，而且根本是毫无道理。独眼正要发作，渡鸦开口说：“别跟个狗杂种似的，碎嘴。咱们既然要干，那就好好干。”

于是我向所有人道歉，下山去找到搜魂。

搜魂指着飞毯说：“上去。”渡鸦和我按照上次的位置各自坐好。搜魂递给我们两根绳子，“把自己拴好。路上会有些颠簸，我可不希望你们掉下去。另外，准备好匕首，等咱们找到他时就可以迅速割断绳子。”

我的心怦怦直跳。实话实说，能够再次飞上天空让我觉得兴奋莫名。上次飞行中体验到的乐趣和美感始终萦绕在心头。跟轻风、鹰隼一同翱翔，有种自由自在的快感。

就连搜魂也把自己绑住。坏兆头。“准备好了吗？”他没等我们回话，便开始喃喃自语。飞毯轻轻摇摆，好似乘着一股轻风般浮向天空。

我们飞过树梢。木架子硌得我屁股生疼，五脏六腑直往下沉。劲风从身边吹过，刮掉了我的帽子。我伸手去抓，但没抓到。飞毯左右歪斜。我瞠目结舌地看到下方大地迅速远去。渡鸦一把将我抓牢。若不是事先捆在毯子上，我们都得摔下去。

毯子从一道道峡谷上方飞过。从高空看去，这里就像一座疯狂的迷宫，叛军大队好似行进中的兵蚁。

我环顾四周。从这个角度欣赏，天空本身便是一幅壮观景象。周围没有鹰隼翱翔，只有几群秃鹫。搜魂冲进其中一群，它们四散飞逃。

另一张飞毯从我们旁边经过，然后渐渐飘开，最终变成一个遥远的斑点。毯子上坐着吊男和两名顶盔贯甲的禁军。

“风暴使在哪儿？”我开口问道。

搜魂扬手一指。我眯起眼睛，发现沙漠上空的蓝天上有个小黑点。

我们飞了很久，我都开始怀疑到底还用不用干活了。我研究着战局发展，但很快感到无聊。叛军的优势十分明显。

“做好准备。”搜魂回头喊了一声。

我抓紧绳子，准备承受让人心惊肉跳的变化。

“开始。”

毯子猛然一沉，保持高速下坠。我们向下，向下，再向下。空气呼啸而过。大地翻滚扭转，向上涌起。代表风暴使和吊男的那两个黑点也在坠落。我们从三个方向迅速聚拢，他们逐渐变得清晰起来。

我们经过战场，兄弟们正试图力挽狂澜，阻止叛军的攻击。我们继续下降，开始一段稍显平缓的滑行。飞毯晃来晃去，避免跟风化严重的砂岩巨石相撞。我们飞过的一些石柱，甚至近到触手可及。

一小片草地出现在前方。我们急剧减速，最终开始在空中盘旋。“他在那儿。”搜魂轻声说道。飞毯向前滑动几码，飘浮在一根沙石岩柱后方。

曾经绿草如茵的空地已经被人踩马踏搅得破烂不堪。十几辆大车和一些辎重兵待在空地里。搜魂低声骂了两句。

一道黑影从左侧石林飞出。电光闪动！雷霆摇撼山谷。草皮飞上天空。下面的人尖声惊叫，四散逃开，慌忙奔向各自的武器。

又一道黑影从另一个方向射出。我不知道吊男干了什么，但叛军都抓挠着自己的喉咙，似乎喘不上气来。

大汉摆脱魔法，跌跌撞撞跑向拴在草地边缘系马桩上的一匹高大黑马。搜魂迅速催动飞毯，木架猛地撞上大地。“下去！”我们反弹起来时，他厉声喝道，随即抓起自己的长剑。

渡鸦和我爬下飞毯，拖着软绵绵的双腿跟上搜魂。劫将扑向那群窒息的辎重兵，一阵狂削猛砍，剑刃带起片片血花。渡鸦和我也为这场屠杀做出了各自的贡献，只希望没有像劫将那么投入。

“你们在这儿干什么？”搜魂对那些倒霉蛋吼道，“他应该是独自一人才对。”

另外两张飞毯进入空地，停在逃跑的大汉附近。两名劫将和各自亲随踩着摇摇晃晃的步子追向那人。他翻身上马，猛挥一剑砍断绳索。我定睛观瞧，实在没想到铁汉长得如此吓人，简直跟地精和独眼对垒时召唤出的鬼怪一样丑陋。

搜魂砍翻最后一名叛军辎重兵，开口叫道：“快来！”我们跟着他冲向铁汉。真不知道我为何傻乎乎地一点不知道犹豫。

叛军将军拨转马头，砍倒冲在最前面的禁军，发出一阵狂笑，随即吼出几句难以分辨的咒语。空气在魔力作用下噼啪爆响。

紫光罩在三名劫将身上，比昨晚击中搜魂时更加强烈耀眼。他们立时僵住，再也动弹不得。这是个强大无比的魔法，完全控制住了他们。铁汉把注意力转到了其他人身上。

第二名禁军冲到近前。铁汉大剑挥落，砸开对方的兵器，砍在那人身上。战马在铁汉催促下小心翼翼地跨过倒下的士兵，向前跑了两步。铁汉回头看向三位劫将，咒骂着这头畜生，用长剑猛打马臀。

黑马完全没有加速的意思。铁汉挥起左手使劲捶打它的脖子，突然发出一声嘶嚎。只见他左手被马鬃紧紧缠住。铁汉愤怒的吼声变得绝望无助。他用剑砍向牲口，但却伤不到它，便将武器朝吊男掷出。围绕在劫将身上的紫光正在减弱。

渡鸦距离铁汉还有两步，我跟在他身后三步左右，风暴使的人也从另一侧扑了上来。

渡鸦挥起长剑，猛地向上砍去。他的剑尖撞在铁汉的肚子上，却又弹了回来。锁子甲？铁汉抡起巨拳，捶中渡鸦的太阳穴。他踉跄一步，倒在地上。

我想都没想，直接改变目标，劈向铁汉的手。剑锋咬进骨头，鲜血喷薄而出，我俩都厉声怪叫。

我跳过渡鸦，停下脚步，转过身来。风暴使的部下正在攻击铁汉。叛军将军开口念咒。他集中精神，努力忘却疼痛，想用魔力拯救自己，那张带疤的丑脸扭曲变形。劫将们暂时还派不上用场。他面对的是三个普通人。但所有这些我都是事后才想起来的。

当时我眼中只有铁汉的坐骑。黑马正在融化……不。并非融化，而是变形。

我咯咯怪笑。伟大的叛军将领原来骑在化身背上。

我笑得声嘶力竭。

这阵小小失态让我丧失了亲手结果敌军大将的机会。化身将他牢牢困住，风暴使的两名部下把他剁成肉泥。等我控制住自己的情绪，铁汉已经变成了一摊死肉。

吊男也错过了这个结局。他正忙着咽气。铁汉用力扔出的长剑就扎在他的头颅里。搜魂和风暴使正向他走去。

化身重新变回那油腻腻臭烘烘胖墩墩的赤裸巨物。虽说他用两条腿走路，但并不比刚才那四脚牲畜更像人。化身踢了一脚铁汉的尸首，乐得浑身乱颤，好像这个致命陷阱是本世纪最有趣的笑话似的。

化身这才看到吊男，一阵颤抖传遍他那身肥肉。他快步走向同伴，也不知在语无伦次地嘟囔些什么。

吊男将长剑从脑袋里拔出。他似乎想说话，但一个字也挤不出来。风暴使和搜魂没有上前帮忙的意思。

我盯着风暴使。她居然如此小巧玲珑，身量就跟个孩子差不多。我跪下摸了摸渡鸦的脉搏，心里还在想，这么点小人儿怎能释放出那般恐怖的威力?

化身摇摇晃晃地走向三名劫将，透过毛发丛生的肩膀上那堆肥膘，可以看出他的肌肉因为愤怒而绷紧。他停下脚步，面对搜魂和风暴使，瞧那架势有些紧张。没人说话，但吊男的命运似乎已经有了定论：化身想帮忙；其他人不肯。

奇怪。化身是搜魂的盟友，为何会突然起了冲突?

他们又为什么甘冒惹怒夫人的风险做出这等事来？如果吊男死了，夫人肯定不会高兴。

我刚摸到渡鸦的脖子时，他的脉搏有些慌乱飘忽，但此时已经稳定。我松了口气，心下稍定。

风暴使的部下盯着化身臃肿的后背，慢慢靠近劫将。

搜魂跟风暴使对望一眼，小个女人点点头。搜魂转过身来，面具上那两个眼洞透出岩浆般的红色光芒。

顷刻之间，搜魂不见踪影，取而代之的是一团黑色云雾。它足有十尺高，十来尺宽，黑如无底深渊，比最浓的雾气还稠。云雾猛然腾起，速度胜过蝰蛇出击。空地中响起两声仿佛鼠鸣的惊叫，然后是充满恶意的漫长静寂。经过刚才那阵咆哮和喧嚣，静寂仿佛致命恶兆。

我拼命摇晃渡鸦，但他没有反应。

化身和风暴使站在吊男身边，直勾勾地盯着我。我想尖叫，想逃跑，想找个地缝钻进去——看来我也身负魔力，居然能看出他们的心思——我知道得太多了。

恐惧将我牢牢定住。

纯黑浓云来时突然，去时更快。转眼间搜魂已经站在两名士兵中间。他们缓缓倒下，简直像是两棵庄重威严的老松。

我用手指掰动渡鸦的眼皮。他呻吟一阵，猛地睁开眼帘。我瞥见那两个放大的瞳孔。脑震荡。该死！

搜魂迟疑地看了看两位同伴，然后慢慢转身面对我们。

三名劫将逐渐逼近。他们身后的吊男虽然只剩最后一口气，但依旧吵得要死，可是，我根本听不见他的声音。我觉得膝盖发软，却还站起身面对自己的末日。

我的生命不该如此结束。这可不对头……

他们三个站在对面，死盯着我。

我瞪视回去。除此以外也没别的办法。

好汉碎嘴。至少够胆色跟死神瞪眼。

“你什么都没看见吧？”搜魂柔声问道。我觉得好像有只冷冰的蜥蜴沿着脊梁骨往下爬。方才与铁汉搏杀时，风暴使的一名部下连声怒吼，用的就是这种声音。

我摇了摇头。

“你刚才忙着跟铁汉搏斗，然后一门心思替渡鸦疗伤。”

我无力地点点头。我的膝盖像是两坨果子冻，要不然我早就撒腿逃跑了。当然，要真干出那种事来，可就蠢到家了。搜魂抬手一指，又开口说：“把渡鸦抬到风暴的毯子上去。”

我又推又哄，好不容易扶起渡鸦走向飞毯。他完全不知道自己在什么地方，又在做些什么，但还算老老实实让我领路。

我有些担心。虽然表面看不出任何伤痕，可他的表现不太对劲。“把他直接送到我的医院去。”我说这话时根本不敢看风暴使的眼睛，音调语气也出人意料地尖细，听起来活像只跳蚤。

搜魂让我坐上他的飞毯。我心里一百个不愿意，跟要上屠宰场的肥猪差不离。他可能会玩花招。要是我从天上掉下去，他就再也不用操心我的嘴巴够不够严了。

他也走到飞毯跟前，将血淋淋的长剑扔到上面，自己找好位置坐下。毯子飘向空中，朝天梯上声势浩大的战场飞去。

我扭头看了看静静躺在草地上的那几具尸体，被无处发泄的羞耻感闹得焦躁不安。这种做法肯定不对……但我又能怎么办呢？

有种仿佛黯淡星云的金色物体在遥远夜空闪现，继而飘进一根砂岩石柱投下的阴影。

我的心脏几乎停止跳动。

群龙无首的叛军士气愈发低迷，被团长引入陷阱，惨遭屠戮。只是由于人数太少，外加过于疲惫，佣兵团才没把叛军彻底赶下山峰。志得意满的劫将们也没能提供多少帮助。要是再多一个后备营，再来一次巫术攻击，我们肯定大获全胜。

我把渡鸦安置在最后一辆赶赴南方的大车上，在撤退途中替他疗伤。他肯定要一连好几天迷迷糊糊晕头转向。照顾宝贝儿的责任自然落在我肩上。这孩子是一味良药，对治疗再度撤退引发的沮丧很有帮助。

也许她正是用这种办法回报渡鸦的慷慨大方。

“这是咱们的最后一次战略后退。”团长向我们保证。他不肯说这是撤退，脸皮又没厚到把它说成向后方进军、收缩阵线，或是其他官样文章。他没提除非大战结束，否则我们无路可退。查姆的沦陷意味着帝国的死期，而且几乎肯定会结束这段编年史，给黑色佣兵团的历史画上句号。

安息吧，自由佣兵团的最后一支。你是我的归宿和家庭……

在泪雨天梯上没向我们透露的消息终于传到了我们耳中：另外几支叛军也从北方开来，正在向我们撤退路线的西侧挺进。沦陷城市的名单很长，就算考虑到这些报告肯定有夸张不实之处，也难免令人灰心丧气。吃了败仗的士兵经常高估敌人的实力。这样做有助于恢复他们的自尊心，免得落入自卑的泥沼。

我跟老艾并肩走在平缓漫长的南侧山坡，朝查姆北方的肥沃农田前进。我忽然说道：“下次没有劫将在附近转悠时，你给团长透点口风怎么样？跟他说，从现在开始，让佣兵团跟搜魂划清界限不失为明智之举。”

他用奇怪的眼神瞟了我一眼。老伙计们最近经常这么看我。自打铁汉死后，我一直喜怒无常，闷闷不乐，也不爱说话。当然，即便心情最好的时候，我也不是团里的开心果。心理上的压力碾碎了精神。我不敢采取以往惯用的宣泄通道——编年史，生怕搜魂发觉我写的东西。

“咱们最好别让外人觉得佣兵团跟他走得太近。”我补充道。

“那次出了什么事？”到目前为止，人们仅仅知道个梗概。铁汉被杀，吊男牺牲，普通士卒中只有渡鸦和我活了下来。所有人都对故事细节有着近乎病态的好奇心。

“我不能告诉你。但你去跟他说。等下次劫将不在周围的时候。”

老艾心里打着算盘，结论想来跟事实相去不远，“好吧，碎嘴。包在我身上。你自己小心。”

我会小心的。只要命运允许。

那天我们接到消息，东方连传捷报。叛军防御阵地崩溃的速度，几乎跟我方进军速度一样快。也是在那一天，我们听说北方和西方的全部叛军主力停止休整和征兵，四支大军向查姆扑去。在高塔和他们之间没有任何阻碍。也就是说，只剩下黑色佣兵团和聚集在它周围的残兵败将。

大彗星高高挂在天上。每次时局巨变，这个邪恶预兆从不落空。

结局将近。

我们继续撤退，赶赴跟命运的最后一个约会。

我必须记下与铁汉有关的最后一个细节。那是在距离高塔还剩三天路程的地方，涉及一场迷梦——跟我在天梯上经历的金色梦境完全一样，也许根本就不是梦。它向我保证：“我的信徒无须惊恐。”然后又让我看了一眼那张令血液凝固的娇颜。金光旋即消散，恐惧卷土重来，没有减少分毫。

日子一天天过去。漫漫路途被抛在身后。丑陋的高塔隐隐出现在地平线上。夜空中的彗星也愈发明亮。

第六章 夫人

大地慢慢闪现泛着银光的绿意。黎明将火红光羽洒在筑有围墙的小镇上。太阳抚摸晨露，金光点点在城垛闪亮。雾气渐渐缩进山谷。号角声宣告夜岗结束。

副团长手搭凉棚，眯起眼睛向下张望。他厌烦地咕哝两声，扭头看着独眼。小个子黑人点点头。“时辰到了，地精。”副团长冲身后说道。

森林里的兄弟们行动起来。地精跪在我身边，探头朝田野张望。他和另外四个人用围巾裹住脑袋，打扮得好像贫苦的乡下女人。木扁担上挂着摇摇荡荡的陶罐，武器都藏在衣服里。

“上，门已经开了。”副团长说。他们沿着树林边缘往山下跑去。

“妈的，又能干这种事感觉可真好。”我说。

副团长咧了咧嘴。自打我们离开绿玉城，他就很少微笑。

下面那五个男扮女装的家伙借着树荫溜向大路旁的清泉。已经有几个乡下女人出来打水了。

估计我们不会在门卫那儿遇到什么麻烦。这座镇上有很多陌生人，难民和随营人员到处可见。驻军很少，纪律松懈。叛军不可能料到夫人会袭击这种偏邦塞外的小镇。它在全局战略中没有任何意义。

只不过，十八盟会中的两名法师驻扎在此。他们跟叛军战略息息相关。

我们已经在树林里潜伏了三天三夜，密切注意镇上的动静。刚被提拔进入盟会的飞羽和陌路正在这儿度蜜月，准备随后赶往南方，参加对查姆的总攻。

一连三天。一连三天挨冻受寒，不能生火，没有热食。一连三天凄凄惨惨，但心气儿却飙升到这些年的最高点。“我想咱们该动手了。”我提议道。

副团长打了个手势。几名同伴紧跟着那五个人摸了下去。

独眼说：“想出这招儿的家伙，可真有一套。”他很激动。

我们都一样。各显神通的机会终于来了。我们之前干了五十多天苦力，在高塔周围修筑防御工事，准备应付叛军的围攻。那五十多个夜晚，我们都被即将到来的战斗闹得夜不能寐。

又有五个人潜下山去。

“有一群娘们走出来了。”独眼说道。弦儿绷得更紧。

女人成群结队走向泉水。除非我们插手，这股人流一整天都不会断绝。城墙里面没有水源。

我觉得心头一沉：潜入小队开始朝山上的小镇走去。“做好准备。”副团长说。

“松松筋骨。”我提出建议。活动腿脚有助于缓解紧张情绪。

不管你当了多久的兵，每逢战事临头心里总会被恐惧填满。出来混早晚都要还，这种感觉挥之不去。每次开打前，只有独眼坚信勾魂簿上没有自己的名字。

潜入部队捏着嗓子跟乡下女人们打招呼，顺顺当当来到镇门。这里只有一个民兵站岗，那人是个修鞋匠，此刻正忙着往一只皮靴的鞋跟上钉铜钉，长戟放在十步以外。

地精匆匆忙忙跑出镇门，双手在头顶一拍。一阵霹雳响彻乡野。他抬起双臂，与肩膀平齐，掌心向上翻起，一道彩虹挂在双手之间。

“老是玩过火。”独眼发起牢骚。地精跳了两步舞。

小队冲下山去。泉水旁的女人们尖声惊叫，四散奔逃。我心中暗想，真像狼群扑向羊圈。我们玩命地奔跑，背包敲打着我的腰眼。跑了两百多码后，我被自己的长弓绊倒。年轻人们纷纷超了过去。

等我跑到镇门时，根本连个老祖母都对付不了。不过还算运气好，老祖母们都没出现。我们的人席卷小镇，没有遇到任何抵抗。

我们负责抓捕飞羽和陌路的几个人迅速赶往小城堡。那里也没什么防御。副团长和我跟独眼、沉默和地精闯了进去。

我们在第一层没有碰到任何麻烦。简直不敢相信，这对新婚燕尔的新人还没从梦中苏醒。独眼用一个可怕的幻术清理掉他们的卫兵。地精和沉默轰碎了通向爱巢的房门。

我们蜂拥而入。虽说一头雾水、睡眼惺忪，而且不免担惊受怕，但飞羽和陌路还是相当好斗。在被塞住嘴巴、绑住手腕之前，他俩在我们身上留了不少瘀伤。

副团长对他们说：“我们必须把你俩活着带回去，但给你们点苦头尝尝还是可以的。老实点，按我说的去做，你们就不会遭罪。”我隐隐期望他露出一脸阴笑，捻动胡子尖，再来两声邪恶狂笑。副团长这是在扮小丑，配合叛军硬安在我们身上的歹人角色。

但飞羽和陌路肯定会想尽办法找麻烦。他们知道夫人不是派我们来请他俩去喝茶的。

穿越敌占区的路途中，我们趴在一座山顶上，端详着下面的叛军营盘。“真不小，”我说，“两万五到三万人。”一共有六座类似的营地，在高塔北方和西方形成一道弧线。

“他们等得太久了，肯定有什么麻烦。”副团长说道。

叛军应该在突破泪雨天梯后立刻发动攻击，但铁汉、螃蟹、蛾子和游民死后，下级将领争权夺势，抢夺最高指挥权。叛军攻势因此停滞，夫人得以重整旗鼓。

如今，她的武装巡逻队不断骚扰叛军征粮队，消灭通敌分子，四处打探侦察，摧毁一切可能为敌人所用的物资。尽管兵力远在我们之上，但叛军却逐渐转为守势。他们整天待在营地无所事事，连战连捷的士气丧失殆尽。

两个月前，我们的士气比蛇肚子还低，现在却开始反弹了。等我们返回营地，它更会直冲九霄。我们的妙计将对叛军起到震慑作用。

只要能返回营地。

我们趴在长满苔藓的陡峭石灰岩和枯枝败叶间，尽量保持不动。下方流水潺潺，嘲笑着我们的困境。掉光叶片的树木在我们身上投下斑驳的阴影。独眼的法师小分队施展出障眼法，进一步提供伪装。恐惧和马汗味挑动着我们的鼻孔。叛军骑兵的谈话从上方小路传来。我听不懂他们的语言，但可以肯定他们是在争执。

这条小路原本散落着不少未经踩踏的枯枝败叶，看起来似乎没人巡逻。疲劳战胜了谨慎。我们决定循路而行，结果刚拐过弯去，就跟一支叛军巡逻队打了照面。他们正穿过一道长满青草的峡谷，下面那条溪流便汴入其间。

我们转眼消失，叛军咒骂连天。几个人翻身下马，站在路边撒尿……

飞羽开始挣扎。

妈的！我心中暗骂，妈的！妈的！我就知道！

叛军一阵大呼小叫，纷纷跑到路边。

我一拳捶在女人的太阳穴上。趴在对面的地精也狠揍了两下。沉默脑子转得很快，已经开始编织魔力罗网，纤细的十指正在胸前舞动。

一丛蓬乱的灌木猛然颤动。一只又老又肥的狗獾从路边踉踉跄跄跑下山坡，趟过小溪，消失在密匝匝的白杨林里。

叛军嘴里不干不净，冲那畜生猛扔石头。石头撞在河床里的巨石上弹飞出去，声音好似瓷器坠地。那些人跺着脚来回奔走，相互提醒说猎物肯定还在附近。我们靠步行走不了多远。基本逻辑推理也许会破坏法师们的最大努力。

我吓得膝盖打战，双手发抖，直犯恶心。我们最近险象环生，恐惧感逐渐积聚。我有个迷信的想法，觉得自己送命的概率越来越大。

早先那些重振军心的豪气真是不知深浅啊，没头没脑的惧意揭穿了它的虚幻实质。在浮光之下，我还是那个失败主义者，自从撤下泪雨天梯就未曾改变。我的战争已然结束，而且注定失败。我所能做的只剩逃跑。

陌路似乎也想活动两下。我目露凶光。他服了。

一股轻风搅动枯叶，我身上的汗水被吹干，心中恐惧也略微平息。

巡逻队重新上马，吵吵嚷嚷地继续前进。我眼见他们从前方经过，道路由此随着山势转向东方。他们身穿上好的锁子甲，外罩大红号衣，头盔和武器同样质量上乘。叛军正在蓬勃发展，当初他们不过是一群手拿农具的乌合之众。

“咱们可以把他们吃掉。”有个人说道。

“别傻了！”副团长斥道，“现在他们还不清楚看见的是什么人。如果咱们动手，叛军就全明白了。”

我们可不想在就快到家的时候暴露行藏。此处没有闪转腾挪的余地。

发话那人是在连续撤退途中黏上我们的败兵之一。“兄弟，如果你想跟我们混，那最好搞清楚一件事：万不得已的时候再动手。你知道，咱们的人也可能会受伤。”

他闷哼一声。

“他们走了，”副团长说，“行动起来。”他一马当先朝草地对面的嶙峋山坡走去。我不禁呻吟起来。又要翻山越岭。

我浑身上下就没有不疼的地方。疲惫几乎要将我出卖。人类的身体构造可不是为了背着六十磅的包裹，从早到晚不停赶路。

“你刚才脑子还真他妈快。”我对沉默说。

他耸了耸肩，以沉默接受了这句赞扬。跟平常一样。

我们趴在绿草如茵的山腰。高塔耸立在南方地平线上。哪怕相隔十里，那座玄武岩方块也显得恐怖骇人，而且跟背景毫不协调。人们总觉得高塔周围应当是一片荒凉的废土，至少永远处于凛冬。但我们眼前是一望无垠的草原，座座农舍点缀在平缓丘陵的南坡。又深又缓的溪水蜿蜒流过，河岸上林木茂盛。

靠近高塔的地方确实少了几分田园风光，但绝对不是面色阴沉的叛军宣传员口中那副模样。没有硫黄和满是地缝的荒原，没有奇形怪状的邪恶生物在人骨堆里逡巡，没有永远在空中翻滚呼啸的黑云。

副团长说："附近没有巡逻队。碎嘴、独眼，动手吧。"

我搭好弓弦。地精掏出三支早就备好的箭，每支顶端都有个蓝色圆球。独眼往一个球上撒了点灰色粉末，把箭递给我。我瞄准太阳，开弓放箭。

难以逼视的蓝色火光在空中闪亮，进而落向峡谷。接着是第二支、第三支。火球排成整齐的队列，与其说是坠落，倒更像是滑翔。

"咱们等着吧。"地精尖声说道，随即往高高草丛里一躺。

"但愿朋友们先到。"附近的叛军肯定会对信号弹进行调查，但我们必须召唤援助，光靠这支小队不可能悄悄摸过叛军警戒线。

"趴下！"副团长喝道，这里的草地足以掩藏匍匐的人影，"三班，放哨。"

有几个人发起了牢骚，抱怨说应该轮到另一个班了。但他们发完这段例行公事的牢骚后，便进入警戒位置。所有人都很乐观。我们不是已经把山谷里那些蠢蛋甩掉了吗？还有什么能阻止我们？

我枕在背包上，看着漫天积云庄严肃穆地缓缓飘过。这是个清新怡人的好天气，几乎像是春季。

我的目光落在高塔上，心里不禁一沉。战斗即将打响。飞羽和陌路被俘，很可能刺激叛军采取行动。他俩肯定会泄露机密。只要夫人亲自问话，谁也别想避而不答，或是凭空扯谎。

我听到一阵窸窸窣窣的声响，连忙扭头看去，结果跟一条蛇四目相对。它有张人脸。我正要叫喊，却认出了那个愚蠢的笑容。

独眼。正是他那张丑脸的缩小版，只不过多了只眼睛，少了顶软趴趴的帽子。小蛇暗自窃笑，挤了挤眼，从我胸口爬过。

“又来了。”我嘟囔一句，坐起身来准备看戏。

草丛中突然一阵扑腾。片刻之后，地精冒出头来，脸上挂着好似交了狗屎运的笑容。草丛沙沙作响。兔子大小的动物从我身边跑过，血淋淋的尖牙中叼着一块块蛇身。看来是地精自制的猫鼬。

地精又提前料到了独眼的把戏。

独眼发一声喊，跳起来破口大骂。他的帽子打着转，黑烟从鼻孔喷出，喊叫时嘴里直冒火。

地精那副欢呼雀跃的样子，就像食人族面对一顿上好的人肉。他用食指画出圆圈，淡橙色光环在空中闪烁。他把这些东西扔向独眼，套在小个子身上。地精像头海豹似地叫唤两声，套圈开始收紧。

独眼连声怪叫，化解了这些光环。他双手做出投掷动作，褐色的球体飞向地精。它们在空中爆炸，放出几团蝴蝶，朝地精双眼扑去。地精做了个后空翻，在草丛间慌忙逃窜，犹如躲避猫头鹰的小老鼠；同时还没忘了施展出反制法术。

空中生出花朵，每朵花都长着嘴，每张嘴都生有海象似的长牙。这些花朵用獠牙扎穿蝴蝶翅膀，满意地大嚼蝶身。地精笑得满地打滚。

独眼连声咒骂，一块蔚蓝色横幅从他嘴里喷出，银色文字彰显出他对地精的看法。

“别闹了！”副团长终于暴喝一声，“现在用不着你们把敌人招来。”

“太晚了，副团长，”有个人说，“看那下面。”

不少士兵正朝这边靠近。一身红装的士兵，号衣上还画着白玫瑰。我们连忙趴进草里，好似一群进洞的土拨鼠。

山坡上怨声载道，大都是威胁独眼，要他小心上刀山下油锅的下场。还有一小部分把地精也扯了进来，谁让他参与这场害我们暴露行藏的烟火表演。

一时间号角齐鸣。叛军拉开阵势，准备对这座山丘发动攻击。

破空之声突然响起。一道黑影从山顶掠过，带起的风势刮倒了沿途草丛。“劫将。”我低声道，随即探出头去，看到一张飞毯侧滑着拐入山谷。“搜魂？”我不敢确定。这种距离根本看不清是谁。

飞毯冲入密集箭雨。黄绿色雾气罩在毯子上，留下一道尾波，一度让我想起挂在天上的彗星。黄绿雾气渐渐散开，形成根根丝线。其中有几根借着轻风飘向我们这边。

我抬头望去。彗星还挂在地平线上，像天神的弯刀。它已经出现了很长时间，我们几乎不再留意。不知道叛军是否同样熟视无睹。对他们来说，彗星是个天大的吉兆，预示着即将到来的战役必定胜利。

惨叫声从下方传来。飞毯沿着叛军阵线掠过，在弓箭射程之外顺风滑翔。黄绿色细线完全散开，几乎肉眼难辨。惨叫声来自被细线碰到的叛军，雾丝沾身的地方出现了骇人的绿色伤口。

有几条线似乎打定主意朝我们飘来。

副团长眼见不妙，“离开这里，伙计们。以防万一。”他抬手迎风指去。有根雾丝很可能斜飞过来，碰到我们。

我们匆匆忙忙跑了三百来米。那根线在空中徐徐蠕动，扭摆着朝这边飘来。它在追我们！那劫将凝神观望，不再理会叛军。

“狗杂种要杀咱们！”我喊道。恐惧把我的双腿变成了果冻。这个劫将为什么要让我们变成一场意外的牺牲品？

如果那是搜魂……但搜魂是我们的老板，我们的保护人。佣兵团都带着他的徽章。他不会……

飞毯猛然刹住，劫将差点滚落下来。它急速飞入近旁的森林，就此不见踪影。细线失去控制，随风飘落，消失在草地间。

“什么鬼东西？”

“我靠！”

我转过身去，只见一道黑影正朝我们逼近，越变越大。原来是张巨型飞毯正迅速降落。毯子上探出几个脑袋。我们呆立当场，纷纷举起武器准备迎敌。

“是狼嚎。”我说。好似独狼啸月的吼叫印证了我的猜想。

飞毯落在旁边。“上来，你们这群蠢猪。动作快点，都上来。”

我开怀大笑，终于松了口气。来人正是团长。他站在飞毯边上手舞足蹈，像一头紧张的大熊。跟他同来的还有另外几名兄弟。我先把背包扔上去，然后拉住伸来帮忙的大手，“渡鸦，你这次来得可真是时候。”

“也许你更希望自己碰碰运气。”

“啥？”

“团长会告诉你的。”

所有人都爬上飞毯。团长狠狠瞪了飞羽和陌路两眼，便前前后后忙活着给众人安排座次，保持飞毯平衡。有个家伙独自坐在后面，看身量像个孩子，裹着层层叠叠的靛青纱巾。它一动不动，只是间或吼叫两声。

我打了个哆嗦，“你到底想说什么？”

“团长会告诉你的。”渡鸦又说了一遍。

“好吧。宝贝儿怎么样？”

“挺好的。”咱们的渡鸦可真健谈。

团长坐在我身边，“坏消息，碎嘴。”

“哦？”我装出睥睨天下的派头，“有话直说，爷抗得住。”

“硬汉子。”独眼说道。

“一点没错。铁钉当作早饭吃，赤手空拳打老虎。”

团长晃晃脑袋，“保持住这种幽默感。夫人要见你。一对一。”

我的心沉了几百尺，直接摔在地上。“哦，妈的，”我嘟囔道，“哦，该死。”

“嗯。”

“我到底干了什么？”

“你比我清楚。”

我的思绪急飞猛跑，仿佛一群耗子从猫咪身旁逃开。顷刻之间，我已经汗透重衣。

渡鸦说：“也没你想象的那么糟。她几乎算是客客气气。”

团长点点头，“这是一次邀请。”

“才怪。”

渡鸦说：“如果你突然消失，她肯定很不乐意。”

我一点也不觉得踏实。

“有些人满脑子浪漫情怀，”团长责备道，“她现在也爱上你了。”

他们永远不会忘记，永远不会放弃。我已经好几个月没写过那些浪漫小段了。“因为什么事？”

“她没说。”

余下的路程中，谁也没说话。伙计们坐在我身边，极力用老一套的兄弟情谊替我宽心。

回到营地时，团长突然开口道：“夫人让咱们把兵力补充到一千。咱们可以从北方带来的那些部队中征募志愿者。”

“好消息，真是好消息。”这件事值得好好庆祝。两百年来我们头一次得以发展壮大。肯定有不少散兵游勇希望把效忠对象从劫将换成黑色佣兵团。我们眼下正得宠，威望日隆。而且作为雇佣兵，我们的待遇在帝国军里是最好的。

但一想到必须去见夫人，我就兴奋不起来。

飞毯落在兵营里，众家兄弟围了上来，急于打听我们干得如何。各种谎言和逗趣的恐吓此起彼伏。

团长说：“你待着别动，碎嘴。地精、沉默、独眼，你们也是。”他指指两名囚犯，“把货送过去。”

其余同伴跳下去时，宝贝儿从人群中跑了出来。渡鸦冲她大吼大叫，但女孩全当没听见。宝贝儿三两下爬上飞毯，手里抱着渡鸦给她刻的玩偶。那东西穿了身精工细作的小衣袍，打扮得整整齐齐。她把玩偶递给我，飞快地比画手语。

渡鸦又吼了几声。我试图打断宝贝儿，但她一门心思要给我讲玩偶的服装。有些人可能觉得宝贝儿迟钝蠢笨，而且年纪尚小，见到个好玩意儿就美上天了。其实不然。宝贝儿的头脑快似剃刀。她爬上飞毯时很清楚自己在干什么。她是真想上天。

“宝宝，”我大声说道，同时打着手语，“你必须下去。我们就要……”

狼嚎已经升起了飞毯，渡鸦怒不可遏地大吼大叫。独眼、地精和沉默都瞪着他。他又嚷了几句。飞毯继续攀升。

“坐好。”我对宝贝儿说。她坐在飞羽身旁，早把玩偶忘在脑后，只问了问我们这趟冒险情况如何。我跟她讲了一路。宝贝儿的精力大都花在俯瞰大地、而不是听我说话上，但她没有漏掉半点细节。等我讲完后，女孩看了看飞羽和陌路，脸上露出成年人才有的怜悯。宝贝儿并不关心我跟夫人的约会，但告别时抱了抱我以示安慰。

狼嚎的飞毯从塔顶飘走，我没精打采地跟他们挥手告别。宝贝儿送了我一个飞吻。地精拍拍胸口，我摸了摸他在王侯城送给我的护身符。好歹算个小小安慰。

几名禁军卫兵把飞羽和陌路捆在担架上。“那我呢？”我心里毛毛地问。

一位队长说：“你就在这儿等着。”其他人离开后，他留在我身边，试图闲聊两句，但我实在没心情。

我走到高塔边缘，眺望夫人麾下大军正在建造的宏大防御工事。

当年建造这座高塔时，从别处运来了大量玄武岩石材。它们先被统一切割，进而堆砌成正方体巨塔。废料、碎片、切割时破损的石块、不合用的石材，以及多余的材料都扔在高塔周围，形成一道比任何壕沟都有效的乱石岗，宽将近两里。

但在北面留出了一角缺口，像切下来的一牙馅饼。这里没有堆放任何杂物，它是通向高塔的唯一陆路通道。夫人的军队正在这条弧形战线上做着战前准备。

彗星仍旧高挂天空。下面干活的人都不会认为自己的劳作能够改变战斗结果，但每个人都在卖力干活，因为劳动可以缓解恐惧。

凹槽两侧逐渐升高，与乱石岗接壤。一道木栅栏堵在外围入口处。我们的营地就在栅栏后面。而营地后方则是一条三十尺深、三十尺宽的壕沟，往后一百码是另一条，再往后一百码则是正在挖掘的第三条。

挖出的土方都被运向内环，倒在十二尺高的圆木护墙后面。敌人和我军步卒在下方交战时，将遭到土墙上的弓手打击。

往后一百码是第二道护墙，以及另一座十二尺高台。夫人打算把部队分成三股大军，每层安排一支，迫使叛军连续进行三场战斗。

最后一道护墙后方两百尺左右，矗立着一座土制金字塔。它现在已经有七十尺高，四面斜坡大约三十五度。

所有这一切都显得井井有条。地面有些部分被挖空了几尺，但总的来看还是平得好似桌面。地上种着草，茎叶基本被我们的牲畜吃光，看上去像是精心修剪的草坪。石质道路纵横交错，但未得命令便随便乱逛的人绝没好果子吃。

在中部阵地上，弓手们正向后面两道壕沟间的空地射箭。他们练习时，几名军官调整箭矢架的位置，方便弓手拿取。

在最上面的阵地中，不少禁军围着弩机忙忙碌碌，计算弹道和杀伤力，用它们攻击更远处的目标。每台弩机附近都停放着装满弹药的手推车。

跟草地和平整的路面一样，这些准备工作也显露出对秩序的执迷。

在最下层，有些工人正在拆除几小段护墙。真奇怪。

我瞥见一张飞毯朝这边逼近，便扭头看去。它落在塔顶。四名士兵走了下来，他们动作僵硬，步履蹒跚，看来一路上被风吹得不轻。有位下士把他们领走。

东方的军队正朝我们前进，意图赶在叛军总攻之前到达，当然希望实在渺茫。劫将们夜以继日地飞来飞去，尽可能运送更多人力。

下面有人叫喊。我扭头看去……慌忙抬起胳膊。砰！冲力把我撞出去十几尺，在空中连打了几个转。替我充当向导的卫兵高叫起来。地板扑面而来。人们吵嚷着冲到我身边。

我翻过身，试图站起来，结果踩在血上滑了一跤。血！我的血！从左大臂内侧直往外喷。我惊讶地瞪着无神的双眼，凝视这道伤口。搞什么鬼？

“躺下，”禁军队长喝令道，“快点，”他狠狠扇了我一巴掌，“赶紧。告诉我该怎么做。”

“止血带，”我嘶哑地说，“在胳膊上绑个东西。先止血。”

他揪下自己的腰带。很好，脑子挺快。这是最好的止血带之一。我试图坐起身，指导他该如何处理。

“把他按住，”队长对几个旁观者说，“福斯特！怎么回事？”

“有个弩机从上层掉下去，结果走了火。他们忙活得像群小鸡崽儿。”

“不是意外，”我喘息着说，“有人想杀我。”恍惚之间，我脑海中只有那根在风中飘摆的黄绿细线，“为什么？”

“你告诉我吧，伙计，这样咱俩就都能知道了。你们，找副担架来。”他把腰带又勒紧了几分，“不会有事的，朋友。我们马上带你去找医师。”

“动脉破裂，”我说，“相当棘手。”我耳朵里嗡嗡直响。整个世界开始缓慢转动，逐渐变冷。我心头一惊，我流了多少血？这位队长办事利索。时间还够。只要那医师不是屠夫……

队长揪过一名下士，“去看看下面到底怎么回事。刨根问底，别容他们扯淡。”

担架来了。他们把我弄上去，抬了起来。我失去意识……

我在一间小手术室醒来。替我疗伤的人既是医师也是巫师。“比我的手艺强多了。”等他处理完伤口，我评价道。

“疼吗？”

“不疼。”

“过会儿就要疼得钻心了。”

“我知道。”这种话我已经说过多少遍？

禁军队长走了过来，“情况还好吗？”

“搞定了。”医师紧接着又对我说，“别干活，别运动，别跟女人鬼混。这些规矩你都明白。”

“我明白。固定吊带？”

他点点头，“我们还会把你的胳膊绑在身上，固定几天。”

那队长转来转去，好似热锅上的蚂蚁。“知道是怎么回事了吗？”我问。

“还不知道。管弩机的那帮人也说不清楚，它就那么掉出去了。也许算你走运吧。”他想起我刚才说过有人要杀我。

我摸了摸地精那个护身符，“也许。”

“我不想这么做，”他说，“但必须带你去见夫人。”

恐惧袭来。“到底什么事？”

“你比我清楚。”

“我真不知道。”我有种影影绰绰的猜测，但又强迫自己赶紧忘掉。

这里似乎有两座高塔，一层套着一层。外侧是帝国权力中心，夫人的各色官员群集于此。内塔对他们来说充满压迫感，就跟整个高塔对于我们一样。内塔占据了三分之一体积，仅有一个入口。进去过的人寥寥无几。

我们到达入口时，大门已经敞开。这里没有卫兵。我估计根本不需要。按说我本该吓破了胆，但此刻只觉昏昏沉沉。队长说：“我就在这儿等。”他把我放在一张轮椅上，用力推过门扉。我紧闭双眼，心脏怦怦直跳，就此进入内塔。

大门轰然关闭。轮椅滑过很长距离，又拐了几个弯。我不知道它是靠什么驱动的，也不敢睁眼看。轮椅突然停止运动。我默默等待。一点动静也没有。好奇心占了上风。我眨眨眼。

她站在高塔中眺望北方，纤细的柔荑交握胸前。一缕微风从窗口悄悄溜进，卷起她黑如午夜的发丝。钻石般的泪珠在线条柔美的面颊上闪烁微光。

我一年多前写下的字句再度出现。眼前这个场景就出自那篇故事，可以说分毫不差，甚至包括我想到但没写出的细节。这段幻想似乎被人从我脑中整个挖出，继而赋予生命。

当然，我连一秒钟都没相信过这个幻象。这里是高塔内部，这令人生畏的建筑没有窗口。

夫人转过身。我看到了所有男人的梦中情人。完美无瑕。她不用开口，我已经知道她的声音、她的语调，还有字句间的停顿呼吸。她不用动，我已经知道她举手投足的做派、走路的步态，还有欢笑时会抬手抚在咽喉的细微动作。自打进入青春期，我就认识眼前这个人。

转眼之间，我明白了那些老故事讲到她倾国倾城是什么意思。帝王本人肯定也要为她的风韵倾倒。

我虽然心神荡漾，但理智防线并没被冲垮。尽管我心中充满欲求，但还没忘记与地精和独眼为伍的这些年月。只要有魔法存在，就不能相信事物的表象。漂亮，的确，但都是镜花水月。

她聚精会神地端详着我，正如我聚精会神地端详着她。

“咱们又见面了。”她的声音完全符合我的想象，甚至更加美妙，还带点幽默感。

“是啊。”我哑着嗓子说。

“你害怕了。”

“当然害怕。”也许白痴会否认这一点。也许吧。

“你受伤了。”她轻移莲步走了过来。我点点头，心跳继续加速。“如果不是事关重大，我不会硬要你来。”

我又点点头，怕得说不出话，又感觉一头雾水。眼前这位乃是夫人，千百年来的魔王，化作人形的暗影，守在黑暗罗网中心的毒蜘蛛，邪恶的半神女王。有什么事能重要到让她注意我这种凡夫俗子？

我不敢承认的猜测又涌上心头。我跟大人物们的重要交集屈指可数。

“有人想杀你。是谁？”

“我不知道。”空中的劫将。黄绿色细线。

“为什么？”

“我不知道。”

“你知道。即便你不认为自己知道。”美妙声音中擦过一丝火星。

我原本做了最坏打算，但此刻被幻梦迷惑，放下了戒心。

空气嗡嗡作响。一团浅黄光芒在她头顶出现。夫人凑得更近，身影变得模糊——除了那张脸和那团光。娇美的脸庞变得无边无际，赫然逼近。黄光充斥天地。我面前仅剩一只眼睛……魔眼！我记起了云雾森林中的魔眼，试图扬起双臂护住脸面，但却动弹不得。我估计自己在尖叫。妈的。我知道自己在尖叫。

那些问题我没有听见，但答案直接从我脑海涌出，伴着各色各样的想法，就如油滴在清澈平静的水面扩散。我再也没有任何秘密。

没有秘密。任何曾经有过的想法都无从藏匿。

恐惧像条惊悸的毒蛇在我心中扭动。我写过那些愚蠢的浪漫故事，这没错，但我也有过猜疑和反感。像她这样黑心烂肺的魔王，肯定会因为这些忤逆念头把我除掉……

不对。她在邪恶魔力中固若金汤。她不须要压制部属的疑虑、猜忌和恐惧；反倒会嘲笑我们的良心和道德准则。

这次跟我们在森林中的会面并不完全一样。我没有丧失记忆，只是没听见她提出的问题。不过我回答了自己跟劫将们的关系，所以不难推断出夫人问了什么。

她正调查我在泪雨天梯就开始怀疑的东西。我这下子算是跌进了有史以来最致命的陷阱；一边是劫将，一边是夫人。

黑暗笼罩。然后苏醒。

她站在高塔中眺望北方……钻石般的泪珠在面颊上闪烁微光。

在我内心深处，有个碎嘴还没被吓倒，“我就是在这段场景中登场的。”

她看着我面露微笑，款步走上前来，用举世无双的甜美玉指轻轻碰触。

所有恐惧烟消云散。

所有黑暗重又降临。

我醒来时，看到走廊墙壁从两侧向后退去。禁军队长正推着我往前走。“你还好吗？”他问。

我大致检查了自己一遍，什么零件都不缺，“挺好的。你这是要把我送到哪儿去？”

“正门。她说让你回去。”

就这么完了？哦。我摸了摸自己的伤口。完全愈合。我摇摇头，这种事可从没发生在我身上。

我在弩机出毛病的地方驻足片刻。这儿没什么可看，也没人可问。我走到中间那层，找到个正在那里拆墙的伙计。他们接到命令，要安装一个十二尺宽、十八尺高的密封箱。他们也不知道是干吗用的。

我举目扫过整道护墙。十几个类似的地点正在建设中。

我一瘸一拐走进营地时，所有人都目不转睛地看着。他们憋得难受，既因说不出口的问题，也因无法表达的关心。只有宝贝儿不管这套约定俗成的游戏。她捏了捏我的手，露出灿烂的笑容，飞快地打起了手语。

她问出了男子气概不允许同伴们提出的问题。“慢点。”我对她说。我的手语还不够纯熟，看不懂她比画的所有字句，但那份欢乐足以传情达意。我察觉到有人正朝这边走来时，脸上已经露出笑容。我抬头看去，是渡鸦。

“团长找你。”他显得有点冷漠。

“猜到了。”我做出告别的手势，抬腿朝指挥部走去。我一点也不着急。如今凡人是吓不住我了。

我走在路上，回头看了一眼。渡鸦一脸迷惑。他揽着宝贝儿的肩头，像只抱窝的母鸡。团长没有摆出往日的做派，也省却了惯常的咆哮。除了我们只有独眼在场，就连法师也只想赶紧谈公事。

“咱们有麻烦？”团长说。

“此话怎讲？”

“山上到底怎么回事。不是意外，嗯？夫人把你找去，半小时后一名劫将消失了。你在塔上遇到意外。你受了重伤，但谁也说不清是怎么回事。”

独眼说：“我的理性认为这些事都有关联。”

团长补充道：“昨天我们听说你快咽气了。今天看你活蹦乱跳的。魔法？”

“昨天？”时间再度消失。我掀开帐篷门帘，注视远方高塔，“看来又在山中仙境待了一夜。”

“是意外吗？”独眼问。

“不是意外。”我说。夫人觉得不是。

“团长，这就对了。”

团长说：“昨晚有人差点捅了渡鸦。宝贝儿把他赶跑了。”

“渡鸦？宝贝儿？”

“有什么动静惊醒了她。宝贝儿用木偶敲了那人的脑袋。不管是谁，反正是跑了。”

“诡异。”

“那是肯定的。”独眼说，“为什么渡鸦睡得像头死猪，一个聋孩子倒醒了？渡鸦能听见苍蝇挪步。感觉像是巫术，催眠术。那孩子不应该醒的。”

团长插话进来：“渡鸦。你。劫将。夫人。谋杀。高塔中的面谈。你知道答案，有屁快放。”

“不情愿”三个字就写在我脸上。

“你跟老艾说，咱们应该和搜魂划清界限。此话怎讲？搜魂对咱不错。你们除掉铁汉时出了什么事？只要把话传开，那么杀你就毫无意义了。”

好主意。我只是希望能拿到确凿证据，再开口放炮。“我估计劫将中有个针对夫人的阴谋。搜魂和风暴使可能跟这件事有瓜葛。”我把刺杀铁汉和俘虏私语的细节复述了一遍，“他们让吊男咽了气，化身很不痛快。我认为瘸子没有参与。他上了套，不知不觉间被人操纵。夫人也是。可能瘸子和吊男是她的拥护者。”

独眼似乎若有所思，“你确定这里面有搜魂的事？”

“我什么都不确定，但现在出什么事我都不会吃惊。早在绿玉城，我就觉得他是在利用咱们。”

团长点点头，“肯定的。我让独眼做了个护身符。倘若有某位劫将靠近，它就能警告你。且不说这有什么用吧，但我觉得不会再有人来找你的麻烦。叛军开始行动了。这是所有人的首要任务。”

一连串逻辑链条穿成一个结论。线索早就有了，只需要轻推两下摆进恰当位置。“我大概知道是怎么回事了。夫人是个篡位者。”

独眼问：“那些戴面具的小子里有某个人，想按她对付男人的法子对付她？”

“不。他们想把帝王请回来。”

“什么？”

“他还在北方，深埋地下。大法师波曼兹为夫人打开通道时，她阻止了帝王复活。他可能跟某个忠于自己的劫将取得了联系。波曼兹早已证明，同埋在大坟茔里的人联系是可行的。他甚至可能在指引盟会中的某些人。铁汉也是个魔鬼，不逊于任何劫将。”

独眼沉思片刻，做出预言：“这场战斗会走向失败。夫人将被推翻，忠于她的劫将难逃一死，忠于她的部队就此消亡。但叛军的理想主义和崇高精神也将随之灰飞烟灭，从本质上说，这就意味着白玫瑰的失败。”

我点点头，“彗星挂在天空，但叛军还没找到预言中的孩子。”

“对。你刚才说也许帝王在影响盟会，这话可能正中靶心。没错。”

“在战后的混乱时期，等他们争抢战利品时，恶魔将横空出世。”我说。

“那咱们要扮演什么角色？”团长问道。

“问题应该是，”我答道，“咱们如何逃出生天。”

几张飞毯来来往往，好像一群苍蝇绕着尸体乱转。私语、狼嚎、无名、噬骨和吞月的部队距离高塔还有八到十二天的路程，正在陆续集结。东方部队不断从空中补充进来。

木栅栏上的营门每时每刻都有部队进出，他们不断对叛军进行骚扰。敌人已经把营盘挪到距离高塔不到五里的位置。黑色佣兵团也时而派出几支小队进行夜袭，并由地精、独眼和沉默辅助。但这样做似乎毫无意义。叛军兵力具有压倒性优势，打了就跑的战术不会起到任何实质效果。我不明白夫人为什么要不断刺激叛军。

防御工事修筑完毕。屏障准备停当，陷阱安设到位。如今我们所能做的只有等待。

我们带着飞羽和陌路返回后已经过了六天。我本以为他俩被俘会刺激敌人采取行动，但叛军还是磨磨蹭蹭。独眼认为他们希望在最后一刻找到白玫瑰。

抽签的事仍旧悬而未决。每层都将由三名劫将带领配属给他们的部队进行防御。有谣传说夫人要亲自指挥坚守金字塔的军力。

谁也不想守卫第一线。无论战事如何发展，那些队伍都会遭到重创。所以才要抽签。

再没有人对渡鸦和我下手。我们的敌人正在用其他手段掩藏痕迹。反正现在干掉我们为时已晚：我已经见过夫人了。

战争态势发生转变。返回营地的骚扰部队开始显露疲态，像是吃了败仗，士气低迷。敌人再次移动营寨。

一名传令兵找到团长。他召来所有军官，“开始了。夫人把劫将们叫去抽签。”他脸上有种奇怪的表情，主要成分是震惊，“咱们接到一个特殊命令。来自夫人本人！”

嘀咕呢喃牢骚抱怨，所有人都惴惴不安。她向来把最艰巨的任务交给佣兵团。估计我们肯定要被安排在第一线，对付叛军精锐部队。

“咱们立即拔营，到金字塔上集合。”上百个问题如蜂群嗡嗡作响。团长又说，“她要咱们担任贴身保镖。”

“禁军肯定不喜欢这个主意。”我说。不过，反正他们也不喜欢佣兵团，只因为曾在泪雨天梯被迫接受团长领导。

“你觉得他们会跟夫人较劲，碎嘴？先生们，老板说走，咱们就走。你们想议论一番，那就在拔营的时候聊。注意别让人听见。”

对佣兵团来说，这是个好消息。我们不光可以避开最惨烈的战斗，而且还有退入高塔的机会。

我就这么肯定帝国军在劫难逃？我的消极情绪是否反映了大众的态度？这支军队是否在交战前就被击溃了？

彗星挂在天上。

我们拔营起寨，随着被赶入高塔的牲口往后撤。我端详彗星，突然明白了叛军为什么磨蹭。他们希望在最后一刻找到白玫瑰，这话没错。另外，他们也想等彗星到达更有利的位置，也就是它的近地点。

我嘟囔了几句。

渡鸦走在我身边，背着他的装备和一包属于宝贝儿的东西。他咕哝道：“嗯？”

“他们还没找到那神奇小子。就算是叛军，也不能什么事都称心如意。”

他怪怪地瞥了我一眼，几乎透出猜疑，“暂时，”他说，“暂时。”

后方传来一阵喧嚣，叛军骑兵正朝栅栏上的哨兵投掷标枪。渡鸦连头都没回。那不过是试探而已。

金字塔上虽说有点拥挤，但视野好得出奇。“希望咱们不用在这儿待太久，”我顿了顿又说，“回头治疗伤员，肯定要忙得屁股冒烟。”

叛军将营盘挪到距离栅栏不到半里的位置，汇成一支大军。栅栏附近不断发生小规模战斗。我们的部队大都已经各就各位。

第一层主要由曾在北方参战的部队组成，再加上夫人放弃的那些城中守军。他们一共九千人，分成三队。中央由风暴使指挥。要是我分配任务，她应该在金字塔上召唤飓风。

侧翼分别是吞月和噬骨，我从没见过的两名劫将。

六千人占据了第二层，同样分成三股，大都是从东部军抽调来的弓箭手。他们勇猛强悍，而且意志远比下面的人坚定。他们的指挥官从左到右分别是无面或称无名、狼嚎和夜游神。不计其数的箭架码放在阵中。我不知道如果敌人突破第一道防线，这些弓手会如何应对。

第三层是操纵弩机的禁军。私语带领一千五百名东部军把守左翼，化身率领一千西方军和南方军防御右翼。在金字塔正下方，搜魂指挥着禁军和珍宝诸城的盟军。他的部队有两千五百人。

而黑色佣兵团端坐金字塔，足有一千兵勇，刀枪在手，旗号鲜明。

就这些了。大约两万一千人，对抗十倍以上的敌军。人数并非永远都是胜败的关键。编年史中记载了许多佣兵团以少胜多的战役。但眼下不同。局面过于僵化，根本没有后退和机动的余地，前进更不可能。

叛军来真格的了。木栅栏附近的守军迅速撤退，拆掉了三条壕沟上的栈桥。叛军没有追击，反倒开始拆卸栅栏。

“他们跟夫人一样，干起活来有条不紊。”我对老艾说。

“对头。他们会用这些木桩在壕沟上架桥。”

他猜错了，但我们眼下还不知道。

“东部军还要七天才能赶到。”日落时分，我小声嘟囔了一句，又转头望向巨大黑沉的方形高塔。在一开始的散兵战中，夫人并未出现。

“更有可能是九到十天，”老艾反驳道，“他们会集结好再赶过来。”

“对。我早该想到。”

我们吃着干燥食品，睡在土堆上。第二天早晨，我们在叛军的号角声中醒来。

敌军阵列一眼望不到头。一排活动掩体开始前进，看来是用那些木栅栏制成的。它们组成一道移动木墙，把那一角馅饼形通道塞得满满当当。重型弩机砰砰作响。大投石车扔出石块和火球。不过，它们造成的伤害几乎可以忽略不计。

叛军敢死队开始用从营地运来的木料在第一道壕沟上架桥。垫底的是巨型圆木，一根根足有五十尺长，不受火箭影响。他们必须用吊架码放这些木料。安装和操作器械时，敢死队完全没有掩蔽。射程很远的禁军弩机让他们付出了高昂代价。

叛军工兵在原本树立木栅栏的地方忙忙碌碌，装配着带轮子的箭塔和坡道车，准备推上第一层。木匠们正在制造云梯。我没看到任何投掷机械，估计他们准备越过壕沟后，凭借人数优势将我们淹没。

副团长很了解攻城战。我向他打听："他们打算怎么把那些箭塔和坡道车弄上来？"

"他们会填平壕沟。"

他说得对。叛军刚在第一道壕沟上架好桥梁，活动掩体就开始推进，各种大车小车手推车载着石块土方冲上前来。辎重兵和牲畜死伤无算。许多尸体成了填沟的材料。

敢死队移动到第二道壕沟，组装起吊架。盟会没有为他们提供护卫队。风暴使把弓手派到最后一道壕沟边缘，禁军用弩机倾泻火力。敢死队损失惨重。但敌人只是派上更多人手。

十一点左右，叛军开始将活动掩体移过第二道壕沟。大小车辆带着泥土通过了第一道。

敢死队顶着铺天盖地的箭雨，冲向最后一道壕沟准备架桥。守在中段的弓兵把箭矢射得老高，最终几乎垂直落下。弩机改变目标，把移动掩体轰成木渣碎屑。但叛军还是源源不断。在吞月那一侧，他们将一组支撑圆木架在了沟上。

吞月发动攻击，带领一支精挑细选的部队冲过壕沟。他的攻势异常猛烈，把叛军敢死队赶回了第二道壕沟。劫将毁掉敢死队的设备，继续攻击。这时，叛军调上一个人数众多的重装步兵方阵。吞月毁掉

第二条沟上的栈桥，立即撤回阵中。

叛军不为所动，重新架设桥梁，用步兵保护敢死队朝最后一条壕沟移动。风暴使的狙击队撤了回来。

从中段发射的箭矢好似漫天鹅毛大雪，持续不断，密度均匀。这场面相当壮观。叛军部队如破堤洪水般涌入这个绞肉机。一条伤员组成的河流则朝反方向移动。到了第三道壕沟，敢死队都躲在掩体下面，祈祷挡箭牌不会被禁军轰碎。

此时日头西斜，在汪洋血海中投下长长的黑影。我估计叛军已经损失了一万人，可连我们的边儿都没摸到。

那一天，无论是劫将还是盟会都没有施展神通。夫人也未曾走出高塔。

等待东方援军的日子又少了一天。

日落时分，战事停止。我们吃了东西。叛军换上另一批人手填埋壕沟。他们拥有先前那批人马已经耗尽的精气神儿。叛军的策略显而易见。他们会不断换上预备队，把我们拖垮。

黑夜是属于劫将的时间。他们的守势到此为止。

起初我几乎什么都看不清，所以说不好是谁动的手。估计化身已经变换形态，溜进了敌军阵营。

满天星辰被汹涌翻腾的浓云遮蔽。冷风席卷大地，势头渐强，呼啸不止。一群长有革质翅膀的东西乘风而来，是一臂长的飞蛇；它们的嘶叫声盖过了风暴喧腾。惊雷滚滚，电光烁烁，不断击毁敌军器械。光亮映出一群巨人，它们拖着沉重步伐从废石荒野靠近战场，像小孩扔球似地投掷巨石。有个家伙抄起一根架桥圆木，当作双头棒砸碎了许多攻城箭塔和坡道车。借着闪烁跃动的电光，可以看出它们由石头组成，那些玄武岩碎块聚拢起来，变作略具人形的东西，一个个奇形怪状、硕大无朋。

大地震动。平原上有些地方放射出胆汁绿色的光芒。许多十尺长的橙色虫子在敌阵中蠕动，周身发亮，布满血红条纹。倾盆大雨和燃烧的硫黄从天而降。

夜幕吐出许许多多恐怖之物：吃人的青蛙、杀人的昆虫，还有我们在泪雨天梯见识过的岩浆。这还只是几分钟内的景象。盟会随即做出反应，各种异相渐渐消散，不过有些需要好几个小时才能彻底化解。盟会始终没有进攻。劫将实在太过强大。

到了午夜时分，一切都平息下来。叛军放弃了所有努力，只管在最远处的壕沟填土。暴雨变成绵绵不绝的大雨。它让叛军倍感痛苦，但并未造成实质伤害。我躺在兄弟们之间，入睡时脑子里还在想，能待在干燥的地方真是幸福。

黎明。我终于看清了劫将们的杰作。尸横遍野，大都支离破碎。叛军花了整整一上午才清理完毕，然后继续进攻壕沟。

团长从高塔接到命令。他把我们召集起来，“上面说，咱们昨天损失了化身。”他意味深长地看了我一眼，接着说，“当时的情况有些疑点。上头要咱们保持警惕。也就是说你，独眼，还有你们，地精和沉默。如果看到任何可疑的东西，赶紧通知高塔。明白吗？”法师们点点头。

化身死了。肯定让对方费了不少工夫。

“叛军损失什么重要人物了吗？”我问。

“胡子、牧人、塔玛拉斯克。但他们可以被取代。化身不行。”

流言四下涌动。据说盟会成员是被某种好似大猫的东西干掉的。它疾如闪电，力大无比，那些人空有一身法力也难以抵挡。还有几十名叛军高官成了它的牺牲品。

我们想起在绿玉城碰到过类似的怪物。人们交头接耳。搜魂把邪兽用船带了回来。他用那怪物对付叛军来着？

我觉得不是。这次攻击符合化身的风格，化身喜欢潜进敌军营地……

独眼若有所思地走来走去，一副魂游身外的样子，甚至好几次撞到东西。他最终停下脚步，站在刚支好的伙房帐篷旁边，一拳捶向吊在帐篷上的火腿。

他想通了。搜魂曾派邪兽潜入营堡，屠尽市政官一家老小，然后用个傀儡控制住绿玉城，没有花费夫人严重超支的资源。当时搜魂和化身还是铁哥们，对不对？

他想通了杀死弟弟的到底是谁……但已经无法复仇了。

那天他在营里来回乱转，捶了火腿好几拳。

我随后找到渡鸦和宝贝儿。他们正在观战。我瞅了瞅化身的队伍。他的旗帜已经被换下。“渡鸦，那不是贾雷纳的旗号吗？”

“对。”他说着啐了口唾沫。

“化身不是坏人。作为劫将来说。”

“作为劫将来说，他们都不算太坏。只要你别碍他们的事。”渡鸦看着高塔，又啐了口唾沫，“眼下什么情况，碎嘴？”

“什么？”自打我们那次执行任务回来，他脾气一直不好。

“这场表演意义何在？她干吗要这么干？”

我不知道他到底在问什么，“我不知道。她又不会向我交底。”

渡鸦皱起眉头，“不会？”好像他不相信我！他耸耸肩又说，“很想搞清楚。”

“那是。”我看着宝贝儿。她被战斗彻底吸引住了，向渡鸦提出一连串问题。都不简单，感觉像是出自见习将官或是王子之口，总之是那些早晚要指挥大军的人。

“她不应该留在更安全的地方吗？”我问，“我是说……”

“哪儿？”渡鸦问道，“哪儿能比留在我身边更安全？”他语气生硬，狐疑地眯起眼睛。我吓了一跳，不再多问。

他是嫉妒我成了宝贝儿的朋友吗？我不知道。有关渡鸦的一切都很奇怪。

最远处的壕沟彻底消失，第二道沟槽也被填平夯实。叛军把剩下的箭塔和坡道车拉到我方炮火的攻击范围边缘。新的箭塔正在建造。新的掩体到处可见，每个后面都缩着不少人。

叛军敢死队迎着无情箭雨，在最后一道壕沟上搭桥。反击一次次阻挠了修建行动，但他们总会卷土重来。下午三点，叛军已经造好第八座桥。

大股步兵编队向前移动。他们拥过栈桥，进入箭雨风暴，胡乱攻击着我军前线，源源不断，前仆后继，在长枪、盾牌和利剑组成的高墙上撞得头破血流。尸体越堆越高，几乎填满了栈桥附近的壕沟，但他们还是不断冲锋。

我认出几个在玫瑰城和王侯城见过的旗号。精锐部队上来了。

他们跨过桥梁，整好队形，井然有序地步步进逼，向我军中部施加很大压力。在他们身后，第二道阵形正在集结，更强更深更宽。等整顿完毕，军官们引导它前进了几码，所有步兵都蹲在盾牌后面。

敢死队推上活动掩体，组成简陋的栅栏。我们的重型火力集中射击掩体。壕沟后方，无数人把土石拉到特定位置。

虽然底层部队是我方最不可靠的人马——我怀疑抽签时有作弊行为——但他们还是击退了叛军精锐。不过，胜利只让他们稍稍喘了口气，第二波大军随即攻来。

我们的阵线出现了裂缝。如果有路可逃，很可能就此崩溃。北方军已经养成逃跑的习惯。但他们被困在那里，不可能攀上高高的护墙。

第二波攻势也开始动摇。吞月从侧翼发动反击，击退了面前敌军。他毁掉大多数掩体，一度威胁到对方的栈桥。他的勇猛让我赞叹不已。

天色已晚。夫人还是没出现。我估计她从没怀疑过我们能否撑住。敌人发动了最后一次攻击，这波人浪几乎淹没我们的部队。有些叛军冲到了护墙前，试图攀登或是将它拆毁，但我们的人没有崩溃，永无休止的箭雨最终击退了敌军。

他们迅速撤退。新换上的部队躲在掩体后面。双方暂时停火，战场上只剩他们的敢死队。

“六天，”我自言自语道，“我觉得咱们撑不住。”

第一道防线肯定撑不过明天。敌军会拥上第二层。我们的弓手作为弓手威力无比，但我怀疑他们在肉搏战中能有什么表现。而且，一旦被迫展开白刃战，他们便无法继续攻击冲上来的敌军。到时候就轮到叛军箭塔逞威风了。

我们在金字塔顶后面挖了一条窄沟，当成厕所。团长在我最不体面的时候找上门来，“他们让你到最下层去，碎嘴。带上独眼和你的人。”

“干吗？”

“你是医师，对吧？”

“哦。”真蠢。我早该知道自己不可能踏踏实实做个旁观者。

其他人也到下面去了，执行着各种各样的任务。

虽然临时搭好的坡道拥挤不堪，但下去并不困难。从上层和金字塔来的人把弹药运给弓手（夫人肯定存了几百年的箭），将尸体和伤员抬上去。

“现在可是突袭咱们的大好时机，”我对独眼说，“只要冲上斜坡就行了。”

“他们跟咱们一样，正忙着干类似的活儿。”我们从搜魂身边走过，最近距离不到十尺。我抬手打了个模棱两可的招呼。他愣了片刻，也冲我挥挥手。我有种感觉，搜魂吃了一惊。

我们下了一层，又下一层，进入风暴使的辖区。

这里犹如地狱。每场战斗结束后场面都不好看，但我从没见过这般惨状。死尸和伤员铺满地面，很多是我方没精力结果的叛军。就连从上层下来的部队，也只是把他们踹到旁边，好救助自己人。四十尺外，叛军做着相同的事。双方彼此视而不见。

“感觉像是早先编年史里的场面，”我对独眼说，“也许是天裂之战。”

“天裂之战没这么血腥。”

“哦。”他当年在场。独眼可是个老资格。

我找到一名军官，问他该把急救站设在哪儿。他说我们可能对噬骨最有用。

我们继续前进，很不自在地从风暴使面前走过。独眼的护身符烫得我腕子生疼。

“是你朋友？”独眼讽刺地问。

“什么？”

“那老怪物看你的眼神可真带劲。”

我打了个哆嗦。黄绿细线。风中的劫将。可能是风暴使。

噬骨是个大块头，比化身还大。八尺高，六百磅的钢筋铁骨。他壮得近乎妖孽。鳄鱼似的血盆大口，据说当年会把敌人吃掉。有些老故事也将他称作碎骨，只因这一身怪力。

在我打量劫将的当口，他的一名副官让我们到最右翼去。那里的战斗并不激烈，所以还没有分配医疗队。

我们找到管事的营长。“支在这儿吧，”他对我们说，“我会把伤员送过来。”他看起来脸色阴沉，脾气乖戾。

他的一名部下主动跟我们搭话，“他上午还是个连长。今天损失了不少军官。”如果军官伤亡惨重，这些人就要顶到最前线指挥作战，以免部队崩溃。

独眼和我开始缝缝补补，“还以为你们这儿挺轻松。”

“轻松是相对的。”他狠狠地盯着我们。整天在金字塔上闲逛，还有脸说什么轻松。

借着火光行医可不容易。我们合作治疗了好几百人。每当我稍事停顿，缓解双手和肩膀的酸痛和僵直时，都会抬起头，迷惑不解地看一眼天空。我还以为劫将们今晚会继续狂欢呢。

噬骨晃晃悠悠地来到我们的临时诊所。他上身赤裸，没戴面具，像个超大号的摔跤手。他一言不发。我俩装作没看见。劫将眯缝着那对小猪眼，注视我们干活。

独眼和我站在一个病号两侧，共同替他疗伤。法师忽然愣住，像匹受惊的战马似地猛抬起头。他瞪大眼睛，匆匆环顾四周。“怎么了？”我问。

“我不知道……奇怪。消失了。一眨眼的工夫……别管了。”

我留神观察独眼。他在害怕。虽说劫将在场，但他也不该如此害怕。就好似面临人身威胁。我瞥了噬骨一眼。他也盯着独眼。

没过多久，我们在分别处理两名伤员时，独眼又突然左顾右盼。我抬头看去，只见他前方半人高的位置，有两只放光的眼眸。一股寒意顺着我的脊梁骨直往下蹿。

独眼目视黑暗，紧张感逐渐加剧。他料理完病人后，洗干净双手，向噬骨靠近。

附近突然传来一声野兽嘶嚎。一道黑影冲入光亮，朝我扑来。“邪兽！”我倒吸一口冷气，闪身跃开。邪兽跟我擦身而过，利爪划破了我的外衣。

说时迟那时快，噬骨抢上两步挡在豹人前方。独眼放出一道法术，让我、邪兽和所有旁观者都暂时目盲。我听到野兽的叫声从愤怒变成痛苦，视力逐渐恢复。噬骨将邪兽死死抱住，右臂勒住它的气管，左臂钳住肋腹。怪物在空中徒劳抓挠。按说它的力量相当于十几只正常猎豹，但在噬骨怀里却显得软弱无助。劫将放声大笑，一口咬在邪兽左肩。

独眼踉踉跄跄走了过来。“可惜咱们在绿玉城没这家伙帮忙。”我说起话来声音都有些颤抖。

独眼吓得直干呕。他没被逗乐。说实话，我也没剩下多少开玩笑的心情。只是个条件反射的俏皮话，大难临头的苦涩幽默。

号角声忽然响彻夜空。人们纷纷跑向各自岗位。武器撞击发出的喧嚣盖住了邪兽的痛苦呜咽。

独眼抓住我的胳膊，“咱们得离开这儿了，”他说，“快走。”

眼前那一幕摄住了我的心神。邪兽正试图变化，看起来隐约像个女人。

“快走！”独眼恶狠狠地吼道，“那东西是冲你来的，你很清楚。有人派来的。赶快离开，免得它挣扎出来。”

尽管噬骨力量惊人狠辣无比，已经用牙啃掉了邪兽的左肩，但邪兽似乎有用不完的精力。

独眼说得对。而且，对面的叛军来劲了，战斗随时可能爆发。就凭这两个原因，的确该上路了。我抓起自己的药箱拔腿就走。

我们在回程中又从风暴使和搜魂面前经过。我居然开玩笑似地冲他俩打了个招呼，也不知是在犯什么傻，逞什么威风。我敢说是他俩其中一人想要我的命。他俩都没回应。

等我安全返回金字塔顶部，站在同伴之间，这才有机会回想刚才发生的变故，身体终于做出反应，抖得非常厉害。独眼不得不用上我自制的安眠药。

那东西又出现在我梦中。已经是老朋友了。金色光芒和美丽面庞。同以往没有两样。“我的信徒无须惊恐。”

药力退去时，东方隐隐透出一点光亮。我醒来后心下稍定，但远远算不上踏实。他们试了三次。不管夫人怎么说，想杀我的人早晚能找出办法。

独眼几乎立时出现，“你没事吧？”

“嗯，还好。”

“你错过了一场好戏。”

我扬了扬眉。

“你刚昏睡过去，盟会和劫将就开始拼命，不久前才停止。这次可有点险象环生的意思。噬骨和风暴使翘了辫子，似乎是同归于尽。到这儿来，我给你看点东西。”

我发着牢骚跟他走去，“叛军有多大损失？”

“各式各样的传说，都没个准谱。不过挺多的。至少报销了四个人。”他在金字塔顶边缘站定脚步，夸张地打了个手势。

“什么？”

“你瞎了？我只剩一只眼睛，看得还比你清楚？”

“给我点提示。”

“找找十字架。”

“哦。”听到这话，我没费什么工夫就找到了立在风暴使指挥部附近的木架，“好吧。怎么了？”

“那是你的朋友。邪兽。”

“我的？”

“我们的。”兴高采烈的坏笑从他脸上划过，“漫长的故事终于写下结局，碎嘴。而且是个圆满结局。不管是谁杀了咚咚都一样，我亲眼看他们下了地狱。”

“对。”渡鸦和宝贝儿站在我们左边，观察着叛军动向。他们的手指动作飞快，距离又太远，我看不真切。这就像在偷听一场对话，而且那种语言你只是一知半解。全然鸡听鸭讲。

“这两天的渡鸦是什么变的？”

“什么意思？”

“他除了宝贝儿谁都不搭理，甚至不再跟团长混了。自从咱们捉回飞羽和陌路，他没打过一局牌。只要你对宝贝儿好点，渡鸦就摆出个臭脸。我们离开时出了什么事？”

独眼耸耸肩，“我跟你一起去的，碎嘴。记得吗？谁也没跟我说过什么。不过经你这么一提，对，他是有点怪，”法师说着窃笑两声，“就算是渡鸦，也确实怪了点。”

我审视着叛军的准备工作。他们似乎无精打采，缺乏组织。即便如此，即便经历了昨晚的骇浪狂澜，他们还是填平了远处两道壕沟，又在最后一条上架好六座栈桥。

我们第二层和第三层的兵力看起来稀稀拉拉。我问怎么回事。

“夫人命令一部分人马补充到第一层。特别是从最上面。”

我发现主要是抽调了搜魂的部队。他的阵势简直弱不禁风。“觉得他们今天会突破？”

独眼耸耸肩，“如果他们还像前两天那么执着的话。不过你瞧，叛军也没多少斗志了，他们发现咱不好对付。咱们已经让叛军开始怀疑，让他们想起塔里的老怪物。夫人至今还没露面。也许他们有点担心。”

我估计更主要的原因不是军心涣散，而是盟会伤亡惨重。叛军的指挥系统肯定乱成了一锅粥。如果没人知道管事儿的是谁，那任何军队都会动摇。

不过，天亮后又过了四个小时，他们决定继续为理想献身。我军前线拉开阵势。狼嚎和无面代替了风暴使和噬骨，第二层由夜游神指挥。

战斗落入固定套路。敌军蜂拥而上，冲进箭雨的齿牙之下，跨过几道栈桥，躲在掩体后方，进而冲上来攻击我们的最前线。他们源源不断地涌来，仿佛永不枯竭的河流。成千上万人倒在路上。很多人冲到前线只打了一会儿，便撤向后方，有的是为了搬运伤员，更多的只是不想横死沙场。他们的军官根本控制不住。

得到加强的阵线果然比我预想中撑得更长久更坚决，但人数的优势和积聚的疲劳最终产生了效果，裂缝出现了，敌军杀到护墙前。劫将组织起反击，但大都没有足够的冲劲，起不到效果，随处可见意志薄弱的士兵想要爬上第二层。夜游神派出几个班，到护墙边上把逃兵扔了回去。抵抗得以加强。

但叛军已经闻见胜利的味道，变得更加狂热。

远处的箭塔和坡道车开始前进，速度十分缓慢，每分钟只能走几码。一座箭塔在最远处的壕沟遇到没有夯实的泥土，径直倒下，砸坏了一辆坡道车和几十人。剩下的攻城器械开了过来。禁军的重装武器开始投掷火球。

一座塔着了火，然后又是一座。一辆坡道车在烈焰中止步，但剩下的仍然稳步前进，到达第二道壕沟。

较为轻型的弩机也转换目标，清洗着数千名拉动器械的兵勇。

敢死队继续填埋夯实最后一道壕沟，不断倒在我方箭下。我不得不对他们表示钦佩。这些队伍是叛军中最勇敢的人。

叛军转了运。他们克服了不利开局，变得跟前两天一样凶悍。我们的第一道防线被分割成更小的群落，在叛军波涛中起落沉浮。夜游神派去阻止我军逃跑的部队开始跟爬上护墙的勇猛叛军作战。敌人甚至扯掉了几根圆木，试图清出一条通道。

此时下午刚过了一半，叛军还有足够的时间，我打起了哆嗦。

独眼又走了过来，战斗开始后我就没见过他。“塔里传来的消息，”他说，“昨晚盟会损失了六个人。也就是说现在只有八个。咱们当初北上时的老班子，可能一个都不剩了。”

“怪不得他们起步有点磨蹭。”

他看着战场，“看起来不妙啊？”

“可不是。”

“所以她才会出来。”

我闻言扭头看去，“对，她正往外走呢。亲自督战。”

冷。冷。冷。冷。我也不知道为什么。只听团长吼了两声，副团长、蜜糖、老艾、渡鸦，还有鬼知道什么人，都在大呼小叫，让我们整好队形。偷奸耍滑的时间结束了。我回到诊所，也就是立在后方的一顶帐篷，好死不死正在厕所下风处。“赶紧检查一遍，”我对独眼说，“让所有东西各就各位。”

夫人骑着马，从正对高塔入口的坡道一路走上金字塔。她胯下的坐骑一看就是纯血良种，生得高大健硕，透着精神，油光水滑的栗色身形像是画家对宝马良驹的完美诠释。夫人装束华贵，红黄相间的锦缎，白丝巾，金银首饰，点缀几条黑带。就像你在猫眼石城街市间看到的贵夫人。她的发丝比夜色还黑，头戴一顶拖着白鸵鸟毛的素色镶边三角帽，用珍珠丝网盘住头发。看上去顶多二十岁。夫人所到之处，人们纷纷让开道路，犹如一座移动岛屿。我没看出丝毫惊惧的迹象。

夫人的两名随从跟她的形象倒很匹配。都是中等身材，裹着黑衣黑裤，黑纱遮脸，胯下黑马的鞍辔缰绳都是用黑皮革制成。符合人们心中的劫将形象。其中一人手持黑矛，枪头用黑钢打造。另一人带了个很大的银号角。他们守在夫人两旁，严格保持一码距离。

夫人从我面前走过时，冲这边嫣然一笑，目光透出愉悦和诱惑……

“她还爱着你哪。”独眼阴阳怪气地说。

我打了个哆嗦，“怕的就是这个。”

夫人闯过佣兵团，直接找到团长，跟他说了半分钟。团长跟那老怪物四目相对，脸上没有露出任何表情。他只要戴上指挥官的铁面，就不会为任何事所动。

老艾匆匆忙忙走了过来。我问：“你怎么样，伙计？”我已经好些天没看见他了。

“她要见你。”

我发出了个类似“呃”的声音。可真他妈机灵。

“我明白你的意思。受够了就是受够了。但你还能怎么办？去找匹马。”

“马？为什么？上哪儿找？”

“我就传个口信，碎嘴。别问我……哦，说来就来。”

一名身着狼嚎号衣的年轻士兵从金字塔后缘冒了出来。他牵着一串马。老艾溜达过去。经过简短的交谈，他朝我招了招手。我不情不愿地走了过去。“你选一匹，碎嘴。”

我选了匹线条优美、看起来比较温顺的栗色母马，翻身上去。坐在马鞍上感觉真好。已经好长时间没体会过了。“祝我好运吧，老艾。”我想让这句话带点轻佻劲儿，不过冒出来的却是耗子声。

“祝你好运。”我正要动身，他又说，“长点记性吧，谁让你写那些傻故事。”

“饶了我吧，行不？”我打马前行，心里还琢磨了一会儿，艺术到底会对生活产生多大影响。这真是我自找的吗？

我走过去时，夫人没有回头，只打了个小小的手势。她右侧的黑衣人躲开几步，给我腾出地方。我会意地走到那里，集中精神观看战场，而不是夫人。我能感到她兴味十足。

就在我离开的这几分钟，局势已然恶化。叛军士兵在第二层取得了几个立脚点。我们最下方的阵线土崩瓦解。狼嚎终于松了口，允许手下人帮底层士兵爬上护墙。第三层的私语部队头一回用上了弓箭。

坡道车几乎开到第三条壕沟。巨大的箭塔停止移动。其中半数没有运作，剩下的一半都站满了人。但这么远的距离，弓手起不到作用。感谢诸神赐下小小福音。

第一层的劫将各展神通，但环境如此危险，他们几乎无法有效施法。

夫人说：“我想让你看看，史官？”

“啥？”

“将要上演的戏码。如此一来，这场战斗至少能在一本书中正确记录下来。”

我偷偷瞧了她一眼。夫人带着揶揄的浅笑。我赶忙转头注视战场。我骑着马，站在世界尽头的怒焰狂涛之中；但夫人给我的感觉，却比战死沙场的结局更可怕。我太老了，没法像个十五岁小色鬼似地沸腾冒泡。

夫人打了个响指。

左侧骑手举起银号角，同时揭开脸上黑纱，好把乐器放到嘴边。飞羽！我猛地扭头看向夫人。她冲我挤了挤眼。

劫将。飞羽和陌路变成了劫将，跟此前的私语一样。他们的本领和力量如今都归夫人差遣……我的脑子飞快转动。关联，关联。老劫将倒下，新劫将取代他们……

号角鸣响，吹出悦耳的音调，好像天使在召唤天国大军。这声音不大，但却传到四面八方，仿佛真的从天而降。双方愣住不动。所有目光都转向金字塔。

夫人又打了个响指。另一名骑士（我估计是陌路）高高举起长矛，往下一划。

头一道护墙炸开了十二个地方。兽鸣声填满静寂的战场。我还没看到它们，已经猜出了是怎么回事，不禁哈哈大笑。“战象！”自打我加入黑色佣兵团以来，还没见过战象，“你从哪儿弄来的？”

夫人双眼放光，但没有回答。

答案很简单。从海外运来的。从她在珍宝诸城的盟友那里。她是如何把战象运到这里，没有被任何人发觉，这才是神秘之处。

叛军眼看就要胜利，却被这意外之喜打懵了。生活在北国的人从没见过战象，更不知道该如何对付它们。

这些巨大的灰色厚皮巨兽冲入叛军阵营。驭象人过足了瘾，操纵胯下坐骑前后冲杀，踩死成百上千的叛军，彻底打垮了他们的士气。象群扯倒掩体，进而越过栈桥，冲向攻城塔，将其一一推倒。

一共有二十四头战象，它们身披铠甲，骑手也裹得严严实实。但时不时有些投矛飞箭找到缝隙，不是将驭象人射落，就是激怒巨兽。失去骑手的大象对战斗失去了兴趣，而受伤的动物则发起疯来，它们造成的破坏，比有人控制的同类还大。

夫人第三次打起响指。陌路再度发出信号。上层部队放下用来运送物资和伤员的坡道。除了禁军以外，第三层的部队都走到下面，组好队形，向混乱的战场发动攻击。考虑到两军人数，这似乎是疯狂之举；但考虑到场面的急剧变化，现在士气更为重要。

私语在左，搜魂居中，又肥又老的贾雷纳在右。战鼓齐鸣。他们向前推进。只有一个难题拖慢了我军的脚步：怎样才能屠尽万千恐慌的敌军。叛军不敢不跑，又不敢跑向挡在前线和大营之间的狂暴象群。他们几乎没有形成抵抗。

我军推进到第一条战壕。吞月、狼嚎和无面将幸存的部队整顿好，不断恐吓咒骂，强迫他们向前推进，将所有敌军工事付之一炬。

攻击部队来到第一条壕沟，绕过被废弃的箭塔和坡道车，跟着战象踏出的血腥道路继续前进。第一层的部队赶到后，将这些攻城器械也点上大火。攻击部队冲向第三道壕沟。整个战场铺满了敌军尸首。我从没见过这么多死人。

剩下的盟会成员终于从震惊中苏醒过来，用法力对付象群。他们取得了几个战果，但随即便被劫将化解。接下来只能靠战场上的人了。

跟过去一样，叛军拥有人数优势。战象一头头倒下。敌人堆在我军战线前方。我们没有预备队。生力军从叛军大营鱼贯而出，虽然战意不足，但人数足以挡住我方攻势。撤退在所难免。

夫人通过陌路下达了撤退令。

“很好，”我嘟囔道，“真是不错。”我们的人回到各自位置，累得倒在地上。夜幕很快就要降临。我们又撑过了一天。“但是接下来怎么办？彗星还在天上，那些蠢货不会放弃。咱们已经射出最后一支箭。”

夫人笑了笑，“把你看到的都记下来，史官。”她和两名随从拨马离开。

“我该拿这匹马怎么办？”我发着牢骚。

那天晚上又有一场魔法大战，但我没看到，也不知道哪一方损失更大。我们少了吞月、无面和夜游神。只有夜游神死于敌手，剩下那两个都是被劫将之间的仇怨了结。

日落后还不到一小时，一名传令兵来到佣兵团。医疗队刚吃完饭，我正准备带着他们到下面去。老艾又来传话：“高塔，碎嘴。女朋友找你。把弓也带上。”

害怕总也有个极限，哪怕是面对夫人这样的人。我听天由命地问："干吗带弓？"

他耸耸肩。

"带箭吗？"

"倒是没提。感觉像个蠢问题。"

"你这话有点道理。独眼，都交给你了。"

黑暗中总有一点光明。至少我不用把整个晚上花在切除四肢、缝合伤口、安慰我明知活不过这周的娃娃兵上了。为劫将效力有个好处，受伤后存活的概率比较大，但坏疽和腹膜炎还是要收费扣税。

走下长长的坡道，来到黑暗大门。高塔扑面而来，仿佛从神话中具现，沐浴在银色彗光之中。盟会是否铸成大错？等了太久？开始消隐的彗星还算不算吉兆？

东方军还有多远？至少不够近。但我军战略似乎不是以拖延时间为目的。如果是那样，我们早该退入高塔，紧闭大门。不是吗？

我觉得心慌意乱，有种发自本能的抗拒。我摸了摸地精当初送的护身符，还有独眼最近给我的那个。没多大用。我回头瞅了一眼金字塔，似乎有个健壮人影站在顶端。团长？我扬手示意。人影也挥了挥手。心里踏实了一点，我转过身。

大门仿佛黑夜之口，但刚往前迈了一步，我便进入宽敞明亮的走廊。这里散发着马匹和牛牲的臭气，我感觉它们都是一百年前赶进来的。

一名士兵正在等我。"你是碎嘴？"我点点头。"跟我来。"他并非禁军，只是个狼嚎麾下的年轻步兵，似乎有些不知所措。这一路上，我看见不少他的袍泽，不由心头一动。这几天晚上其他劫将在跟盟会作战，或是自相残杀，而狼嚎则在不断运输部队，这些人都不曾投入战场。

这里一共有多少人？高塔里埋伏了什么奇兵？

我通过上次那个入口进入内塔。士兵留在禁军队长驻足的地方。他用颤颤巍巍的声音祝我好运，我也用老鼠般的嗓音向他道谢。

女王没耍花招，至少没有让人眼花缭乱的东西。我也没有退化成满脑子肉欲的少年。这次从头到尾都是公事。

她让我坐在一张深色木桌前，将弓放在桌上。夫人开口言道："我有个问题。"

我看着她，一言不发。

"外边谣言传得到处都是，对吗？关于劫将之间的事情？"

我点点头，"这跟瘸子叛变不一样。他们在自相残杀。伙计们不想被夹在中间。"

"我丈夫没有死。这你很清楚。帝王才是幕后黑手。他正在苏醒。非常缓慢，但足以接触到盟会里的一些人。足以影响劫将中的女性。她们会为他赴汤蹈火，那些婊子。我尽可能监视着她们，但也有闪失。她们会钻空子。这场战斗……并不像表面那么简单。叛军是由受我丈夫影响的盟会成员引到这儿来的。蠢货。他们以为可以利用帝王，一来击败我，二来为自己攫取力量。他们现在都完了，悉数被杀，但他们推动的战事继续发展。我不是在跟白玫瑰作战，史官，虽说这场胜利也可以扑灭那个愚蠢的理想。我是在跟老奴隶主作战，跟当年的帝王。如果我输了，就会输掉整个世界。"

狡猾的女人。她没有扮演受难少女的角色，而是旗鼓相当的对手，这更能博取我的同情。她知道我跟所有在世的凡人一样了解帝王。知道两相比较，我肯定更怕帝王。谁会更怕女人，而不是男人?

“我了解你，史官。我曾打开你的心灵之门，窥视过你的灵魂。你为我而战是因为佣兵团许下了血战到底的诺言——因为佣兵团首脑认为它的荣誉在绿玉城受到了玷污。但你们大多数人觉得自己是在为邪恶效命。

“邪恶是相对的，史官。你没法给它打上标签。摸不到，尝不着，砍也砍不开。邪恶取决于你的立场，取决于谴责的手指对准何方。因为佣兵团的誓言，你现在的立场在帝王对面。对你来说，他才是邪恶之源。”

夫人踱了两步，也许是在等我搭茬儿。我没吱声。她已经把我的观点浓缩概括完了。

“那个邪徒曾三次试图杀你，医师。两次是因为你掌握的情报，一次是因为你的未来。”

我猛然惊醒，“我的未来？”

“劫将偶尔能窥见未来。也许今天的谈话早被料到了。”

她把我搞糊涂了。我坐在那里，一脸蠢相。

她离开房间，旋即拿回一斛箭，倒在桌上。它们通体黢黑，银质箭头，分量很重，刻着几乎看不出来的字母。我查看箭支时，夫人取走我的长弓，换了张重量和拉力相差仿佛的上等货。它跟那些箭一样华丽，华丽到没法当成武器。

夫人对我说：“带着它们，别离身。”

“我肯定要用到它们？”

“有可能。无论胜负如何，结果明天就会揭晓。叛军损失惨重，但还保有大量后备军。我的战略可能无法成功。如果我失败了，我丈夫就会获胜。不是叛军，也不是白玫瑰，而是帝王，躺在墓穴中躁动不安的怪物……”

我避开她的目光，看着桌上的弓箭，心想自己应该说些什么、忽略什么、该拿这些致命武器怎么办、等时机来临又是否真能办到。

夫人知道我的心思，“你到时候自然知道。你心里怎么想，就会怎么办。”

我抬起脑袋，皱着眉头，渴望着……虽然知道她的底细，却还在渴望。也许我那些傻兄弟说得对。

夫人面带微笑，伸出一只粉雕玉砌的素手，握住我的手指……

我似乎再度失去记忆，不记得发生了什么事。我晕了一秒钟，神志恍惚。等恢复过来后，夫人还握着我的手，微笑着说：“该走了，战士。好好休息。”

我好像一具僵尸，木愣愣地站起身，挪向门口，隐约觉得自己错过了什么东西。我没有回头。无法回头。

我走出高塔，步入夜空，立刻发现自己又丧失了一段时间。星辰变换了位置，彗星低垂。好好休息？休息的时间几乎已经结束。

外面万籁俱寂，空气清冷，不时有蟋蟀鸣叫。蟋蟀？谁能相信？我低头看着夫人给我的武器。什么时候穿好了弦？为什么搭着一支箭？我都不记得何时从桌上拿起来的……我心里一阵惶恐，以为自己快发了疯。蟋蟀声把我揪回现实。

我抬头看向金字塔。有人站在塔顶张望。我抬起右手。他也打了个招呼。从这个动作判断，是老艾。那个老好人。

离天亮还有两小时。只要抓紧时间，我还能眯瞪一觉。

刚往斜坡上走了四分之一，我忽然有种奇怪的感觉，行到半程才明白是怎么回事。独眼的护身符！我的手腕发烫……劫将！危险！

一团黑云跃出夜幕，从金字塔侧面某个缺口冒出。它像张船帆般迅速铺展变平，朝我压了过来。我以仅有的方式做出回应，用一支箭。

我的箭刺透那张黑幕。久久不绝的悲号萦绕不去。惊讶多于愤怒，绝望多于痛苦。黑幕散去。有个人形黑影匆匆跑过斜坡，我眼看着它迅速消失，根本没想过要再射一箭，哪怕是箭已上弦。我犹豫片刻，继续往上走。

"出了什么事？"我到金字塔顶时，老艾问道。

"我不知道。今晚到底他妈是怎么回事，我真一点眉目都摸不到。"

他草草打量了我一番，"你看起来晕得厉害。睡会儿去吧。"

"确实得睡一觉，"我说，"给团长带个话。夫人说明天就是大日子，成败在此一举。"这消息对他能有什么好处？但我觉得团长肯定想知道。

"成。他们在那儿对你做了手脚？"

"我不知道。我想没有。"

虽说老艾刚才建议我去休息，但似乎还想接着聊。我轻轻把他推开，走进一顶医疗帐篷，缩进牢靠的角落，活像只受伤的动物趴在窝里。我心里有些触动，但又说不清个究竟。我需要时间恢复精神，但谁知道时间还够不够用。

他们派地精来叫我。我还跟往常一样生着起床气，威胁要把任何蠢到扰我清梦的人送进地狱。倒不是说那些梦不该被惊扰，它们都是些龌龊玩意儿。真他妈恶心，全是藏在潜意识里的鬼影。

虽然梦境令人生厌，但我还是不想起来。被窝又暖和又舒服。

地精说："你想让我来狠的？听着，碎嘴，你女朋友出来了。团长让你去见她。"

"哦。好。"我一只手抓起靴子，另一只手掀开帐篷门帘，唠唠叨叨地说，"现在他妈几点了？似乎天已经亮了好几小时。"

"没错。老艾觉得你需要休息，还说你昨晚受了不少罪。"

我呻吟一声，匆匆穿戴整齐，正想着洗漱一番，就被地精拦住了，"带上你的装备。叛军朝这边来了。"

我听到战鼓声从远方传来。叛军此前可没用过战鼓。我向法师询问原委。

地精耸耸肩，脸色苍白。我估计他听说了我带给团长的口信。胜败在此一举。就是今天。"他们选出了新的盟会。"地精喋喋不休地说了起来——很多人害怕时都爱唠叨。他告诉我前天夜里劫将之间的仇杀，还有叛军遭受的损失。我没听到任何值得庆幸的事。

自从玫瑰城战役结束后，我顶多穿件链甲衫，但今天不同。地精帮我穿好盔甲。我拿上夫人赠送的武器，走出帐篷。天气好得出奇。

"真是个战死沙场的好日子。"我说。

"对啊。"

“她什么时候过来？”团长肯定希望我们在夫人到达前各就各位。他喜欢表现出秩序和效率。

“该来的时候就来了。我们只是接到消息说她会出来。”

“哦。”我扫视金字塔顶端。人们各忙各的，做着交战前的准备。似乎都不着急。“我四处转转去。”

地精没说什么，只是皱着眉头跟了上来，苍白的面容上透着关切。他的目光扫来扫去，观察周围动静。从端起的肩膀和谨慎的步态，我看出他准备了一个可以立即施展的法术。地精跟着我转了好一阵子，我才发现他是在当保镖。

我觉得喜忧参半。喜是因为有这帮家伙关心我、关照我，忧是因为眼下形势变得如此严峻。我看了看双手，发现自己已经下意识地串好弓弦，搭上了一支箭。我的潜意识也警惕到了极点。

所有人都在看这副弓箭，但没人问起。我怀疑谣言已经传遍营地。奇怪的是，兄弟们居然没把我围住刨根问底。

叛军在我方投掷武器的射程之外，持重谨慎地整顿阵形。无论管事儿的是谁，他至少恢复了军队纪律。叛军夜里又修造出了一大批攻城机械。

我们的军队放弃了最底层。下面只剩一个十字架，还有那扭动的身形……扭动？受了这么重的伤，又被钉在木架上，邪兽居然还活着！

队伍重新整编过了。弓手都在第三层，全由私语指挥。盟军、第一层的幸存者、搜魂的兵马，以及其余队伍，驻守在第二层。搜魂居中，贾雷纳在右，狼嚎在左。护墙经过修复，但状态依旧很糟，估计起不到多大作用。

独眼走到我们身边，“你们听说最新消息了吗？”

我扬起眉毛以示探询。

“他们声称找到了白玫瑰小崽子。”

我思忖片刻，开口言道：“可疑。”

“当然。塔里传来的消息说，她是个赝品。只为了提升士气。”

“可想而知。真奇怪，他们以前居然没想到。”

“说什么来什么。”地精尖声说道，扬手一指。

我找了半天，才发现有个柔和光点正在敌军阵列的夹道中移动。光晕里是个小孩，骑着一匹高头白马，手持绣有白玫瑰的红色战旗。

“做假都做不像。”独眼发着牢骚，“那团光是山坳里那人弄出来的。”

我只觉得五脏六腑都搅在一块，生怕她是个真家伙。我低头看向双手，猜测这孩子是不是夫人预想中的目标。不是。我完全没有朝那边开弓放箭的冲动。当然，凭我的臂力也射不到一半远。

我瞥见站在平台对面的渡鸦和宝贝儿，他们正飞快地打着手势。我朝那边走去。

还差二十步远，渡鸦就发现了我们。他瞥了眼我的弓箭，面色忽然一沉。短刀出现在他手中。渡鸦又开始剔指甲了。

我踉跄一步，吃惊非小。这是个信号。他只有感到压力时才会玩这个把戏。干吗冲我来这套？我又不是敌人。

我把弓和箭夹在左臂下，跟宝贝儿打了个招呼。她用灿烂的微笑和飞快的拥抱向我问好。宝贝儿跟我不存芥蒂。她问能否看看那张弓，我递给她看，但没有松手。松不了。

渡鸦显得如坐针毡。

“你他妈有什么毛病？”我喝问道，“瞧你那意思，好像我们都染了疫病。”他的举动很伤人。渡鸦和我，那也算共过患难的，他没道理跟我翻脸。

渡鸦嘴巴抿得几乎缩成一点。看那挖指甲的动作，肯定要弄伤自己。

“如何？”

“别逼我，碎嘴。”

宝贝儿靠在我身上。我用右手挠了挠她的后背，左手紧握长弓，关节变成了陈年积雪的颜色。我准备胖揍渡鸦一顿。只要弄掉那柄匕首，我还是有机会的。他是个强悍的杂种，但我也花了好些年让自己变强。

宝贝儿似乎没意识到我俩之间的紧张气氛。

地精插手了。他面对渡鸦，跟我一样摆出准备打架的姿势，“你有问题，渡鸦。我想咱们最好坐下来跟团长聊聊。”

渡鸦吃了一惊。也许惊讶只持续了一眨眼的工夫，但他的确意识到自己正在树敌。让地精发怒相当困难。我是说真的发怒，不是跟独眼瞎闹的那种。

渡鸦眼神突然一暗。他指指我的弓，谴责道：“夫人的相好。”

我觉得困惑多过愤怒。“不是。”我说，“就算是又怎么了？”

他不安地挪了挪身子，不断朝靠在我身上的宝贝儿瞥。他希望女孩离开，但想不出个合适的说法。

“先是整天追着搜魂屁股后面跑，现在又是夫人。你在干什么，碎嘴？您想把自己卖给谁？”

“什么？”要不是宝贝儿在场，我已经跟他拼命了。

“到此为止吧。”地精说道。他口气严厉，没有丝毫尖声细嗓的感觉，“我要拿官阶说话了。公事公办。就现在。就在这儿。咱们去找团长，把话都说明白。要不然我们就投票把你从佣兵团开除，渡鸦。碎嘴说得对，你最近就是个王八蛋。我们犯不着留这种人。现在的麻烦已经够多了。”他说着指向叛军。

叛军用号角回应。

跟团长的面谈泡汤了。

叛军明显换了管事儿的。敌军阵形衔接紧密，步调统一，缓缓进逼。他们用盾牌组成像模像样的龟阵，挡住大部分箭雨。私语很快做出调整，命令禁军弩机每次齐射一个方阵，让弓手等到重武器敲破龟壳再动手。效果显著，但还不够明显。

箭塔和坡道车以人力所能达到的最快速度朝前冲，沿路发出阵阵隆鸣。禁军竭尽全力，但只能摧毁一小部分。私语左右为难。她必须在这些目标中做出选择，结论是集中力量破龟。

箭塔这次逼得更近。叛军弓手可以威胁到我们的人了。但反过来，我方弓手也能攻击到他们，而且我们的人箭术更好。

敌人顶着上两层倾泻而落的箭矢，越过最后一道壕沟。他们来到护墙前才散开队形，朝几个薄弱点扑去，但收效甚微。叛军改变策略，同时攻击整条战线。他们的坡道车缓缓开到。扛着云梯的士兵也冲上前来。

劫将们再没留手，施展出浑身解数。叛军法师自始至终跟他们战作一团，尽管无法做到完全防御，但还是化解了大部分攻势。私语没有参与。她忙得要死。

夫人和两名随从到达金字塔顶，又将我唤去。我爬上那匹母马，来到夫人身旁，长弓横放膝头。

叛军一次次往上冲。我时不时瞟两眼夫人。她还是那个冰雪女王，没有任何表情。

叛军取得了一个接一个的立足点，扯掉整段护墙。拿铁锹的敢死队扬起灰土，堆造斜坡。木质坡道车继续前进，但短时间内不会到达。

下方只有一个平静岛屿，就在钉邪兽的十字架旁。敌人都不敢靠近。

贾雷纳的部队开始动摇。在人们扭头偷瞄身后护墙之前，崩溃的趋势已然显现。

夫人打了个响指。陌路打马上前，冲下金字塔前坡，从私语的部队后方走过，进而穿越军阵，来到上层边缘，立在贾雷纳的部队后方。陌路举起长矛，兵刃陡然发光。我不知道是什么原因，但贾雷纳的部队似乎鼓起了勇气，稳住阵脚，将叛军逼了回去。

夫人冲左侧示意。飞羽像个蛮夫似地冲下土坡，吹响银号角。清亮号声盖过了敌人的军号。她穿过第三层部队，策马跃下护墙。这种高度足以害死我见过的任何马匹，但这匹黑马重重落地，恢复平衡，进而人立起来，随着飞羽的号角发出胜利的嘶鸣。跟右侧一样，狼嚎的部队也打起精神，把叛军逼退。

一个小小的靛青色人影爬上高墙，绕过金字塔，快步跑向后方，一路返回高塔。狼嚎。我皱起眉头，感到迷惑不解。他换班了？

我方中军变成战斗焦点，搜魂奋勇拼争，维持住自己的阵线。

我听见一阵声响，扭头看去，发现团长出现在夫人身边。他骑着马。我回过头，只见一批战马被牵上塔顶。我低头看向第三层上的长长陡坡，不觉心头一沉。她不是打算发动骑兵冲锋吧？

飞羽和陌路是一剂猛药，但还不够猛。他们巩固的防线只坚持到叛军攻城车到来。

第二层完了，虽然比我预料的时间要长，但还是完了。只有不到一千人逃脱。我看了夫人一眼。她依旧面若冰霜，但我能感到她并没有不快。

私语把箭矢浇向下方大军。禁军开始近程射击。

一道黑影从金字塔掠过。我抬头看去。狼嚎的飞毯飘向敌阵。不少人蹲在毯子边上，往下扔人头大小的球体。那些东西落在敌阵中，但没有明显效果。飞毯飘向敌军营地，继续投掷毫无意义的圆球。

叛军用了一个小时才在第三层巩固出一个桥头堡，又用一个小时聚起足够人手推进攻势。私语、飞羽、陌路和搜魂对他们发动无情的打击。源源不断的部队越过同袍的尸体往上爬。

狼嚎把怪球扔进叛军大营。但我怀疑那里根本没人。他们都堆在通道内，等待轮换上阵。

假白玫瑰骑在马上，站在第二道壕沟附近，周身闪烁光芒。新的叛军盟会围在她身边。这些人仿佛木雕泥塑，只在劫将施展法力时采取行动。他们没有对狼嚎做出任何反应，显然是无计可施。

我看了眼团长，他正在忙……他让骑兵在金字塔顶前方列成一排。我们要冲下斜坡发动攻击！蠢到家了！

一个声音在我心中响起，我的信徒无须惊恐。我转头面对夫人。她看了我一眼，显得镇定自若、气度非凡。我把目光转回战场。

战争就要结束。我们的部队已经抛开长弓，放弃重型武器，组成紧密队形。平原上所有叛军都在移动，但似乎有点迟缓犹豫。现在正是大好时机，他们应该猛烈冲击，将我军淹没，抢在塔门关闭前呼啸而入……

狼嚎正从叛军大营往回飞，速度比任何马匹快上十倍。我眼看那张巨大飞毯从头顶滑过，仍然无法抑制心中的敬畏。它一度遮住彗星，然后继续前进，飞向高塔。忽然，一阵奇怪吼声飘然而落，跟狼嚎以前发出的声音都不一样。飞毯略微一沉，试图减速，结果撞在塔顶下方的石壁上。

“老天爷，”我眼见那东西扭曲变形，眼见人们从五百尺高空翻滚坠落，“老天爷。”狼嚎不是死了，就是失去了意识。飞毯也开始下坠。

我侧目看向夫人，她也在看。夫人的表情没有丝毫改变，用只有我能听见的轻柔声音说道：“你要用那张弓了。”

我打了个哆嗦。各种画面在一秒钟内闪过脑海，数量成百上千，快得难以看清。我似乎正要拉弓……

夫人生气了。虽然明知道不是冲我来的，但一想到那滔天怒火，我就忍不住筛糠。它的目标很容易确定。狼嚎之死并非敌人所为。只有一名劫将有可能为此负责。搜魂。我们此前的老板，在无数计划中利用我们的劫将。

夫人嘀咕了几句。我不知道自己听得是否正确，感觉像是“我给了她无数机会。”

我轻声说道：“我们与此无关。”

“跟我来。”夫人双腿一夹，坐骑跑下塔顶。我绝望地看了团长一眼，随即打马跟上。

我们冲入一团尖叫的人群，中心是一座冒出黄绿细线的喷泉，黄线滚滚而出，随风散去，对叛军和我军一视同仁。夫人不避不闪。

搜魂正在逃跑。敌我双方都急于从他跟前躲开。死亡缠绕在劫将周围。搜魂冲向陌路，腾身而起，把后者撞下马去。他跃上坐骑，催马跳到第二层，挤过那里的敌军，跳下平原打马狂奔。

夫人沿他开辟的道路撵去，黑发随风飘逸。我追在她屁股后面，完全摸不着头脑，但也无法停止追击。我们到达平原时，距离搜魂大概有三百码。夫人催马猛追，我也紧随其后。我本来坚信这些马早晚要绊倒在满地的装备和尸首上。但它们跟搜魂的坐骑一样，稳得就像在跑道上疾驰。

搜魂快马加鞭，冲向敌军营地，径直闯了过去。我们紧咬不放。到了前方开阔原野，我们逐渐缩短距离。这三匹畜生好似不知疲倦的机器，将一段段路程甩在身后。我们每跑一里就能缩短五十码距离。我抓着长弓，身子贴在马上。我并不信神，但当时真有祈祷的冲动。

夫人如死神一般毫不容情。等搜魂落在她手上，我真要替他惋惜。

搜魂跑上一条蜿蜒崎岖穿过高塔西方峡谷的道路。我们当初在山顶休息，结果遇到黄绿雾丝时，就距这里不远。我忽然想起刚才骑马穿过了什么东西——一座黄绿雾丝的喷泉，但它根本没碰到我们。

战场上怎么样了？这是不是某种计划，把我们的同伴交给叛军处置？事态逐渐明朗了，夫人的策略就是要将破坏最大化。她希望双方都只留下一小撮人。夫人正在打扫房间。她在劫将中只剩一个敌人。搜魂。搜魂，他对我几乎算是不错，至少救过我一次，就是泪雨天梯那回，风暴使想把我和渡鸦除掉时。搜魂，劫将中只有他像正常人那样跟我交谈，告诉我昔日的点点滴滴，回应我近乎病态的好奇……

我他妈在干什么，陪夫人狂奔猛跑，追猎一名不费吹灰之力就能把我吞掉的怪物。

搜魂绕过一处山脚，几秒钟后我们赶到那里，却不见他的踪影。夫人放慢速度，缓缓转头左右张望，然后一抖缰绳，冲向道旁山林。她在第一排树木前勒住缰绳，我稳住坐骑停在她身旁。

夫人翻身下马，我想都没想就也跳了下去。我的脚刚一沾地，就见夫人的坐骑轰然瘫倒。我的马僵立原地，也咽了气。它们喉咙上都有个拳头大小的焦黑灼痕。

夫人伸手一指，向前走去。我搭上一支箭，矮身跟上，像只狐狸似地穿过灌木丛，尽量保持无声无息。

夫人忽然停步，蹲下身指指前方。我抬眼看去。一闪，一闪，又是两秒钟的高速图像。画面消失。我看到大约五十尺外有个人，背冲着我们，蹲在地上匆忙干着什么。没时间琢磨一路上都在考虑的道德问题了。这家伙已经数次想要取我性命。等银头箭飞在空中，我才意识到自己做了什么。

它击中那人的太阳穴。对方一头栽倒。我愣了片刻，随即长出口气。这么简单……

夫人往前紧走两步，忽然皱起眉头。我们右侧一阵窸窸窣窣。灌木丛里有东西在动。她转身跑向空地，经过时拍了下我的胳膊。

我们转眼来到大路。第二支箭已然搭上弓弦。她抬手指点……一个方形物体在五十码外飞出树林。毯子上的人冲我们做了个投掷动作。我被不知源自何处的爆炸冲击波震了个趔趄，眼前似乎罩上了蛛网，视线模糊不清。我隐约看到夫人做了个动作。蛛网消失。我感觉没少什么零件。她指着逐渐上升的飞毯。

我拉弓放箭，却没指望能在这种距离射中移动物体。

确实没中，但那是因为箭在空中时，飞毯突然一沉，还朝一侧歪斜。我的箭从那人脑后几寸远的地方飞过。

也不知夫人动了什么手脚。上方传来嗡鸣，一只巨型蜻蜓凭空出现，跟我在云雾森林看到的相同。它逼近飞毯，撞了上去。毯子一通乱转，抖来抖去。上面的人掉了下来，随着一声绝望的呼喊摔向地面。我在他落地的瞬间射出一箭。他抽搐几下，再也不动了。我们走了过去。

夫人从那人脸上揭下黑面罩，随即咒骂起来。没完没了的脏话，活像出自老资格的士官之口。

“怎么了？”我终于忍不住问道。在我看来，那人死透了。

“不是她。”夫人转身面对树林，几秒钟里脸上毫无表情。她随后看了看飘在空中的飞毯，又扭头注视森林，“去看看里面那个是不是女的。看看马在不在。”她说着冲搜魂的飞毯招了招手。

我走进树林，心里乱成一锅粥。搜魂是个女人？真够狡猾的。看来早就做好万全准备，计划让夫人追到此处。

我蹑足潜踪在林间穿行，惧意逐渐增强。搜魂跟所有人耍了个花招，狡猾得连夫人都没料到。接下来又该是什么？我已经遇到那么多次暗杀……也许现在还不是结果我的时候？

但什么也没发生。我溜到树林中的尸首旁，掀开黑面罩，看到一张英俊的青年面庞。恐惧、愤怒和失落涌上心头。我猛踢尸体，蹂躏那团死肉。

狂暴没有持续多久。我开始寻找这两个人栖身的营地。他们已经在这等了一段时间，而且肯定准备待得更久。他们有一个月的补给。

一个大包裹吸引了我的目光。我割开绑绳，看了一眼。都是纸。这捆东西足有八十斤。好奇心占了上风。

我匆匆环顾左右，没有发现任何威胁，便仔细看了两眼，顿时明白自己找到了什么东西。这些是我们在云雾森林发掘出的部分文件。

它们怎么跑这儿来了？我还以为搜魂早上缴给夫人了。啊哈！将计就计。也许他交了一部分，其余的自己留下，认为日后能派上用场。也许我们追得太紧，他没时间来取……

也许他会回来。我前后左右扫了一眼，又觉得心里发毛。

没有任何风吹草动。

他在哪儿？

她，我提醒自己，搜魂是个女的。

我在周围搜寻劫将离开的痕迹，很快发现马蹄印指向森林深处。还没走出多远，蹄痕便来到一条窄路。我蹲下身，透过阳光中飘浮的金色微尘，沿这条林中小径朝前张望。我试图鼓起勇气，继续追踪。

回来。一个声音在我脑中响起，回来。

夫人。我心知不必再往下查，不禁松了口气，转身回到大路。“是个男的。”我走向夫人时，开口说道。

“我想也是。”她一手扶着离地两尺的飞毯，“上去。”

我咽了口唾沫，按她的吩咐办事。这就好像从水中往小船上爬，我有两次差点掉下来。她随后走上飞毯。我对夫人说：“他……她还骑着马，跑上了一条林中小径。”

“什么方向。”

“南。”

飞毯旋即升空。两匹死马迅速缩小。我们飞向森林。我觉得胃里翻江倒海，仿佛昨晚喝了几缸烈酒。

夫人压低声音轻声咒骂了几句。她最终提高嗓门对我说：“臭婊子。她在跟所有人耍花招。包括我丈夫。”

我没搭茬儿，心里正天人交战，考虑该不该跟夫人提起那些文件。她肯定感兴趣。但我也一样，而且如果现在提起，就再没机会一窥究竟了。

“我敢打赌她就是这么盘算的。假装参与劫将们的阴谋，把他们一一除掉；然后就轮到我了；回头再把帝王留在坟里。这些她都能办到，并且有能力束缚帝王。如果没人帮忙，他自己无法脱困。”夫人更像是在整理思路，而不是跟我说话，“我没发现那些蛛丝马迹，或者说没在意。那些东西始终清清楚楚摆在那里。狡猾的臭婊子。她会为此下地狱。”

飞毯开始下降。我几乎把肚子里那点东西全吐出来。我们飞入附近最深的一道峡谷，不过两旁山峰也不过两百尺高。我们放慢速度。

“箭。”夫人说道。我忘了再准备一支。

我们在峡谷中飞了一里多地，然后开始上坡，飘到一片水成岩附近。飞毯在天上盘旋，朝岩石逼近。空中刮来一阵冷风。我的双手几乎冻木。我们已经远离高塔，进入寒冬掌管的国度。我不断打着哆嗦。

仅有的警告只是轻轻一句“抓牢”。

毯子向前疾驰。大约四百米外，有一匹狂奔的战马，马上趴着个人。夫人降低高度，飞毯在距离地面两尺的位置急飞。

搜魂看见了我们，扬起一只手摆出防御姿势。飞毯迅速逼近，我射了一箭。

飞毯往上一撞，夫人控制它迅速升高，想要避开马匹和搜魂。但她没拉到足够高度，撞击令飞毯猛然倾斜。木框架分崩离析。我们打起了转。我不顾一切地抓着毯子，眼见天地在身边旋转。飞毯坠落地面，又是一阵冲击，继而连滚了不知多少圈。我这才跳了出去。

我立刻颤颤巍巍地爬起身，在弓上搭好箭。搜魂的马摔断了一条腿，躺在地上。搜魂跪在旁边，晕晕乎乎地趴着。一支银箭箭头从她腰际探出，正好指着我。

我开弓放箭。又一箭，再一箭。满脑子想的都是瘸子在云雾森林显示出的可怕生命力：渡鸦用刻有真名的箭矢将他放倒，但那劫将似乎并无大碍。我还是不放心，射光箭矢后便抽出长剑，也不知道经历了这么多波折，这柄剑怎么还在身上。我猛冲过去，高举长剑，双手用力斩下。这是我有生以来使出的最强力最骇人的剑招。搜魂的脑袋滚在地上。黑面罩滑到旁边。一张女人面孔用谴责的目光盯视着我，看起来跟夫人一模一样。

搜魂的目光落在我身上。她双唇翕动，似乎想说点什么。我傻乎乎地站在原地，心想这到底是怎么回事。我还没领悟她想传达的信息，生命已经从搜魂体内消逝。

我注定要千百次回想起那一幕，试图读懂那两片垂死的嘴唇。

夫人拖着一条腿走到我身边。老习惯迫使我转过身，跪在地上……“断了，”她说，“没关系。以后再说。”她的呼吸又浅又急。刚开始我还觉得是因为疼痛，但很快发现她正盯着那头颅。夫人咯咯欢笑。

我看了看那张与她酷似的面容，又看看她。夫人抬起左手扶在我肩头，允许我替她分担体重。我小心翼翼地站起来，伸手将她揽住。“从没喜欢过这臭婊子，”她说，“哪怕在我们小时候……”她警惕地看了我一眼，把嘴闭上。所有表情转眼消失，她又变成冰雪女王。

就算真的像兄弟们指责的那样，曾有离奇爱意在我心中萌动，那它也燃尽了最后一点火花。我清楚地看到叛军想要毁灭的妖魔——真正源于白玫瑰的理想，不是另一个怪物操纵下的目标。正是帝王创造了这个女人，如今又想将她毁去，好让自己酝酿的恐惧重返大地。在那一刻，我很想把夫人的头颅放在她妹妹旁边。

第二次，如果搜魂说的是真话。第二个妹妹。此人绝不值得效忠。

每个人的运气和力量都不相同，敢于反抗的东西也各有限度。我没有胆量遵循自己的冲动。也许以后可以。团长犯了个错误，选择为搜魂效力。不知我的特殊地位是否足以说服他抽身出去，就说搜魂的死结束了我们的契约？

恐怕很难。至少也要经过一番唇枪舌剑。倘若真如我所料，他在绿玉城时送了市政官一程，那就更麻烦了。只要我们能在战场上取得胜利，佣兵团便不会面对明显的危机。团长绝对不肯再次背叛雇主。他会在道德冲突中看到更严重的罪恶。

现在还有佣兵团吗？高塔之战不会因为夫人和我的离开而结束。谁知道我们追猎劫将叛徒时，战场上发生了什么变化？

我抬头看了看太阳，没想到居然才过了一个多小时。

夫人也想起了高塔。“飞毯，医师。”她说，“咱们最好赶快回去。”

我扶着她一瘸一拐地走向搜魂的飞毯。它简直像个残骸，但夫人坚信这东西还能用。我把她扶上毯子，拿起她送我的长弓，坐在夫人面前。她轻语两句。随着一阵吱嘎声响，飞毯升空。它很不稳定。

夫人在搜魂的殒命处转了两圈。我坐在毯子上，紧闭双眼，心中激荡不休。我还是无法稳定情绪。我从不相信邪恶是主观意识，仅把它看作一种视角。但我已经见识太多东西，不免质疑自己的理论。即便夫人不是邪恶化身，至少也非常相似，几乎没有差别。

我们一路颠簸朝高塔飞去。等我睁开眼睛，只见那黑色巨物探出地平线，渐渐膨胀。我不想回去。

我们来到高塔西侧的岩石旷野，从一百尺高空勉强飘了过去。夫人必须集中全部心神，才能让飞毯浮在空中。我生怕这玩意儿掉在乱石岗，或是在叛军上空咽气。我探着身子，在乱石间搜寻，希望找到一处可以迫降的地点。

我就是这样看见了宝贝儿。

大概飞了四分之三的路程。我忽然发现底下有东西在动。“嗯？”宝贝儿正手搭凉棚，抬头看着我们。一只手从阴影探出，把她揪回掩蔽处。

我瞟了夫人一眼。她正忙着控制飞毯，根本没留意。

到底怎么回事？叛军把佣兵团赶进了乱石岗？我怎么没看见其他人？

夫人竭力控制飞毯爬升。我们靠近饼形通道。

真是噩梦般的场景。数以万计的叛军尸体铺了一地。很多部队死后还保持着阵形。三层战场被双方死者覆盖完全。一杆白玫瑰战旗斜插在金字塔顶端。我没看到任何活物。静默笼罩大地，只有寒冷北风在耳畔呢喃。

夫人忽然控制不住飞毯，我们向下猛栽，就差十几尺时她才稳住去势。

除了在风中飘摆的战旗，周围没有任何动静。此地仿佛某位疯狂艺术家臆想出的场景。最上面那层叛军好像死得相当痛苦。人数无法估量。

我们飞过金字塔。死亡绕过此地，向高塔蔓延。塔门大开。叛军尸体倒在门洞阴影里。

他们躲进去了。

金字塔上只有为数不多的几具尸首，全是叛军。我的兄弟们肯定撤入了高塔。

他们应该还在那些曲里拐弯的走廊中战斗。那地方大得要命，不可能轻易占领。我侧耳倾听，但没有半点动静。

塔顶比我们高出三百尺，飞毯似乎无力继续攀升……一个人影突然出现在那里，冲这边不住招手。它身材短小，衣着深褐。我惊得目瞪口呆。印象中只有一名劫将穿褐色服装。此人一瘸一拐走到更为便利的位置，仍然在朝我们招手。飞毯开始上升。只剩两百尺。一百尺。我回头俯瞰战场全貌。死了二十五万人？难以想象。数目大到失去意义。即便在帝王的全盛时期，也没有如此大规模的战争……

我看了看夫人。这一幕是她的手笔。她将成为整个世界的女王——只要高塔能撑过内部正在进行的战斗。谁还能跟她作对？整个大陆的青壮年全死在这儿……

六七个叛军从大门跑了出来，冲我们射箭。仅有几支晃晃悠悠达到飞毯的高度。那些人不再放箭，只是静静等待。

五十尺。二十五尺。即便有瘸子帮忙，夫人也在勉力支持。冷风试图把我们从塔旁吹开，我冻得瑟瑟发抖，不禁想起狼嚎的坠落。我们的位置跟他当时一样高。

我朝平原扫了一眼，正好看见邪兽。它软绵绵地吊在十字架上，但我知道那怪物还活着。

几个士兵跑到瘸子身边。有些拿着绳子，有些带了长矛或木杆。我们的上升速度更加缓慢，最终变成一场可笑的拔河游戏。安全近在咫尺，但却永远摸不到够不着。

一根绳子垂到我的大腿上。一名禁军士官喊道："把她绑好。"

"那我呢，狗杂种？"我以岩石生长的速度缓慢移动，生怕干扰飞毯的稳定。我心里有种冲动，很想系个会在拉力下松开的活扣。我再也不喜欢夫人。没有她，这世界会更加美好。搜魂是个草菅人命的阴谋家，她的野心让千百人走上死路。她死有余辜。那这位将千万人送进地狱的姐姐又当如何？

第二根绳子垂了下来。我把自己绑好。我们距离塔顶还有五尺，无法继续升高。禁军扯动绳子。飞毯飘向塔身。几根木杆探了下来。我抓住一根。

飞毯坠向大地。

我以为自己完了，但他们把我拉了上去。

据说楼下的战斗还很激烈。瘸子根本没理我，他快步离开去指挥战斗。我趴在塔顶上，庆幸自己苟全性命。我甚至打了个盹儿，醒来时发现自己独自躺在北风中，黯淡的彗星就快落山。我走下楼去，想看看夫人宏大计划的终曲。

她赢了。叛军百不存一，大部分还是早先的逃兵。

狼嚎用那些球体散播恶疫。我和夫人离开战场后不久，瘟疫就发展到顶峰。叛军法师无法大规模祛除疾病，所以才会有那漫山遍野的尸体。

即便如此，还是有不少敌人具备部分乃至全部的免疫力，而且我们的人也有被感染的。叛军攻占了顶层平台。

按照既定计划，黑色佣兵团应当在此刻发动反击，恢复名誉的瘸子将用留在塔里的部队予以协助。但夫人并未在场下达冲锋指令，顶替她的私语选择撤回高塔。

塔里那一连串死亡陷阱不仅由狼嚎的东方军操纵，更有前些天受伤的劫将。他们被送进高塔，被夫人的法力治愈。

我穿行在迷宫般的走廊寻找自家兄弟时，战斗早已结束。等我寻到他们的踪迹，才发现已经被落下好几个小时。佣兵团接到命令离开高塔，在当初修造栅栏的地方建一条警戒线。

日落后很久我才来到最底层。我感到疲惫不堪，只想找个和平宁静的地方，也许去个小镇当卫戍军……我的脑子不太好使。我有事要干，有话要说，还要跟团长干一架。他显然不愿再次背叛契约。死亡有两种，肉体和精神。我的兄弟们最怕后者。他们无法理解我。老艾、渡鸦、蜜糖、独眼、地精，他们会觉得我在说鸟语。话说回来，我能责怪他们吗？他们是我的兄弟，我的朋友，我的家人，而且在这个背景下坚持着自己的正道。这份负担重重压在我心中。我必须说服他们还有更大的责任须要担负。

我踩着干涸的血水，跨过一具具尸体，牵着从夫人马厩搞来的几匹马。我也不知道为什么带了好几匹，只是隐约觉得也许能派上用场。我骑了飞羽那匹马，因为实在不想走路。

我中途稳住坐骑，看看天上的彗星。它似乎耗尽了能量。“看来这次不行啊？”我问它，“我倒不觉得难过。”假笑两声。我怎么会难过？若真应了叛军的预言，他们大获全胜，那我就是个死人了。

我在到达营地前又停了两次。第一次是走下底层护墙时，听到有人在轻声咒骂。我循声看去，发现独眼坐在钉上十字架的邪兽跟前。他滔滔不绝地轻声低语，用的是我听不懂的语言。他骂得全神贯注，甚至没听到我靠近，也没听见我在一分钟后离开。我实在难以忍受。

独眼正为兄弟的死收账。我了解他，没有几天是完不了的。

第二次是在假白玫瑰观看战斗的地方。她还在那里，小小年纪就咽了气。法师们试图替她祛除狼嚎的疫病，但只让她死得更加凄惨。

“就这样吧。”我回头看着高塔，看着彗星。她赢了……

赢了吗？她究竟完成了什么功业？叛军的毁灭？但这支军队早变成了她丈夫的工具，被更强大的邪魔控制。吃了败仗的是帝王，也许只有他俩和我知道。更为可怕的邪恶势力被我们压制下去了。而叛军的理想也经过了一道去渣淬火的过程。再过一代……

我不信神。我无法接受人性化的神祇，更不相信此等超然存在会关注人类的空洞愚行。我是说，从逻辑上推理，那种层次的存在才不会理你。但也许真有一种维持世间和谐的力量，由我们的潜意识凝聚，变成比个体总和更为强大的独立力量。也许作为意识的产物，它不受时间束缚。也许它能看到过去未来四极八荒，能够挪动兵卒，让今天表面上的胜利变成明日失败的契机。

也许疲倦影响了我的心智。在那几秒钟里，我相信自己看到了未来，眼见夫人的成功像条毒蛇似地转动，在彗星下一个周期中，营造出她的失败。我看到真正的白玫瑰举着战旗来到高塔，而且清清楚楚地看到她和她的众多勇士，就好像我也在场……

我坐在飞羽的马上，身子猛地一晃，心中惶恐不安。因为假如这预示是真的，那我确实会在场。假如它是真的，那我就认识白玫瑰——认识了足有一年。她是我的朋友，而我因为一个缺陷将她排除在外……

我催马跑向营地。等到被哨兵拦住时，我已经恢复了愤世嫉俗的心性，彻底打消了这个念头。今天的变故太多太多。而且，像我这种小角色不会变成先知，更不会变成敌人的先知。

老艾是我碰到的第一个熟面孔。“老天，你看上去简直像坨屎，”他说，“你受伤了？”

我只剩下摇头的力气。他把我从马上揪下来，送到某个地方，这是我印象中的最后一幕。接下来只剩跟预示一样杂乱无序的梦境，我一点也不喜欢，但又无从逃避。

但心灵的恢复力极强。我在苏醒时早把幻梦忘在脑后。

第七章 玫瑰

跟团长的激烈争论持续了两个小时。他不肯让步，从律法和道义上否定了我的论调。其他人来找团长办事时，也被陆续引入争论。等我终于发起火来，兵团大部分首脑都已经在场：副团长、地精、沉默、老艾、蜜糖，还有我们新近征募的几名军官。我得到的小小支持来自意想不到的地方：沉默赞同我的观点，还有两名新军官。

我大步走出帐篷。沉默和地精跟了出来。我虽然早就料到他们的反应，但还是火冒三丈。叛军被彻底打垮了，佣兵团确实没有变节的道理。他们现在是群趴在泔水里的肥猪。对错问题听起来很蠢。不管别的，就说有谁在乎？

此刻是大战后的第二天，时间还早。我没睡好，紧张得神经亢奋。我精力旺盛地踱着步，试图把它发泄出来。

地精估摸着时间，等我平静下来才走到我面前。沉默在附近旁观。地精说："咱俩聊聊？"

"我都说过了。没人听。"

"你那不是聊天，是吵架。到这儿来坐坐。"这儿是指营火旁的一堆装备。有几个人正在火堆上做饭，还有些在玩通吃。都是平常那些伙计。他们用余光看了我两眼，耸耸肩，好像都在担心我的心智是否正常。

要是在一年前，有人像我这么胡闹，我也会有同样的感觉。这是实实在在的迷惑和关切，源自对一名兄弟的关怀。

他们的愚蠢令我生气，但这股怒火又无以为继。因为他们让地精过来，说明他们想要理解。

牌局继续进行，一开始显得有些安静沉闷。他们渐渐聊开战斗过程，气氛也活跃起来。

地精问道：“昨天出了什么事，碎嘴？”

“我跟你们讲过了。”

他柔声细气地说：“咱们再重温一遍？多搞清点细节。”我知道他想干吗。这项心理疗法全部基于一个假设：我在夫人身边待得太久，心智受到了影响。这也没错。确实有所影响，而且还擦亮了我的眼睛。我复述着昨天的经历，运用长期撰写编年史得来的技巧，试图讲明原委，希望让他相信我的态度才符合理性、道德，其他人不是。

“那些木桨城小崽子想从背后偷袭团长时，你们看见他是怎么干的了吗？”一个玩牌的人问道。他们在聊渡鸦。我差点把他给忘了。我支起耳朵，听人们讲他的英勇事迹。照他们的说法，渡鸦今天救了每个兄弟至少一次。

有人问道：“他在哪儿呢？”

人们纷纷摇起脑袋。有个人说：“多半是被杀了。团长派了个小队寻找牺牲的伙计。估计今天下午咱们就能看到他下葬了。”

“那孩子怎么样了？”

老艾闷哼一声，“你找到他，就能找到那孩子。”

“说到那孩子，叛军用某种昏厥术对付二连时你们都看见了吗？怪透了。那孩子好像什么事儿都没有。其他人都跟石头似地倒下。她只是一脸迷茫，摇晃着渡鸦。那家伙站起来，砰，继续砍杀。宝贝儿把所有人都摇醒。似乎那魔法对她不起作用。”

另一个人说：“可能是因为她聋了。没准那法术是某种声音。”

“哦，谁知道呢？可惜她没活下来。有点习惯她在周围晃荡了。”

“还有渡鸦。需要他防止独眼耍诈。”所有人都哈哈大笑。

我看了看沉默，那法师一直在偷听我和地精的对话。我摇摇头。他扬起一侧眉毛。我用宝贝儿的手语对他说，他们没死。沉默也喜欢宝贝儿。

他站起身，走到地精身后，摆了摆头。他想跟我单独谈谈。我找个由头，抽身出来跟他走到一旁。

我把在返程中见到宝贝儿的事跟他讲了，又说怀疑渡鸦是想趁此机会偷偷摸摸当逃兵。沉默皱起眉头，想知道原因。

“你难住我了。你知道他最近怪里怪气的，”我没提到自己的幻视和梦境，这些东西现在看来未免荒唐，“也许他受够了咱们。”

沉默微微一笑，意思是说这句话他半点不信。法师打起手语，我想知道原因。你还知道什么？他觉得我对渡鸦和宝贝儿的了解比其他人都多；因为我总在刨根问底，查探别人的点点滴滴，好把它们写进编年史。

“我知道的一点不比你多。他跟团长和泡菜混的时间最长。”

沉默想了大约十秒钟，又用手语说，你准备两匹马。不，四匹，带上食物。咱们需要找上几天。我会去问个清楚。他的态度不容反驳。

这我倒不反对。我刚才跟地精聊的时候，就想到要去找找看。不过，我觉得自己不可能找到渡鸦的踪迹，也就打消了这个念头。

我走到昨晚遇见老艾的那道警戒哨。四匹马都在。我又不觉想起冥冥之中是否真的有股力量，影响着我们的行动。我招呼来两个人替我备马，自己去找泡菜骗了点干粮。他起初不肯让步，非要团长亲自授权才行。我俩最终达成一笔交易，我会在编年史中特别提他一笔。

沉默在谈判进入尾声时走了过来。我们把补给品捆在马上。我开口问道：“你打听到什么了？”

他用手语说，团长知道点内情，但他不肯说。我想主要是跟宝贝儿有关，而不是渡鸦。

我呻吟一声。又来了……莫非团长也产生了和我一样的念头？今天上午我们争论时，他已经有这想法了？嗯。他也是个老滑头……

我想渡鸦此次离开，没有得到团长的许可，但却得到了他的祝福。

你审过泡菜了吗？

“我以为你要去问。”

法师摇摇头。他还没时间问。

“现在去吧。我还有点东西要收拾。”我快步走进医疗帐篷，带好自己的武器，又翻出准备送给宝贝儿的生日礼物，随后找到老艾，跟他说要用点从玫瑰城搞来的钱，当然是我的那份。

“多少？”

“能拿多少就要多少。”

他目不转睛地看了我老半天，决定不再多问。我们走进他的帐篷，静静数出那笔钱。其他人还不知道这件事。秘密保守在去玫瑰城追捕耙子的几个人之间。当然有些人起了疑心，不知道独眼既赢不到钱，又没时间搞黑市买卖，究竟是怎么付清赌债的。

我离开帐篷，老艾也跟了出来。我们找到沉默时，他已经骑在马上，另外几匹也准备停当。“想出去跑一圈？”老艾问道。

“对。”我把夫人送的弓绑在鞍上，翻身上马。

老艾眯起眼睛打量着我们，然后说了声“祝你们好运”，随即转身离开。我看着沉默。

他打出手语，泡菜一问三不知。不过我骗他说出开战前一天曾给渡鸦额外配给。他也知道点东西。

哦，见鬼。似乎所有人都在玩捉迷藏。沉默打马上路。我重新审视今天上午那次争执，寻找不对劲的地方。我找到了一些蛛丝马迹。地精和老艾也有所怀疑。

没有一条路能够绕过叛军营地。可惜。我真的很想绕过它。苍蝇和臭气铺天盖地。夫人和我从这里经过时，大营似乎空无一人。错了。我们只是谁都没看见。叛军伤兵和随军人员留在营里。狼嚎把那些毒球扔在他们中间。

我选的坐骑很棒。飞羽那匹自不必说，其余的也是那种不知疲倦的宝马良驹。沉默纵马狂奔，一路没有交谈，直到我们跑出岩石旷野，他才勒住缰绳，示意让我看看周遭环境。他想知道夫人是沿哪条路飞回高塔的。

我跟他说回来的那条路线大约由此往南一里地。沉默把另外两匹马交给我，凑近岩石层，慢慢前进，仔细观察着地面。我没太上心。他寻找踪迹的本事比我强。

不过，这次的痕迹我也能找到。沉默抬起一只手，指了指地面。他们差不多就是从我和夫人进入荒原的位置离开的。“试图争取时间，没有掩盖痕迹。”我推测道。

沉默点点头，目视西方，通过手势提了几个有关道路的问题。

南北大道从高塔西侧五里外通过。我们就是沿着这条路去往福斯博格的。我和沉默估计他先上了这条路。即便在这种时节，那条路上也有不少行人车马，足以掩盖一个大人和一个孩子的踪迹。骗骗普通人完全可以，但沉默相信自己能找到。

“记住，这儿是他的老家，”我说，“他比咱们更了解此地。”

沉默心不在焉地点点头，显然没听进去。我看了眼太阳。大概再过两个小时，太阳就会落山。不知道他们领先了多远。

我们来到大路。沉默观察片刻，往北骑了两步，自顾自地点点头。他冲我招招手，催马向前。

我们玩命催动那些不知疲倦的畜生，不知跑了多少小时，直到太阳落山，夜幕降临，日头又再度升起。我们朝大海骑去，远远赶在目标前头。休息很少，间隔很久。我浑身酸痛。刚刚陪夫人结束那场冒险，干这种事儿有点太急了。

大路绕过一座林木丛生的山丘，我们稳住坐骑。沉默指指一块光秃秃的地方，非常适合监视路上的动静。我点点头。我俩拨马爬上山去。

我照料好马匹，随即瘫软在地。“我这岁数真禁不住这么折腾。”话音未落，我已经呼呼大睡。

沉默在黄昏时把我叫醒。“他们来了？”我问。

他摇摇头，比画着说估计他们明天才会出现。但不管怎么说，我应该留点神，以防渡鸦选择连夜赶路。

于是，我坐在彗星的苍白光芒之下，身上裹着一条毯子，在寒风中瑟瑟发抖，独自面对根本不愿去想的念头。也不知过了多长时间，我什么都没发现，只有一只雄獐从林子跑进农田，想来是想改善伙食。

沉默在日出前两小时接替了我。哦，舒服。真舒服。我终于可以躺在地上瑟瑟发抖，面对根本不愿去想的念头了。但我不知何时又睡着了，因为沉默捏住我肩头时，天色已然放亮……

“他们来了？”

法师点点头。

我一骨碌爬起来，用手背揉揉眼睛，盯着下方大路。的确没错，有两个人正从南方走来，一高一矮。但距离这么远，可能是任何成年人和孩子。我们收拾好行李，匆匆备好马匹，跑下山坡。沉默打算拐过弯去等着，还让我绕到他们后面，以防万一。渡鸦的心思，谁也说不好。

他转身离去。我等着，身上还在发抖，感觉非常孤独。那两名旅人走上一处鼓包。对，渡鸦和宝贝儿。他们走得很快，但渡鸦似乎并不担心，看来是坚信没有追兵。他们从下方经过。我等了一分钟，离开树林，跟着他们拐过山脚。

沉默骑着马站在路中央，身子略微前倾，看上去瘦削、冷酷，面目阴沉。渡鸦在五十尺外收住脚步，亮出长剑，把宝贝儿护在身后。

女孩看到我走来，笑着挥了挥手。尽管气氛相当紧张，但我也露出笑容。

渡鸦猛地转过身，吼声从嘴里冒出。他双眸透出怒火，甚至还带点恨意。我站在他匕首攻击范围以外。看这意思，他是不想谈。

我们僵了几分钟，谁也没动，谁都不想先说话。我看看沉默，他耸了耸肩。他的计划也就到此为止了。

是好奇心把我带到这儿来。我已经满足了它的部分愿望。他们还活着，正在逃跑，但原因还是搞不清。

没想到渡鸦先撑不住了，“你跑到这儿干什么，碎嘴？”我还以为他能倔过石头。

“来找你。”

“为什么？”

“好奇心。我和沉默，我俩对宝贝儿有点好奇，而且都在担心。”

他皱起眉头，显然没想到我会这么说。

“你们看见了，她很好。”

“对，看起来挺好的。那你呢？”

“我看起来不好？”

我瞅了一眼沉默，他似乎帮不上什么忙，“人们总会好奇，渡鸦。总会好奇。”

他采取守势，“你到底想说什么？”

“有个家伙撵走自己的朋友，不给他们一点好脸色，然后又逃跑了。难免让人感到好奇，想搞清到底怎么回事。”

“团长知道你们在这儿？”

我又瞅了沉默一眼。他点点头。“对。想跟我们说说吗，老伙计？我、沉默、团长、泡菜、老艾、地精，我们都有点想法……”

“别想阻止我，碎嘴。”

“你为什么总想跟人干架？谁说要阻止你了？如果他们想阻止你，你还能跑到这儿来？你可能永远别想离开高塔。”

他吃了一惊。

“他们早料到了，泡菜和老头子。他们没有干涉。我们其余的几个人，只想知道究竟为什么。我是说，我们觉得已经猜到了点子上。倘若真像我们猜测的那样，那么你至少会得到我的祝福。再加上沉默的。我猜还包括所有未曾阻止你的人。”

渡鸦皱起眉头。他知道我在暗示什么，但搞不清具体含义。他不是佣兵团的老人，所以总有些交流障碍。

“这么说吧，”我继续言道，“我和沉默就当你在战斗中牺牲了。你们俩。谁也不用知道事实真相。但是，你要明白，这就好像你在离家出走。虽然我们会祝你好运，但也会因为你不声不响地溜掉，感觉有点伤心。我们投票允许你加入佣兵团。你跟我们共过患难。你……看看咱俩经历过的那些事。但你却把我们当个屁，说放就放了。这种感觉实在难咽。”

这话渡鸦听进去了。他说：“有时候，有些事非常重要，就连最好的朋友也不能说。可能会把你们都害死。”

“一猜就是。嗨！放轻松。”

沉默下了马，开始跟宝贝儿交谈。女孩似乎没发现她的朋友们之间气氛紧张。她正在跟沉默讲他们做了什么，这是要去哪儿。

“你觉得是个好主意？”我问，“猫眼石城？那么有两件事你该知道。其一，夫人赢了。估计这你能猜到。看出要赢了，不然你也不会离开。好吧。更重要的是，瘸子回来了。夫人没把他整死，反倒把他治好了。如今瘸子是她的头牌大将。”

渡鸦脸色刷白。这还是我第一次见他真正害怕。但他不是替自己担心。渡鸦早把自己看作行尸走肉，再无任何挂碍。可他现在有了宝贝儿，有了目标。他必须活下去。

“对。瘸子。我和沉默仔细想过。”实际上，我刚刚想到这一点，但又觉得让他认为此事经过深思熟虑会更好些。“我们估计夫人早晚会弄明白。她肯定想要展开行动。如果她发觉这事儿跟你有关，就会派瘸子去找你。劫将了解你。他准是先去查查你过去的巢穴，猜你会跟老朋友们联系。你的朋友里，有谁能把你藏住不被瘸子发现？”

渡鸦叹了口气，似乎矮了一截。他把长剑放低，“我是这么打算的，觉得我们可以到绿玉城去，藏在那里。”

“绿玉城表面上只是夫人的盟友，但她的话在那里就是法律。你得去从没听说过她的地方。”

“哪儿？”

“那就不属于我的世界了。”他现在似乎冷静了很多，于是我也下了马。渡鸦警惕地看了我两眼，随即放松下来。我说：“我差不多猜到会遇见这种情况。沉默？”

沉默点点头，继续跟宝贝儿聊天。

我从铺盖卷里抽出钱袋，扔给渡鸦，“你把玫瑰城赚的那份钱落下了。”我说着又牵过多余的两匹马，“你们骑着马能走快点。”

渡鸦跟自己较着劲，努力想要道谢，但又没法突破树立在心灵周围的屏障，“我们大概可以去……”

“我不想知道。我已经两次面对魔眼。她有个打算，想把自己这边的事情记录下来留给后代子孙。倒不是想扮好人，只希望记下真实的故事。她知道历史如何自行改写，不想让这件事发生在自己身上。我就是她选出来的史官。”

“别管了，碎嘴。跟我们走。你和沉默，跟我们一起走。”

这是个漫长孤独的夜晚。这个念头我也动过很多次。“不行，渡鸦。团长必须留下，即便他不喜欢这鬼地方。佣兵团必须留下。我是团里的人。我太老了，玩不起离家出走。咱们要打同一场仗，你和我，但我会跟家人待在一起。”

“得了，碎嘴。一帮杀人不眨眼的佣兵……”

“嗨！打住。”我的声音出乎意料的严厉。他把嘴闭上了。我说：“记得在王侯城的那天晚上吗，咱们去料理私语之前？我为大家朗读编年史里的故事，你说了什么？”

他沉默片刻，这才说道：“对。说你让我感到了作为黑色佣兵团的一员意味着什么。好吧。也许我无法理解，但的确能够体会。”

“谢了。”我又从铺盖卷里拿出一个包裹，这次是给宝贝儿的，“你跟沉默聊聊吧？我有件生日礼物要送。”

他看了我两眼，点点头。我别过头去，好让泪水不那么显眼。我跟女孩道了别，用那不起眼的礼物逗她欢心，然后走到路边，独自默默哭了一阵。沉默和渡鸦都假装没看见。

我会想念宝贝儿，而且有生之年都会为她担心。她是那么宝贵、完美，永远快乐。她已经把小村留在身后，但世间最可怕的敌人却候在前方。我们都不希望变成这样。

我站起身，抹去满脸泪痕，把渡鸦拉到一边，“我不知道你的计划，也不想知道。只是为防万一。夫人和我前两天逮到搜魂时，他藏了一大包文件，就是咱们在私语营地发现的那些。他根本没把那些东西交给夫人。夫人也不知道它们的存在。”我把埋藏文件的位置告诉渡鸦，“过两个礼拜我会去瞧一眼。如果它们还在，我就自己看看能找出点什么。”

渡鸦看着我，冰冷的面孔仍旧毫无表情。他肯定在想，如果我再度面对巨眼，就等于签下了自己的死刑判决书，但这话他没说出口。“谢了，碎嘴。如果我走那条路，就去看看。”

“好。咱们走吧，沉默？”

沉默点点头。

“宝贝儿，到这儿来。”我紧紧地抱了她好久，“你要听渡鸦的话。”我解下独眼送的护身符，系在女孩的腕子上，“如果有不怀好意的劫将靠近，这东西就会发出警报。别问我是什么原理，反正管用。祝你好运。”

“好。”渡鸦站在原地，看着我们翻身上马，似乎还有些迷惑。他试探着抬起一只手，但又很快放下。

我对沉默说：“回家吧。”

我们打马离开，谁都没有回头。

这件事从未发生过。说到底，渡鸦和他的孤儿不是死在高塔的大门里了吗？

回到佣兵团去。回到工作中去。回到一年又一年的生活中去。回到那些编年史中去。回到恐惧中去。

距离彗星回归还有三十七年。那预示肯定是假的。我怎么可能活那么久呢，对吧？

【完】

图书在版编目（CIP）数据

黑色佣兵团. 卷一 / （美）格伦·库克（Glen Cook）著 ; 马骁译. -- 南京 : 江苏凤凰文艺出版社, 2017.9（2022.1重印）
书名原文: The Black Company
ISBN 978-7-5594-0999-7

Ⅰ. ①黑… Ⅱ. ①格… ②马… Ⅲ. ①长篇小说—美国—现代 Ⅳ. ①I712.45

中国版本图书馆CIP数据核字(2017)第207782号

著作权合同登记号 图字：10-2017-462

书　　名　黑色佣兵团. 卷一
作　　者　（美）格伦·库克
译　　者　马　骁
策划出品　九志天达
责任编辑　姚　丽
策划编辑　罗婧芝
责任监制　刘　巍　江伟明
出版发行　江苏凤凰文艺出版社
出版社地址　南京市中央路165号，邮编：210009
出版社网址　http://www.jswenyi.com
印　　刷　三河市金泰源印务有限公司
开　　本　880毫米×1230毫米 1/32
字　　数　230千字
印　　张　11
版　　次　2017年9月第1版　2022年1月第2次印刷
标准书号　ISBN 978-7-5594-0999-7
定　　价　38.00元